Twin
Brothers

ツゥイン・ブラザーズ

――翁伝説――

笹倉睦丘

Sasakura
Yoshitaka

文藝春秋
企画出版部

はるか昔この国のあちこちで岩や石、木や草が互いに語り合い、鬼火が燃えていた

（日本書紀）

〈登場人物紹介〉

和　彦……双子の一人。大神官を名乗る魔術師の罠に落ちて生まれ育った村や森の記憶を失ってしまう。世界を戦乱によって掌握せんとするジョン王として成長する

友　彦……双子の一人。和彦と森ではぐれたのち、小熊と共に森の植物の命の秘密を学び、やがて生命の神秘の体験を経て《翁様《おきなさま》》となる

媼《おんば》様《さま》……村々の先祖の精霊と共にあって村人を導き、異次元を行き来する巫女集団の長

大神官カルトン……狐に変身する権力亡者の魔術師。神秘の森で和彦を見いだす

アンドレア……遠征隊の隊長にして位は総司令官

レディ・エミリィ……天真爛漫なジョン王の妃。アンドレア司令官の妹にあたる

ココリ……レディ・エミリィの献身的な侍女

ベルナ……大神官カルトンの神殿巫女。神官団から密命をおびて活動する

ジャカルスキー
ロビン
ランス
三兄弟……ジョン王の帝国の地方の領主

バブルビッチ……鬚面の元百人隊長。城塞都市のガード

ナターシャ……バブルビッチの妻

アラン……バブルビッチとともに行動する城塞都市のガード

熊の賢者……小熊時代に友彦と出会い、のちに森の神秘のひとつとなる

鷲の賢者……遠くまで飛び、森や村へと危険を知らせてくれる古い知恵者

トルトイ……巨大な飛行する陸亀

本文ＤＴＰデザイン　土屋文乃

ツゥイン・ブラザーズ　――翁伝説――

一―一

太古、この宇宙空間には、光彩に輝く粒子や光の玉が無数に飛び交い、時に同調し融合していた。それは新たな創造の種となり、存在の核や魂となって愛と調和に満たされ、自在に進化し続けた。その全ての物は互いに、内なる意志の疎通を保っていたのである。

古《いにしえ》の人々は、自然の全ての命の神性に共鳴し、その内なる意識の声を聞く巫女《みこ》に導かれて、その命は不滅のサイクルの中で、その姿を変え、未だ死と向き合うことはなかったのである。不滅の命は時に、己の意志によって姿を変容し、あらゆる存在としての永遠の命の営みを味わい、宇宙の意志、神聖な真実の愛と調和に融合する道を歩き続けた。人は人であり、獣であり樹木でありえた。全ての存在は意識の内深くで繋がり、共鳴した営みを体験し、神性なる命の理解を深めて魂の進化の道を辿っていたのである。

人々は望むものに即座に変身することも、また望むことを即座に現実にすることも出来る能力を持っていた。その能力は、常に宇宙の意志に同調し、献身にのみ発揮され、行使されることが、魂の進化を辿る最善の道として了解されていたのである。

ところが、やがて、己自身のエゴの為にこの能力を悪用し続け、自然の調和を乱し、混乱を招く者が現れ、愛や調和の世界に巨大な闇の恐怖を招いた。そこに忍び込んできた恐怖は《死》だった。死が人々の心に、恐怖の闇の力としてもたらされた。もはや永遠の命の営みではなく、別離と争いの日々に明け暮れることになったのである。死の恐怖は、命の不滅のサイクルから人々の意識を分離し、もはや自由な変容の能力を失い、その姿形は固定された。そして、それまでの意識の高みから今日ある三次元に意識降下したのだ。だが、死の恐怖が即座に全地上に蔓延したわけではなかったのである。


大陸には、巨大な山脈が聳《そび》え、その山頂付近は、宇宙の意志の波動に同化出来る者のみに異次元への道が開かれていた。その山並みからは、生き物の暮らしを支える川が、豊かな水を湛《たた》えて流れ、麓には巨大な樹木に覆われた森が広がっていた。

そんな森に囲まれた、わずかに開けた土地に慎ましく寄り添って、外界とは全く交流のない村々が点在していた。この辺りの村人は、森の外に出て行ったことがなかった。多くの村人にとって、森の存在は、恵みであり、又畏《おそ》れの対象でもあった。村人が恵みを求めて森のなかに入ったとしても、めったに森の奥深く入っていくことがなかった。

森には、永遠に命を繋ぐ先祖の別の姿である、巨大な樹木などの精霊達がいた。

村人達は、その精霊達の静かな領域を尊重し、それを戒《いまし》めとして、生きることが自然の生業《なりわい》となっていた。

異邦人が、外から森を抜けて村に来ることは全くなかった。既に、地上に蔓延していた死の恐怖――それを作り出した、野心家の闇の志を持って旅する者も、誰一人、この村々を訪れる者がいない。この森を抜けて来ることが出来なかったのである。

長い冬の閉ざされた季節、雪は、全てのものを浄化した。目に映じるもの、そうでないもの、霊気さえも清められた。邪気が地の底に吸い取られ春となる。梅が咲き、桜や菖蒲の花が咲き競う頃に、その村々の中で最も古い長《おさ》の家の女房が、男の双子を出産した。永遠の命を許された彼等にも、望めば、新たに子をもつことが出来たのだ。村人達は皆、無事の出産を祝いに訪れた。誰もが母と双子の健康を祝福して、美しい花、蜜や手造りの木製の馬、初子《うい ご》の羊を贈り物として持参した。羊はやがて双子の成長と共に育ち、豊かな体毛を刈り取られ、母の手で子供らの衣服に織り上げられる。そんな時、村人の祝福の笑い声の中で、彼等から媼様《おんばさま》と慕われている長老巫女の言葉に村人の笑顔が消えた。

「この子らは、木の葉ならば裏と表、常に独立した個体と人格を持ちながら、元の魂は一つ、反発と融合を繰り返し、助け合わば良し、争わば血を見るやも知れませぬぞ。――いずれは一角《ひとかど》の勢いを持った者となって、この村々の先祖の威徳を高めるよう、心して育てられませ」

と、言い残して立ち去ったのである。

媼様とは、村の長老として女達の仕える年長の巫女であり、先祖の精霊に仕え、その言葉を村人に伝え導く。村人達の魂の母と慕われ敬われていた。彼女の本当の年を知る者はいなかったが、ヨボヨボの老婆ではなかったのだ。媼様の補佐をする年長の巫女を日巫女《ひみこ》（霊巫女）と呼び、双子の母親もその一人だった。この辺りの村の女達は皆、巫女の資質を持っていた。男達は常に彼女達を敬い、自分の女房を《カミサン》と呼ぶ。長老の中には、直接村人には接触しない、翁様《おきなさま》と呼ばれている年長の男性がいた。翁様は普段、精霊と共にあって、村人の守護をその任としたが、めったにその姿を見せることはない。ときに村人の中にあって、共に働く姿があっても、それに気付く村人は稀であった。

双子の両親は、媼様の言葉に戸惑ったが、ともあれ特別不安を抱くことはなかった。この双子の愛らしさあどけなさは、村人の目を奪い、細めさせずにはおかなかった。

和彦、友彦と名づけられた双子の兄弟は、父母の目にさえ区別のつかない、瓜二つの顔立ち、体つきに成長していった。村人の間では、誰もがこの兄弟に出会うと笑顔で、自分の家に招き入れて長居をさせる。双子の存在は、村人の心を和ませていた。その度に、双子の母親は、我が子らを探しに、村の家々を訪ね歩かねばならなかった。

ところが、時にはやっかいなことに見舞われ、そばに居るものを慌てさせた。双子の一人が木登りをしていて、誤って木から転落し、気を失った時など、木になど登っていなかった方まで、その場で気を失う。和彦が熱を出せば、友彦も熱にうなされる。このような共有現象が、時にあったにしても彼等は、常に明るく人々の笑顔を誘ったのである。

先祖の村人達は、彼等のこの世での勤めを終えたと自覚したその刹那《せつな》、当人の意志と選択の自由によって、あらゆるものに姿を変え、その姿のまま、子孫の身近に存在しつづけていた。

ある者は、鳥に。ある者は、森の樹木に。ある者は、獣に姿を変容して、子孫を見守り続ける。時には、子孫の家族として、生まれ変わることさえ稀《まれ》な事ではなかった。村人達は、あらゆる存在に先祖の姿を目で見、肌で感じることさえ出来た。その変容している先祖の存在と親しく心を通わせることを喜びとしていたのである。生命の神性を肌で感じ生活している村人達にとって、彼等を取り囲む自然の全てのものは、常に畏怖の対象だった。双子の兄弟は、村人達と、その先祖達の精霊に見守られて、幼年から少年に、徐々に逞《たくま》しくその姿を変貌させていった。

双子の兄弟が十五歳になって、初めて父母と共に森の精霊にまみえる日がやって来た。山菜取りや薪拾いには、それまでも森の側近くまで来ていたのだが、その日は、もっと森の奥に分け入ることを告げられ、大人の仲間入りが許される。巨大な森の樹木の中に踏み込んで行く時、和彦、友彦は、一抹の不安と期待が交差した緊張感と高揚感で、大きく深呼吸をしながら巨木の梢を見上げていた。樹木の霊気が胸一杯に広がって、その霊気の粒が、生き物のように体の中に流れ込むのを感じた。森の中は、樹木の鬱蒼《うっそう》と茂る枝葉に、日差しが遮られ、暗く静まり返っている。小一時間も父母と共に、森の奥に歩いて行った双子の兄弟には、小枝を踏み砕く音、枯葉を踏みしめる音だけが、鼓膜《こまく》の中に響く――無限の静寂だけにつつまれていた。父も母も時折立ち止まってあたりの様子をうかがうだけで、言葉はない。突然、木の葉のザワつく音に、双子の兄弟は立ち止まって見上げると近くの枝に一羽の梟《ふくろう》が姿を現し、興味深げに彼らをみおろしていた。二人は、ほっとした吐息をもらし、又、父母に従って歩き始めた。やがて、森の中が開け、大きな日溜りの中に足を踏み入れた。四人はそこに立ち止まって目を凝《こ》らす。父母の顔にかすかな微笑みが浮かび、日溜りの真ん中に聳える、一本の巨大な樹木を指差した。

遠目には、銀杏《いちょう》の大木が、巨大な枝を傘のように開いているかに見えた。

「あれが、我らご先祖様の《始原の樹》だよ。この地上に、初めて御先祖の親様が、天界からこの地上世界に送り出された時に、天界にあった樹木の苗木、実のなる木々の全てを両の手に摑んでこられ、それを、あそこに植樹されたものだと聞いている。どれ、もっと、そばに行って見てごらん。すばらしい樹だよ」と、父母は、双子の兄弟の顔を見、樹の方を見ながら、こもごも感嘆の声を上げた。

和彦、友彦の兄弟には、初めて見る不思議な光景だった。近づけば近づく程、その樹木の巨大さに驚かされた。周りにもっと背の高い樹があったのだが、その樹の、枝を傘のように広げた空間の巨大さは譬《たと》えようがなかった。枝木を直径百メートル程に広げた樹木の周囲だけが、日差しが燦々《さんさん》と照りかえって、遮る物がなく。幹に近づいた二人の目を見張らせ、さらに驚かせることがあった。一本の樹となっているその幹は、実は多くの違った木々が、分離など出来ないまでに融合し、巨大な幹となっていた。銀杏《ぎんなん》、石榴《ざくろ》、林檎、蜜柑、無花果《いちじく》、金柑《きんかん》、梨、葡萄、枇杷《びわ》、桃、柿、栗、棗《なつめ》、胡桃、珍しい実のなるマガタマの樹などと、母親は、枝に咲いた花を指差しながら、それが、どんな果実や種をつけるかを楽しげに語り続ける。

親子は立ち止まり、その樹木を見上げた。多様な花々の命の芳香が降り注ぐ。片手をその幹に触れ、片手は互いの肩に回した。樹液の流れを感じ、古代の始祖の鼓動を己の中にも流れ込むように、心で静かに願い続け、ひと時その樹下で森の精霊の声を待った。

やがて、梢が揺らぎ森の樹木が激しくきしむ。日差しが急速に衰えた。深海の底から響くような唸り声が響き渡り、うねりのように繰り返し響き続けた。それは地響きとなって広がり、やがて全く元の静寂に沈み、ほっとした刹那、驚愕の雷鳴が炸裂したのだ。その雷鳴を合図に激しい豪雨が森を襲った。その雨足の激しさは、見る間に森を湖の底に沈める勢いとなった。だが、幸いなことに、親子の立っているところだけは、森の中でも一際《ひときわ》高い場所にあった。その上、鬱蒼と茂る樹木の枝葉は、一粒の雨の滴も通すことなく、激しい豪雨の中で濡れもせず、親子は、ただ森の精霊の静まるのを待ち続けた。

いつしか雨が止《や》み、辺りに日差しが戻って来た時、森は一面の湖水の中にあった。

「ここでしばらく、水が引くのを待つしかないわね」と、母が言った。

「森の中を闇雲に歩くのは危険だ。あちこちにある深い草に隠れた水溜りや流れにも気をつけねばならない。しばらく待ってみよう」と、父が応じた。

和彦は、その時、森の中に獣の動く姿に気付いていた。それを横に座っている友彦に教えようと、黙って脇腹のあたりを指で突っついた。振り向いた友彦も既に、その獣の姿に気付いていた。それは数頭の鹿の群れだ。一際大きな一頭の雄鹿が、その群れから外れて日差しの中に姿を現し、こちらをじっと見つめていたと、思う間もなく、元の群れの中に戻って行く気配に、和彦、友彦の親子は、立ち上がっていた。四人は、その鹿の群れにつき従って歩き出していたのだ。その群れは、巧みに水の深みを避けて、森の中を歩き続けていく。広大な湖と化した森の中を踝《くるぶし》までしか濡らさずに、親子は数時間、ただ黙々と鹿の群れに導かれて歩き続けた。やがて、その群れは立ち止まり、踵《きびす》を返して森の中に姿を消していった時には、乾いた土で辺りが覆われ、無事に湖水の森を抜け出すことが出来たのだった。親子は森の奥に姿を消したその群れを、その場に立って見送りながら、思わず手を合わせた。あの鹿の群れも彼らにとっては、先祖の精霊に違いなかった。

「これでお前達二人は、この森の先祖の精霊に受け入れてもらった――これからは、自分たちの意志で、この森の中に入ってもかまわない。今日のことは絶対に忘れてはいけないよ」と、父が笑顔で、双子の兄弟の頭を撫で回してくれた。母は、黙ったまま二人を抱きしめた。その笑顔の瞳には、涙が一杯湛えられていたのである。

森を抜けて、村に帰る道の途中に、大きな桜の古木が満開に咲き誇り、その桜の樹下に沢山の村人が、この親子の帰りを待ちわびていた。宴の準備を整えて待っていたのだ。桜花の樹下に花茣蓙《はなござ》を敷き詰め、沢山の食べ物や飲み物が置かれていた。村人は笑顔で和彦、友彦兄弟をその桜樹の幹の側に招きいれた。父母は、彼等に双子の兄弟をゆだね、少し離れた所に腰を下ろして、二人を笑顔で見守り続けたのである。

やがて、この兄弟の前に少女が二人現われた。両の手には、それぞれ十五個の搗《つ》き立ての丸餅をのせた盆を捧げ持っていた。その盆を一人は、和彦、いま一人は友彦の前に置いて丁寧にお辞儀をした。新しく村の若者の仲間入りをした双子の兄弟もしっかりと挨拶を交わす。少女らは、そのまま立ち去る気配を見せずに、その餅を食べるように目顔で促した。双子の兄弟が、十五個の餅を食べ終わるのを見届け、空《から》になった盆を持って、ようやくその座を退いていく。固唾《かたず》を呑んで見つめていた村人は、その二人の少女をやんやの喝采をして見送ったのであった。ややあって、双子の兄弟の側にいた長老が立って、村人を笑顔で見渡し、手を叩く村人を制して、おだやかに口を開いた。

「皆の衆、先刻知ってのとおり、ここに居る和彦、友彦兄弟は、吾が村々の新しい若者として、吾らが森の精霊の正統な霊流を授かり、ここに森から戻ってきた。めでたいことじゃ。さあ、皆で祝おうではないか。舞うもよし、歌うもよし」と言って腰を下ろす。

村人はいっせいに拍手喝采して、持参した太鼓や鉦《かね》を打ち鳴らし、歌う者、舞を舞う者皆、その渦の宴となった。焚き火が焚かれ、夜更けてなお、村人たちの宴は続けられた。その華やいだ宴の渦に引き寄せられて、森の中から鹿、狼、猪に兎などが、寄り集まって来た。野生の鶏までが、焚き火の炎にねむりを覚まされたか、そば近くに駆け寄って来たので、子供はみな、獣や鶏に食べ物を分け与える為、嬉々として駆け回っている。

その獣や鶏は彼等にとって、掛け替えのない先祖の変容の姿に違いなかった。子供は「さあ、どうぞ、召し上がれ」と声をかけて食べ物をわけ与え、動物もその場に腹ばいになって宴を見つめ、子供たちとなにやら親しく語り合っている風に、時にうなずき合っている。村人と森の動物の意思は、親密に保たれていたのであった。

一－二

数ヶ月後のある朝、和彦と友彦は、父母に見送られ朝日が昇るのを待って、二人だけでもう一度あの鹿の群れに出会えることを願い、森の精霊との回合《かいごう》に心躍らせて、家を後にした。彼らは強い期待とある種の不安を胸に森に向かって行ったのである。

あの宴の日には、満開だった桜の古木が、すっかり緑の葉に覆われているのを横目に、森への道を辿っていくと、森の近くに泉が湧きだして、大きな池となり、それが細い流れとなって、森の中に消えているところに辿り着いた。二人には、記憶のない泉だった。ここは、何度か通ったことのある村から森への道筋に違いなかったのだ。二人は立ち止まり、互いに顔を見つめ合って、いつの間にか、その姿を変えている辺りを眺めた。きっと森の中も以前と様変わりしているに違いなかった。このことが、二人の心には、大きな期待と不安を一層深めさせた。

(森は生きていて、いつの間にか、その姿を変えている。安易に森に入るでない)と、言った村の長老の言葉が、二人の胸には、実感として迫ってきたのである。ところが、意外なことに、森に入る手前で躊躇《ちゅうちょ》していた二人は、牡鹿が一頭、池の向こう側に姿を現し、水を飲み始めたのに気づいたのだ。彼等は、小躍りしてその牡鹿を見つめ続けた。この鹿が、以前出会った群れの牡鹿かどうかはわからなかったが、鹿の群れを探して、何時間も森の中を歩きまわることを思えば、これは幸先のよいことだ。やがて、和彦は、池の対岸にいる牡鹿に近づく為に、静かに歩き出した。動物が水飲みや食事をしている時には、邪魔をしないように教えられていたので、友彦はそれを止めようとしたのだが、和彦は、それを振り切って、牡鹿の間近にまで、ゆっくりと歩み寄っていったのだ。友彦は仕方なく、和彦の後について、少し間合いを置いて歩き出していた。その時、牡鹿が和彦に目を向けて、話しかけた。ところが、和彦は、その牡鹿の立派な角や艶のある引き締まった体軀、敏捷さを湛えた四肢に見とれていて、牡鹿が話しかけたことに気付かない。しばらくして、牡鹿は、首を上げて周りを見渡し、踵《きびす》を返しゆったりとした足取りで、森の中に向かって歩き始めていた。慌てて和彦は、その後に付いて行こうとした時、牡鹿はその気配に立ち止まって、和彦に向き直って——

「わしに何の用だ」と、穏やかに尋ねた。和彦が咄嗟のことに口ごもっていると、友彦がそばに辿り着き、それに答えていた。

「この春、両親とご先祖様の《始原の樹》に挨拶に行きました。その時、ものすごい雨が降ってこの森が湖のように水浸しになり、その湖水の森から出て行くのを、鹿の群れに助けられて、森から出られました。その群れの牡鹿さんに、お礼がいいたいのです。貴方はそのときの牡鹿さんでしょうか」と後の方は双子の兄弟、口を揃えて言ったので「それは、わしじゃない。だが、その群れならよくしっとるよ。会わせて欲しいならついてくるかね」といって、踵をかえし、ゆっくりとした足取りで、藪の中に入っていく——二人は小躍りして、牡鹿の後について藪の中に分け入って歩き出していた。

牡鹿の歩みは、ゆったりしたものだったが、その道筋はかなり起伏のある藪の中を上がり下がりして進む。ときには、大きな樹木の根っこが張り出し、倒れた巨木が行く手を阻んだ。ふたりはこれまで藪に阻まれたとしても、平坦で見通しのきくところしか歩いたことがなく、この起伏のある道筋に、牡鹿の姿をともするると見失ってしまいそうになりながら、必死で小走りに藪の中を駆け抜けねばならなかった。しかも藪の茂みは、春先とはまるで密度が違う。急げば足を取られ絡みついた蔦や浮き出た笹の根っこから抜け出すのが、容易なことではない。それでも二人はお互いをかばいあいながら、牡鹿を見失わずについていく——と、突然、藪の中で物凄い唸り声がして、一瞬友彦は振り返っていた。大きな熊が背後に立ち現れたのを目にした彼は、次のステップで笹藪の根っこに足を取られ、坂の下に転げ落ちた。そこにあった大木の幹に激突、その幹を難なく突き破って、その幹の大木の室穴《むろあな》に転げ込んで気を失っていた。ところが、和彦は背後に迫った唸り声にせきたてられ、友彦が大木の幹の室穴に転げ落ちて、気を失ったことなど気付くこともなく、必死で牡鹿の後を追って、駆け抜けていたのである。

なぜか、これまで周囲を慌てさせてきた彼らの共有現象は、この時起きなかった。

そこには、日差しの下《もと》に、果実の樹木と柔らかい草の茂みに覆われた、違った森の顔があった。牡鹿はそこに立ち止まって、和彦が近づいて来るのを待っていた。

「この辺に、いつも彼等の群れがいるのだが、どうやら別の場所に出かけたようだな。少し待ってみるかね。もう一人のお連れは、まだ来ていないようだしなア」と、相変わらずおだやかに、和彦を見詰めた。和彦は、息を弾ませて牡鹿を見つめ、辺りを見渡し——

「はい、ありがとうございました。それで牡鹿さんは、どうされますか」と、和彦は問いかけ、牡鹿に近づいていた。その時は、友彦はすぐ後から来ると、思い込んでいたのだ。

「わしは、ここで失礼するよ。ここには、用のないものだからね」と、言って、牡鹿は、立ち去って行く。和彦は、そこに一人取り残されることになった。牡鹿は相変わらず、ゆったりと後も振り返らずに森の奥に向かって歩いていく——和彦は、一瞬迷った。この場所は判ったのだから、又来ることが出来る。あの牡鹿と今別れたら、また会うことが出来ないかもしれない。そんなことを思い巡らしている間にも、牡鹿は、森の中の樹間に姿を消して行ってしまう。友彦は、どうしたのだろうと思いながらも、牡鹿の消えていった樹木の狭間に目を凝らした。もはや、躊躇《ちゅうちょ》している余裕はなかった。和彦は、この牡鹿の後に付いて行こうと決めて、歩き出していたのである。

和彦は、夢中で牡鹿の歩き去った後を追っていた。途中で行き先を変えられることも考慮して、ただ闇雲に走ることも出来ない。牡鹿が歩いた後を辿る為に、辺りの草や藪を注意深く確かめながら、彼の足跡を辿って行く。おだやかな牡鹿の足取りは、意外なほど早いことに、今更驚きながら、足跡に注意しながらも急いで歩いて行く。と、行く手の草むらが、水の流れを覆っていて、危うく流れの中に、転げ落ちるところに出くわした。森の中には、あちこちに沼地や川があって、うっかりすると水の中に転げ落ちるか、沼地に足を取られて身動きできなくなってしまう。牡鹿の足跡を辿っていると、そんなところを巧みに避けていったことがわかってきた。和彦は、牡鹿が、その流れを渡ったのかどうか、確かめるために、草むらの下に隠れた川を覗き込んで見た。その対岸に、確かに牡鹿の足跡があった。水の中から岸辺に駆け上ったような跡が、そこの土と草むらにしっかり残されていたのだ。

彼は流れの深みを測りながら足を踏み入れた。それほど深くはなかったので、思ったよりも楽に向こう岸に辿り着いた。ところが、対岸の岸辺に這い上がるのに手間取った。岸辺の土も草むらもツルツル滑って、和彦が摑む草も踏ん張る岸辺の土も、彼が這い上がるのを拒んでいるかのようだった。こんなところを牡鹿は、本当に駆け上がったのだろうか。川の中に戻って岸辺を見渡してみた。すると対岸に草のなくなっている場所があるのに気が付いたのだ。その場に行って見ると、そこにも牡鹿の足跡があった。牡鹿も、あの場所からは岸辺に這い上がれずに、ここまで水の中を辿って来たことに気付いて、思わず笑みがこみ上げた——和彦はそこから岸に這い上がって、辺りを見まわして見た。近くに牡鹿がいるに違いないと思えたのだ。ところが、樹木が日差しを遮って静まり返っているだけだった。と、巨大な樹木の幹から確かに牡鹿が姿を現して、別の木陰に消えるのを、見逃さなかった。和彦は夢中で駆け出した。今度は牡鹿の方が気付き、息せき切って近付いてきた和彦に、相変わらずおだやかに声をかけた。

「そんなに急いでどうした。わしを追いかけてきたのかね」

「はい、追いかけてきました」と、和彦が答えた。牡鹿は、黙って首を縦に振って頷いたが、その訳《わけ》を聞こうとはしなかった。和彦としても、はっきりした理由などなかったのだ。先祖の精霊である牡鹿と、これからも親しく会うことが出来れば、それでよかった。牡鹿は、すべてを了解して、黙って歩きながら、話し出した。

「わしは、この森を離れるところなのだよ。カズヒコ、君の気持ちは判るが、又、会うことなど出来ないのだ」と、言った。牡鹿は、和彦の名前を知っていた。

「わしは、これから別の森に行く。だが、君についてこられるところではない。言っておくが、君は、この森を離れないでもらいたい。ここは特別な場所なのだよ。この森の外には、どんな魔性が潜んでいるか知れない。よいな。そうじゃ、あそこに池がある。一緒に水をのもう」と、言って、牡鹿は、池の方に向きを変えていた。和彦は既に、彼の名前を知っている牡鹿に、言い知れぬ畏怖を抱きながら、その後に従って歩いていた。池の手前に辿り着いたところで、和彦は尋ねた。

「でも、どうして、この森を離れるんですか」と、問いかけずにはいられなかった。

「それは、簡単に言えば、つまりここでの役目を終えたのだ。次の命を得て次の役目を果たす時が来たのだ。カズヒコ、君もやがて、その時が来たら、自分の次の生命を得て次の役目を引き受けることになる。この地上の存在の神聖さを理解する為にな。一つの生態から別の生態に姿を変える。それには大いなる意志が働いておる。姿を変え生き続けることで、全存在の創造の意志でもある神聖さを、理解できるよう仕掛けられておるのだ」と、言って、和彦の顔を見つめた。

その目は、なんともいえない優しさに満たされている。和彦は、その目に見つめられて、心から安らぎを覚えた。池の水辺に着いて、その池の水面《みなも》に口を近づける牡鹿の姿を、和彦は、黙って見つめている。不思議なことに水面には牡鹿の姿ではなく、真っ白な羽の大きな鳥の姿があった。和彦は、一瞬目を疑って、もう一度牡鹿を見た。そこには静かに水面に口をつけている牡鹿の姿がある。が、水の中に目を戻すと、そこに映る姿は、気品と優雅さに充ちた朱鷺《とき》の姿に変容していた。和彦は言葉を失い、ただ呆然として、その水面に映る朱鷺の姿を見つめ続けている――牡鹿は、水辺に立って和彦に向き直る。奇妙な感動に打たれ、口を開くことさえ忘れて、ただ、目の前に立っている牡鹿を見つめている和彦に、牡鹿は、柔和な眼差しで彼を見つめ、おだやかに口を開いた。

「どうした。驚くことはない。この池は、覗き込むものの魂の隠れた真実の姿を映す。この池だけではない。この森もこの中に入って来たものを、その隠された真実の姿に変えてしまうのだ。良くも悪くもな。カズヒコの村の衆は、それを忘れておる者がおるかも知れんな。だが、君は、今そのことを理解出来たはずじゃ。では、わしは、ここで別れねばならぬ。よいな、これ以上、わしについてくるでないぞ」と、牡鹿は、諭《さと》すようにやさしく、和彦に別れをつげ、森の端に向かって歩き始める。それは村々とは反対の方角に違いなかった。和彦が黙ったまま、その後姿を見送っていると、牡鹿の姿は、見る間に遠のき樹間の茂みの中に消えていく――和彦は、大きく溜め息をついて、ようやく彼も歩き始めた。が、その足の向きは、村のほうではなく、牡鹿の姿の消えていった方に向かっていた。和彦自身も村に帰るつもりで、歩き出していた。これ以上牡鹿の後について行く気などなかった。ただ、彼を駆り立てたのは、牡鹿が、あの池の水面に映った、朱鷺の姿に変容して、飛び立つ姿を見たい。それを見て帰りたい。あの白い羽を大きく羽ばたいた姿を見てから、村へ帰ることが許されないわけがない。そう思うと、夢中で彼は駆け出した。飛び立つ朱鷺の姿を見逃さぬ為にも、急がねばならない。やがて、森の端に近づいて来た。和彦には、遠目にも森の境界が近いことが、その先の照り返す日差しの強さで、それと知ることが出来たのだった。

森の境界に辿り着いた和彦は、日差しに輝く広々とした草原を目の前にして、足を止めていた。その草原の大地は、水を満々と湛《たた》えた大きな湖となって広がり、大小さまざまな岩が、岸辺をかたどっていた。その湖の対岸には峨峨《がが》として聳《そび》え、銀雪に覆われた峻厳《しゅんげん》な山並みがどこまでも連なっている。彼は薄暗く翳《かげ》った森を抜けた先のあまりの明るさに目が眩《くら》む。が、即座に、気を取り直した和彦は、急いで目を凝らして、どこかに、飛び立つ朱鷺の姿はないかと探し続けた。日差しは、少しずつ傾きかけて、小鳥達の群れが、湖の上を渡っていく。牡鹿はどこにいったのか。朱鷺の姿に変容するのは、何時《いつ》のことなのか。別の森に行くのに、朱鷺の姿で飛んで行くのではないのかもしれない。和彦は、次第に心細くなってきた。湖の対岸に聳える山並みも次第に夕日に染まり始めていたのである。

やがて、頭上に大きな羽ばたく音がして、和彦の真上を一羽の大きな鳥が、優雅な舞を舞うように飛び立つのが目に入った。「あアぁァー」和彦は、思わず感嘆の叫び声を上げて見上げた。朱鷺だった。大きく羽を広げて飛び立つ鳥は、鮮やかなトキ色の羽を見せていた。和彦はこれまでにも朱鷺が、村の田圃と森を行き来し、飛ぶ姿を見たことがあったが、今、頭上に羽ばたいて飛び去った朱鷺のように、大きく優雅に舞う姿をみたのは、初めてだった。湖水の上を日差しに照り映えた朱鷺は、ゆっくりと大きく輪を描き、やがて、遥かな高みへと飛び去っていったのである。和彦は、いつまでも目を凝らして、朱鷺の飛び去った空を見つめ、いつの間にか歩き出していた。そして、彼は、湖水の岸辺を歩き続け岩が山肌に連なる辺りにまで、辿り着いていたのだった。

その和彦の姿を最前《さいぜん》から見つめている一匹の狐がいた。大きな黒い尻尾を時折動かす度に、和彦との距離が約《つづ》まっていた。狐は、岩場の上から動く気配が全くない。動いているのは、和彦の方だったが、彼は、その狐の姿に気付かなかった。空の彼方、朱鷺が飛び去った辺りに、まだその姿を見つめていたのだ。いつの間にか、狐の座っている岩場近くに行き着いて、ようやく、狐の姿に気付いた。と、同時に、森からかなり離れたところに立っているのに、彼自身驚いた。狐は、興味深げに、和彦を見つめながら、

「どうした、その足。金色に輝いている。体のあちこちにも、砂金が付いているじゃないか」

と、言った。和彦は初めて、川を渡る時についた砂が、キラキラ輝いているのに気付かされたのだ。これが砂金だったとはと和彦自身が驚いているのを、狐は納得顔で見つめている。森から出てきた和彦の姿に、初めから注目していた尻尾の黒い狐は、この子は、使えると、確信を持って見つめていたのだった。果たして何に――

「その砂金は、君が森を出た時からついていた。森のどこにあったのか覚えているかね」と、尋ねた。和彦は、狐を見上げていた。出会った時は、目の前の岩の上にいた狐が、いつの間に

か、その岩自体がせりあがっている。奇妙な感じを抱きながら、和彦は答えた。

「大体の見当はつきます。これが砂金だなんて、気付かなかったけど。狐さんは、そこで何をしているんですか。もう僕は、森に帰らないといけない。一緒に帰りましょう。砂金があったところを、通るはずです」と、狐も森に帰るのなら、ちょうど、あの川を渡るに違いないと思ったのだ。ところが、狐は一瞬狼狽して、岩の上に立って背伸びをし——

「いや、わしには、砂金のことなどどうでもいいのだ。森に帰るつもりもない。本当のことを言えば、実は、君のことをずっとここで待っていた」と言って、元のように坐り直した。岩は、なぜか再びせりあがっていた。見下ろされている和彦には、なんとも狐自体が大きく見える。狐は、和彦の顔を見下ろして、しばらく黙っていた。やがて、真顔になって和彦を見つめ、静かな口調で語りかけてきた。

「カズヒコよ。今から、わしについて来るかね。この世界は広く、もっと面白い所が一杯ある。お前の村では、想像も出来ないことが待っているぞ。お前は、創造主の意志に従い、新たな運命を生きることも出来る——この地上の王の中の王となることも夢ではないのだ」と、言って、ニヤリと、口元を歪《ゆが》めた。ところが、和彦には、全く理解出来ないことだったので、キョトンと狐の顔をみていた。この狐も自分の名前を知っている。やはり、ご先祖の一人なのだ。和彦は勝手に思い込んでいた。

だが、この狐は、地上を隈《くま》なく踏破してきた権力亡者の魔術師だった。地球上で、彼の魔術の力量をして、通り抜けることが出来なかったのは、この目前にある森だけであり、初めてこの森に辿り着き、森の中のとてつもない魔力に怖気《おじけ》づいて逃げ出した時の己の屈辱をなんとしてでも拭《ぬぐ》い去りたい——その一念で、以来この岩場で数百年を過ごしてきていた。この森は、最後に残された積年の攻略の対象だった。だからこそ、今、この和彦の後について行ったからといって、容易《たやす》くこの森の奥に行けるなど、思いもよらなかった。和彦を利用する手立ては、既に、彼の胸の内にある。和彦は、そんな相手の本性など知る由もない。牡鹿が、森を出れば、どのような魔性が待ち受けているか知れないと、言い残したことも忘れ去って、無邪気に、目の前に現れた、新たな存在の底知れぬ魅力に目を輝かせていたのだ。狐は、また口を開いた。

「それには、一つ条件がある。今の名前をジョンと改名するのだ。よいか」と、おもむろに言った。和彦には、やはり、よく理解できない。

「王とは、何のことでしょうか。どうして、ジョンと、名前を変える必要があるのでしょうか」と、尋ねた。狐は、ちょっと苦笑して、和彦の顔を見つめ直して——

「この地上の全ての者を、自分の意志に従わせ、支配することを、神から許された者のことを、王様と称するんだよ。判らんか。それに、新たな運命を受け入れる為に、その証として、名前も改めるのだ」(そのほうが、わしに都合がいいのだ)と、内心考えながら和彦の顔を見つめた。和彦という森の精霊に守られた名を、何時までも名乗っていられてはなにかと都合が悪い——とは口にしない。和彦には、やはりよく判らなかった。全てを自分の意志に従わせ、支配するのが王というものだとは、考えも及ばない。和彦は、浮かぬ顔で口を開いていた。

「僕には、王様とは何のことか、よく判りません。村に帰らないといけないので、今日は、これでお別れします。また、機会があったら、いろんなことを教えてください」と、にべもない返事を残して、そこを立ち去りかけたのだ。狐は、慌てて和彦を呼び止めた。

「おい、ちょっと待て」狐は自分の思惑が、頓挫したことで慌てて叫んでいた。彼は訝《いぶか》った。この子には、人を支配するということが判らんのか。自我《エゴ》の欲望にも目覚めていない。思わず溜息を漏らす。

森の奥の村々で暮らす人々に、自他意識があっても、それを支えているものが、個人の欲望に、執着した意識ではなかった。（自我もその育《はぐく》み方を間違えると、欲望に捉《つ》えられ、周囲の者とは全く離反した己の欲望だけを拡大することになる。これは、魔物憑きの病を抱えることだ。そうなると生き続ける命の神性など理解できず、常に死の恐怖を抱え込むことにもなるのだ）と、村の長老は教える。己の欲望を拡大する自我をこの地の村人の誰にも見つけ出すことが出来ないことなど、狐には思いも及ばなかった。村人にとって生きるとは、先祖の意志を汲み取り、命の神性を理解することだった。それは、自然の全ての存在を尊重した生活。傍《はた》を楽にすることに専心する。それが生きてハタラクことであった。常におだやかに、皆仲良く相和し、感謝と調和の心で生きる。この村々の先祖達は、常に姿を変えて、子孫を見守り続け、永遠に命を保っている。村には、死者を葬《ほうむ》る墓などもなかった。狐は、そんな村がまだ存在するなど知る由《よし》もなかったのである。

狐は、次なる手立てを思案するしかなかった。権力亡者の彼の経験では、普通、誰でも権力の匂いに擦《す》り寄ってくる。それがなんと、王の王になれるというのに、この少年には、まるで手応えがない。あまり手間取ってもいられなかった。和彦が、森の中に入って行くのを食い止め、ジョンとして、生きてもらわねばならない。

いきなり、辺りが暗くなって、黒雲が、彼等の頭上に立ち込め、稲妻が走り雷鳴が轟《とどろ》き始めた。その雷鳴の中から野太く張りのある声が響き渡ってきた。

「汝《なんじ》、吾が意志を持って、この地の全ての命《いのち》、全てのものを、余の名において、統《す》べるがよい。吾、汝に総ての権能を許すものなり。全能の神なればなり」と、天にこだまして響き渡ったのだ。岩の上にいたはずの狐の姿は消え、和彦ただ一人になっていた。肝を潰す思いで、言葉もでない。雷鳴は轟き続けていた。

「汝、吾が命《めい》に従い、今より、ジョンと名乗るがよい、よいか」と、その声は、和彦の耳元で響き渡り、彼の全身をしびれさせるほどにこだました。辺りの山々が、同時に唸《うな》りを上げていた。相変わらず、声が出ない。出せなかった。

「答えよ。雷鳴に打ち砕かれたくなくば、吾が命《めい》に従うのだ。よいな」その声が、やむか止まないうちに、再び、物凄い雷鳴が轟き渡って、和彦は、その轟きに思わず跪《ひざまず》き、声を振り絞って、従うことを誓ったのである。

「はい、命《めい》に従います」と、必死で、黒雲に包まれた空を見上げていた。雷鳴は収まり黒雲は、流れ去っていた。その刹那《せつな》、ジョン＝和彦の視界が渦巻き、森が彼の視野から遠のいて、遥か彼方に後退して行った。記憶から和彦のこれまでの姿が消え、友彦や村での記憶も拭い去られていた。もはや和彦自身の記憶が別な意志の元に委ねられたのだ。

雷鳴から解放されたジョン（和彦）は、ホッとして立ち上がる。と、その足元に弓と矢が置かれているのが目に入った。なにげなく、狐の居た岩を見上げて、彼は、驚いて目を見張る。そこには、狐の姿ではなく、黒いローブを身に纏《まと》った人影が立っていたのだ。ジョンは眼を凝らして、確かめようとした。と、その人影は、居丈高に口を開いた。

「ジョンよ。驚かしたな。わしは、これまで狐の姿でいたが、本当は、偉大なる創造の神に仕える大神官カルトン様じゃ。わしはこれからお前に、戦士としての訓練をほどこす。よいか、王となる為には、まず、ひとかどの戦士でなければならぬ。わしの命令は、すなわち創造の神の命令と思え。そなたは、若輩ゆえ、王の何たるかも判らぬようじゃが、すべてを吾に、ゆだね従うのじゃ。判ったか。ジョン」と、言って、ジョンの前に、ひょいと身をひるがえして立った。ジョンは呆気に取られて、相手を見つめた。黒いローブを頭から纏《まと》っていたので、顔がよく判らなかったが、厳《いか》めしい風貌《ふうぼう》に、どこか間の抜けた印象の顔立ちだ。ジョンよりも背丈が低い。ジョンは黙ったまま見つめ続けた。

「どうした。返事が出来んのかね。わしに服従するのじゃ」と言って、ジョンを睨《ね》めつけたのだ。ジョンは、我に返って、大神官カルトンの前に膝をついた。

「はい、大神官カルトン様」と、口走っていたのである
大神官カルトンは、ようやく溜飲《りゅういん》が下がって、ニンマリと微笑み、ジョンに足元にある弓と

矢を持って、ついてくるように、高飛車に指示して、夕焼けに染まる草原を歩き出したのである。ジョンは、その後に従って歩き出し、あたりを見回していた。何かが歪んで見えていた。もはや、森は彼の視界になくなっていた。彼は、この黒衣の底知れぬ男に、森と村の記憶を奪われ、隷属させられることになったのである。

大神官カルトンは、悠然として辺りを払う気概に燃えていた。このジョンを手玉に取った経緯は、彼に、新たな人心攻略の手立てをもたらした。権力に擦り寄らぬ者には容赦のない恐怖心によって、屈服させる手立てこそ有効なのだ。と、肝に銘じていた。

一―三

大木の室穴《むろあな》で、気を失っていた友彦は、顔をペチャペチャと舐《な》められているのに、気が付いて起き上がると、側に小熊がいて友彦の顔を覗《のぞ》き込み（大丈夫かい）と首を傾げて見つめている。友彦は、ニッコリ微笑んで頷くと、大木の幹に開いた穴の外から覗き込んでいた大きな親熊が、友彦に声をかけてきた。

「おや、気が付いたんだね。わたしが大声で、吼《ほ》えたのでビックリして、こんなところに転げ落ちたんだね。怪我はしてないかい。あんた達を脅かすつもりじゃなかったんだヨ。この仔《こ》にね。巣穴の外にでちゃ、ダメだよ、って忠告のつもりだったのさ。なにしろ、なんにでも興味を持って、巣穴の前を通るものについてっちまうのさ。この間なんか、小亀の後についてっちまって、沼の中で、泥に足をとられて、身動き出来ないでいたんだヨ。親のわたしにも泥沼のなかじゃ助けてやれない。沼の岸で、ウロウロして見ているだけ、ってのは、辛いことさ。やっと、親亀が沼の遠くから、ノソノソどっこいしょって、来てくれて、ヤットコサ、この仔を岸辺まで、引きずり上げたことがあったんだよ」と、言って、小熊の頭をペロリとなめた。小熊は、母熊に擦り寄って、(もう、いいじゃん。そんなこと知らない人に、言わないでよ)と、小さな頭を、親熊の喉の辺りに擦り付けているのだった。そんな小熊を見つめていた親熊が、ふと、真顔で友彦を見つめ――

「そりゃそうと、あんたのお連れさんは、とっくに森の奥にいっちまったね。今から追い駆けても暗くなってしまう。それじゃ、この森の中は、真っ暗闇になるよ。このまま、今夜は、ここにいた方が、いいんじゃないのかい。そうしな、そうした方がいい。あんたのおっかさんがここに居たら、きっと、そう言うにきまってるヨ」と、言って、大きな親熊は、木の室穴の前に、ドスンと座り込んでしまっていた。友彦に、口を挟むタイミングを全く与えないで、親熊はこれで全てよし。と納得の体《てい》である。友彦は、クスクス笑い出していた。小熊は、そんな友彦を見つめて、うれしそうに後ろ足で立って、手を叩く素振りをして見せた。(ウチのかぁチャン、たまには物分りいいんだ。この人と友達になっても安心なんだ。うっれしいじゃん)と小熊は、小躍りしていた。

森の中が真っ暗闇になったころ、バサバサと羽ばたく音がして、梟が飛んできた。熊の親子は、既にスウスウと寝息をたてて、小熊は、母熊に頭をつけ、両の手は、友彦の足にふれる格好で寝入っている。友彦は梟の羽音に気付いていた。暗い闇の中でも、目が慣れてしまうと視界にあるものが確認できた。梟の目が捉えているものが、地面の草の上に動く小さな雛鳥のようだ。友彦は、親熊の寝ている脇と木の幹の穴の狭い隙間をソォッと、抜け出て、その雛鳥の側にスバヤク這《は》いよっていた。梟の飛び掛ってくるのと、ほとんど同時に彼は、雛鳥の上に身を伏せた。梟の鋭い爪は、友彦の背筋に食い込んで、思わず息をつめた。すぐに梟は飛び上がり、近くの枝に止まって身構え、首を下げて大きな眼《まなこ》で、友彦を見つめ続けている。（なんで、わしの獲物を横取りするのだ）という梟の音にならない思念の声が、闇の中で、友彦の心に伝わってきた。友彦は、枝の上の梟を見上げて、やはり思念の声でそれに答えた。（梟さん、ごめんなさい。横取りなどする気はないんです。でも、この雛を助けたい。親鳥に返してやりたい）と、必死な思いで言った。梟は黙って友彦を見つめて、（お前、背中が痛むだろう。わしの爪は鋭いからなぁ。トモヒコよ。この森で、お前に会えてよかった。どんな小さな命をも見捨てない、そのお前の気持ちは、わしにも判る。森で学ぶことは、沢山あるぞ。また、会おう。たっしゃでな）と、言い残して、森の闇に飛び去った。友彦は、その梟を見送りながら、（ありがとう、梟の賢者さん）と心の内で、お礼を言って見送ったのである。気が付くと小熊が、そばに来て友彦を見上げていた。（あの梟のおじさんと知り合いなの。トモヒコって、言ったよ。友彦さん、あのおっかない梟のおじさんが、引き下がっていったね。すごいじゃん）と、小熊は、またもご機嫌な気分になっていた。母熊は起き上がっては来なかった。が、すっかり、全ての思念の声でのやり取りを聞き取っていたのである。

森の朝は早い。東の空が白み始めると、野生の鶏が、時を告げる声のファンファーレを高らかに轟かせ、小鳥たちの早朝コーラスが始まる。友彦は、夜中に梟の餌食《えじき》になるのを辛うじて救った雛鳥を両手に持って、木々の梢を見上げた。どの木の巣から落ちてきたのか。そばには小熊も一緒に木を見上げている。（この雛子ちゃんの親鳥は、気が付いていないのかなア。巣に一羽の雛が居なくなったこと）と、小熊が呟いて、友彦にやたら体を摺り寄せている。その時、けたたましく鳴き声をあげながら、友彦の頭上を飛び回っている二羽の小鳥が、甲高い声で友彦に話しかけてきた。（あのぉ、あなたの手の中にいる雛、その仔は、わたしの大切な、とっても大切な雛ちゃんです。巣からどうして居なくなったのかしら。きっと寝ぼけて、飛べるとでも思ったんでしょうね。もうじき、巣立ちするはずなんですけど、本当に嬉しいわ。無事だったんですものォ）と、言って、雛の親鳥が友彦の両肩の上に、チョコンと一羽ずつ止まって、友彦の肩の上から手のひらの雛に、ピイピイと呼びかけて鳴き、（よかったよ。助けて頂いたんだよ。本当にお礼言いなさい。お前の一生かけてお礼をしなくっちゃね）と、こども雛に早口の甲高い声でさえずり続け、その後も友彦の肩から離れずに、こんどは、彼の耳元に、何度も助けて頂いてありがとう、と歌い続けたのである。やがて、興奮の収まった親鳥が静かになって、ようやく友彦は、どこに巣があるのか、その巣に、どうやって雛を返せばいいのか、思案し始めていると、そばにいた小熊が（木登り上手の猫におねがいして、咥《くわ》えてってもらえば）と、提案した。（とんでもございません）と、親鳥は、身震いして、小熊を見つめる。親熊がこの様子を脇で見ていて、吾が仔の余りの間抜けた提案に、こちらも首を横に振って、小熊の尻を前足で蹴飛ばし、振り向いた小熊に（変な口を挟むんじゃないよ）と、厳しい目を向けてたしなめたのである。

その時、奇妙なことに、大木の大きな枝が、ユサユサと揺れ始め、その枝が地面近くまでゆっくり、枝先を近づけてきた。周りの木の枝もゆっくり揺れ動き、そこに大木の枝先が近付く為の空間を生み出す――。小鳥たちは、一斉に鳴きやみ、突然、木々の枝のきしむ音だけが、森の中に響きわたった。友彦の前に、その枝先を近づけた木が、静かに（さあ、この枝の上に乗ってごらん。その小鳥の巣がある枝まで、持ち上げてあげよう）と、言った。友彦は、肩には親鳥、手のひらには雛鳥を持って、その大木を仰ぎ見て、微笑みながら（ありがとう）と、言って、枝先に跳び乗る。と、同時に木の枝は、実にゆっくりと地面を離れ上がり始め、周囲の木々もその道筋を作り出して、次々に、友彦は上の別の枝に乗り移って、彼の立っている枝の道筋が、徐々に上に向かって開けて行く――熊の親子はあっけに取られて見上げていたが、その姿が見る間に小さくなり、友彦の視界が森の梢の空に開かれて、枝の動きが静かに止まっていた。森が、急に小鳥達の喜びのコーラスに包まれ、親鳥は巣に戻り、友彦は、手のひらの雛鳥を巣の中に、無事に戻してやることが出来た。巣に戻った小鳥の親子は、一斉にピイピイと喜びをこめた歌声で（あ・り・が・と・う、ありがと〜う）と、繰り返し歌い続ける。

こんなに高い位置から森を眺めるのは、友彦には、思いもよらないことだ。たくさんの小鳥達が、友彦の頭上、梢の上の空間を何度も環を描いて飛翔する。森の遥か彼方まで、視界が広がって見える。遠くに、空に突き出た峻厳な銀雪の山並みが、どこまでも見渡すことが出来た。しかし、それが、森の外の世界に広がる光景だとは、この時の彼に、知る由もなく、まして、その山並みの麓で、和彦が、大神官カルトンの変身した、尻尾の黒い狐に連れ去られて行ったなどとは、夢にも思わなかった。朝の澄んだ空気の中に、無数の光彩の玉が梢の上に漂っていて、小鳥達は、その光彩の玉のなかを飛び交い、歌い続けていたのである。

友彦は、地上に戻って、熊の親子と共に朝餉《あさげ》の為に森を移動して、蜜蜂が、飛び交っている木の側にやって来ていた。大きな蜂の巣が、その木の幹に張り付いて、母熊は、少し離れたところに立ち止まり、小熊はちらっと、その姿を見て（僕一人で、ハチさんに頼んでみる）と、言ったので、（そう、お願いするんだよ）と、母熊が、コックリ首を振って、友彦と小熊がハチの巣に近づいて行くのを見守っていた。沢山の蜂が、飛び交う側に近づいた小熊は、鼻先にまで飛んできたハチに、（おはようございます。ハチさん、僕達に蜜を少し舐《な》めさせて下さい。ここにいるのは、友達になった友彦さん。……よろしくお見知りおき下さいね）と、なかなかの交渉ぶりを披露した。その小熊の応対に出たハチは、（昨日きたばっかじゃない。いつも一週間は、間をあけてっていったよね。……でも見たとこ、お連れが出来たんだね。しょうがないね、巣に、あんまり大きな穴を開けないでね、小熊もこの頃、手がデッカクなったからぁ）と、言って、飛び去っていったのだ。親熊は、その飛び去って行く蜂に（すまないねぇ）と、首を二度、三度と振って見送っている。小熊に倣って、友彦も蜂に会釈し（蜂さん、少し蜜を舐めさせて頂きます。ありがとう）と、言って巣の傍《そば》に近づいた。小熊は、手を出来るだけ小さく細めて、蜂の巣の隅を砕いて、その巣の欠片《かけら》を取り出し、その蜜のたっぷりついた、巣の欠片を友彦に手渡す。友彦は、それを受け取って、蜜をシャブルようにして舐めた。小熊は前足でステップを踏みながら陽気に友彦を見詰めている。友彦はまだタップリ蜜の付いた残りを小熊に返してやった。小熊は、うれしそうにそれを受け取って（もういいの、まだ、スゴーク蜜があるじゃん）と、言って、友彦の顔を見上げた。これは、小熊が、友彦の心を、すっかり自分の心と結びつけた瞬間となったのである。

友彦は、微笑んで小熊に答えていた。（蜜は、もう充分舐めたよ。ありがとう。なんだか、以前から小熊ちゃんとは、兄弟だったみたいな気がするよ）と、言ったのである。

友彦と熊の親子は、また、森の中を移動して、今度は、果実の樹木が群生している辺りに向かい、小熊は、しきりに、口の周りについた、蜜を舐め回しながら歩いている。そのステップは、二拍子と三拍子を繰り返して、親熊と友彦が立ち止まっても、小熊のステップは止まらない。どこまでもご機嫌なのだ。呆れて見ている親熊の前を素通りして、草むらに隠れた水の流れに三拍子のステップで、飛び込んでしまっていた。しばらく踠《もが》いていた小熊は、ようやく、その水の中から、岸辺に這い上がってきて、濡れた頭と体を何度もブルブル振りながら、二人のところに戻って来た。友彦は、早朝の小熊の水浴びを笑顔で見つめていた。が、親熊の顔は、厳しい表情である。（お調子こくなって、何度、言やぁ判るのさ。つったくもう）と、言って、小熊の濡れた体を、大きな舌で舐め回してやる。シュンとして、おとなしく親熊に舐め回されていた小熊も（もういいよ、かぁチャン。これからちゃんと、気いつけっから）と、言って、友彦の顔を見て、照れ笑いをした。いやがる小熊の濡れた体を、なおも舐め回していた親熊は、ようやく小熊から離れて、（さあ、もういいよ。この辺の熟した実を食べな。食べ過ぎないこった。実を取って食べる前にア、ちゃぁんと、木に、お願いすること、忘れんなア）と、念押しをする。小熊は、言われるまでもなく、しっかりと食べごろの実を見つけ、その木に（この実をいただきます。今日は、友彦さんという連れがいます。よろしくお見知りおき、お願いします）などと、相変わらず愛想がいい。小熊は、コロンとした体つきに似合わず、意外なほどの器用さで、桃の実る木に登って、枝の上に腰を据えた。その木には、他の果実の枝も重なり合っていたので、それらの熟した実を見繕《みつくろ》って食べ始めた。友彦も小熊に見習って、あたりの熟した木の実を見つけ、木に許しを得て、甘く熟れた実を食べることにした。そこに小鳥たちも仲間入りして、忙しく木の枝を飛び交い、木の実を啄《つい》ばんでいる。森の朝、村では想像もつかない楽しい朝餉《あさげ》となったのである。

親熊は、自分の決めた量の果実を食べ終わった後、小熊と友彦の食べ散らかした、果実の種を適当に拾い集めていた。友彦は、ふと、木の上からその親熊の様子を見おろす。親熊は、実に器用に、足を交互に使い、よどみのない作業手順を繰り返して、種を地面の中に埋め込んでいる。そんな姿を感心してみつめていた。すると、小熊もその作業に加わって、同じ手際で、たのしそうに、リズミカルなステップで動き回る。その周りを飛び回る小鳥たちも熊の親子とは別に、小さな種を森のあちこちに運び去って行く。そこに運ばれた種は、いつか森の別の場所に芽を出してくれるに違いなかった。森の果樹園は、こうして、熊の代々の世代に受け継がれていたのである。

友彦の森での一日は、早朝からかなり充実したものとなった。朝飼の後、木陰には親熊が寝そべり、小熊は、まだ、濡れた体を乾かすためもあって、日溜りの中に寝そべっていた。友彦は、ようやく人心地がついたところで、和彦のことが気がかりになった。が、もう、村に帰ったに違いない。とも思った。ところが、気分はなんとも納《おさ》まりがつかない。

その時、森の奥から獣の鳴き声が響いてきて、悲しげな響きが長く止《や》まない。それが、狼の鳴き声だと友彦も小熊も、すぐに気付いた。親熊は（悲しそうだね）と、呟いて、また、ゴロンと寝そべっている。友彦は、とっさに鳴き声のする森の奥に駆け出していく。弾かれたように、小熊もその後を追いかけていった。親熊は、ちらっとその後ろ姿に厳しい目を向けていた。が、小熊の走り去るのを見送る目には、微笑みさえ浮かんでいた。

友彦は、森の中の崖を回りこんで行くと、急な坂下に狼が後ろ足を引きずっている姿に目を留めた。その後ろ足には大きな棘《とげ》が突き刺さっていた。いそいで地面に座って狼の体を膝の上に寝かせ、その棘を力いっぱい引き抜き、ホッとしている友彦に、追いついてきた小熊が側で（棘を抜く時、よう気いつけんと）と、言う。狼の足から見る間に血が流れ出し、友彦は慌てて、その血の出ている足を、自分の指で押さえていた。が、出血は止まらなかった。大きな棘をいきなり抜き取った為に、流れ出る血の勢いや量が、半端なものではない。小熊は（ほら、ねぇ）と言いながら、心配顔で友彦の顔を覗き、狼の顔を見つめる。狼は、かすれた声で、口を開いた。

（いや、ありがとう。痛みはなくなったよ。その崖から跳び降りたんだ。とたんに後足に激痛が走ってね。朝からメンボクないこった。もう大丈夫だ。このまま、しばらくここで休んでいれば、直《じき》に歩けるようになるだろう。ありがとう）と、言って、ぐったり体を横たえた。その足の出血が止まる気配はなかった。なんとか、この出血を止めなければ、狼は弱って行くだけだ。と、友彦は、焦り始めた。その時（わたしの葉っぱを使いなさい。直《じき》に血が止まるわ）と、呼びかける声が、友彦の心に響いてきた。友彦と小熊は、あたりを見回すと、崖の下に生えている茂みの灌木《かんぼく》が、しきりに枝を震わせているのが目に入った。友彦が急いで、その灌木に近づくと、手の平ほどの大きな葉を震わせて（急いで、この葉を取って。この葉を少し揉んでから、血の出ているところに当てるといいわよ）と、言う。友彦は、笑顔で、お礼を言って、さっそくその葉をとって、言われたように、少し揉んでから、それを狼の後足の血の出ている個所にあてがい、手でしっかりと押さえ続けている。と、そこへ小熊が、長い枯れた草の茎を咥《くわ》えて来て、（この草の茎は丈夫だよ。これで、その葉っぱを足に結わえ付けるといいじゃん）と、言って、友彦の目の前に、口に咥えたまま差し出していた。友彦は、その枯れ草の茎を片手で受けとり、大きな血止めの葉を狼の後足にしっかり巻きつけ留めたのである。

狼は、ぐったりした体を地面に横たえ、友彦を見上げ、力のない声で話しかけてきた。

（いやぁ、スマナイねぇ。アリガトウ。この小熊は、チョコチョコ見かけるが、あんたの方は、初めてみる顔だ。双子の兄弟が、この森に来たって噂だがなア）と、見詰めた。

「そうです。その一人の友彦です。狼さん、あまり話さないで、休んだほうがいいです。かなり出血してますから」と、言って、葉っぱの下から滲み出ている、血で染まった足の具合を見つめつづけ、ようやく、狼の足の出血が止まったのを見届けた、友彦と小熊は、ホッとして笑顔を浮かべ（ヨカッタじゃん。血がとまったね）と、小熊は立ち上がって、手を叩く素振りをしながら、友彦の手が狼の血で赤黒くかさついているのを見て（友彦さん、その手、どっかで洗わなきゃ）と言って、くるりと向きを変え、水の流れのある方に歩き出していた。友彦は、狼に手を洗って、飲み水を持ってくることを伝えて、小熊の後を追いかけて行く。と、水の流れは、崖の脇を少し行くとすぐに見つけることが出来た。そこで友彦は、急いで乾いて赤黒くなった血を洗い流してから、そばの灌木の広い葉をもらって、それを筒状にすぼめ、水を汲んで狼のもとに戻ってきた。グッタリしていた狼の目は、その水を飲んで、ようやく鋭い光がもどったのだ。

風が灌木の葉を吹き抜けて、花の香りが、辺りを包み込んだ。その時、狼はしゃがれた声で友彦に語り掛けた――

（わしは、なんと礼を言ったものか、言葉で言い尽くせん思いだよ。友彦さんとやら、いや、これほど、手厚い扱いを受けたことは、これが、初めてなのでナ。恥ずかしい話ながら、あの崖を飛び降りた時、わしは、ウサギを追いかけとったんだよ。もう少しで、あのウサギを捕らえられる。それだけで、夢中だった。――いつものことだが、ウサギやリスなどを捕って、この口で嚙み殺す時、彼等の悲痛な思いを感じなかったことはない。だが、それを感じながら、わしは、それを無視するか、別な意識に捉えられておった。こいつは、わしの獲ものだ、と、ナ。友彦さんわしは、大変なことをし続けてきた……。わしは狼の生涯を終えた時、今度は……今、心に決めたよ。他のものの悲しみや苦しみを判りながら無視し、それを楽しむような生涯など、本来あってはならない。アリガトウ。心から礼を言いますゾ）と、静かに語り終えたのである。

「狼さん、僕は、特別なことなどしていません。でも、狼さんのお話で、僕も教えて頂きました。ありがとうございます」と、友彦は微笑んでいた。小熊は、二人の話をおとなしく聞いていたが、いきなり目を丸くして（そうだ、狼さんは、腹へってるんじゃない。果物のあるとこ行こうじゃん）と言い出したのである。狼は微笑み、小熊に向かって（君は、小さいのに感心な仔だ。まあ、ともかく、わしは、自分の巣穴に戻ることにするよ。世話になったナ）と言って、狼は後足の片方を持ち上げるようにして立ち上がり、ゆっくり歩き出した。友彦と小熊は、狼を巣穴まで見送るつもりで歩きだしていた。が、狼は立ち止まって、二人に向かって首を横に振り、もうこなくても大丈夫だよ、と笑顔で別れを告げた。友彦と小熊は、その場に立って、森の樹木の陰に狼の姿が小さくなり、やがて、樹間にまぎれて姿を隠してしまうのを見送った。

突然、森の木立が奇妙な唸りを発し、白い小さな二つのウズが、クルクルと立ち昇って、狼が姿を消した樹間の辺りに、そのウズが、周りの枝葉を巻き込んで留まり、やがて、その二つのウズが一瞬融合し、鋭い閃光を発した。すると、何か白い物が跳び跳ね、それは、藪の中に消えてしまった。友彦は小熊の顔を見た。小熊が呟いた（ウサギじゃない？）。彼等は、狼がウサギに変容する貴重な瞬間に、立ち会ったのである。

風が森の中を吹きぬけて、花の香りが再びあたりを満たし、色とりどりの花が、一面に咲き乱れている美しさに、友彦は初めて気付かされ微笑んだ。

その時（あのぉ、友彦さん、今度、頭痛がしたときは、わたしのこの葉っぱを採って、お湯で煮だして飲むといいよ）と、そこに咲く花が、風に花びらを振るわせながら言った。（あぁ、歯が痛い時は、わたしの根っこを取って、かじってみてね）と、別な灌木がいう。次から次に、花や灌木が、友彦に話しかけてきた。友彦は、驚きと笑顔で、周りの灌木や花を一つ一つ眺め回していた。不意に、小熊が（そんなに、皆、いっぺんに話したってだめじゃん。友彦さん驚いて、目を白黒させてる）と叫んだので、とたんに、静かになった。それでも、灌木は、葉を震わせ、花は、風に揺れながら、彼等の持っている命の秘密を知らせたがっていたのである。

友彦は、森の中の灌木や花々が、これほどの神秘に満ちた命を持っているとは、思いもよらなかった。彼は、植物たちの命の神秘に深く興味を抱き、このまま森を離れて、村に帰るよりも、ここで出来るだけ植物の命の秘密を学んで、村に帰ることこそ、村人に役立つと思い定めていた。静かに灌木や花々を見つめ続ける友彦の姿に、小熊が、声をかけた。（どうしたの、友彦さん、この花たちの話を聞いていたいの。そうなんじゃゃね、きっと）と、微笑んで、急に、はしゃぎ始めた。小熊は、もとより友彦の関心のあるものなら、なんでも面白いと感じていた。それに怖い親熊も友彦と一緒に居るなら怖くない。森の賢者たちも友彦には、引き下がって行く。何よりも頼りがいのある、お連れ様なのだ。そんな小熊に（花や他の植物の話をもっと聞いて、ちゃんと学んでおきたい。小熊ちゃんどうする）と、友彦は尋ねた。小熊は、聞かれるまでもないと首を何度も振って（いいじゃん、一緒に居るよ。夜は、あの木の室《むろ》に帰るでしょう）と尋ねかえした。

友彦は、その時から、全く村のことも和彦のことも忘れて、灌木のそばや花のそばで、彼等の命の秘密を学び始めることにしたのである。時に葉っぱを貰い受けて丁寧に刻んだり、乾燥させたり、乾燥させた葉を丁寧に束ねて保管した。森のあちこちを歩き回って、木や花の命の秘密を訪ね歩いたのだ。水辺の草からも苔《こけ》や蔓《つる》の根などからも、驚くほどの命の神秘を学ぶことが出来た。人の病を癒す力、食物として滋養のあるものなど、植物の精霊と親しみを深め常に心からの敬意を払って接して、友彦の村の長老の智恵をも凌ぐ植物の命の神秘を学び続けていた。日を重ね年を越え、その間、友彦と共について歩く小熊のおかげで、森の獣たちと植物との不思議な繋がりや自然に身に着けている知恵にも常に目を向け、学ぶことができたのである。

ある秋の日、冬眠をする熊の親子が、決まって普段は口にしない隈笹を食べることに、友彦は興味を抱き、この習性について小熊に尋ねてみた。小熊は、即座に、

（どうして、友彦さん冬眠するのに隈笹食べないの？　冬眠している間は、体がすごく冷えるじゃん。そんですぐ病気にならないように隈笹食べないとだめじゃん）と言って、親熊の顔を見たのだ。親熊は、頷きながら大きな口を開けて、笑った後、人間は冬眠なんかしないことを小熊に教え、友彦には彼らの習性について語ってくれたのだった。

やがて、小熊も又、友彦と共にその知恵を育んで、賢者の熊となったのである。

ある日、友彦は、以前、両親や和彦と初めて訪れた《始原の樹》のそばに居た。それは秋の実りの時を迎えていて、森に棲むあらゆるものが、その姿をみせていた。鹿の群れもウサギやリスの家族、狼の親仔など、どの顔も、既に、友彦とは親しみを分かち合っている、森の仲間たちだった。が、そこには、村人の誰一人姿をみせていない。友彦は、どうして、村人が一人もいないのだろうと、思っていると――

（この樹の果実や木の実は、全部この森の住人、獣たち、小鳥たちのものです）と、そばに居た熊が言ってニヤリと笑顔をみせた。友彦は黙って、《始原の樹》の樹全体が見渡せる地面の上に座り、沢山の種類の果実や木の実をたわわにつけた巨大な枝を四方に広げた樹影を見上げ、その樹の枝葉の広がりに、いつまでも見とれていたのである。その樹には、小鳥たちやリスなどが、枝の端々を絶えず動き回り飛び回って、木の実や果実を落としていた。それは樹の下にいる獣達の為でもあった。

いつの間にか、月がその巨木の上に輝き始めた頃になって、ようやく小鳥たちは静まり、樹の下にいた獣たちだけが、落ちた木の実や果物を求めて歩き回っている。ところが、気がつくと、狼や狸、鹿、ウサギ、リスなどが互いに身を寄せ合い、一塊になって、座り込んでいる。それは友彦には、意外な光景だった。その時、友彦の耳に――

「この樹の実りを分かち合って食べる。争いあうことなく助け合って生きる。それがどんなことかわかりますね。まず、周りのものに与えることをしっかり心に刻むのです。その時、自然の全てが、あなたにも与えられます」という声が静かに響いていた。

月が丁度、空の中天に差し掛かった。その刹那、樹全体が月の光で、燃え上がるように夜空に、くっきり浮かび上がって、その樹の中からフワリと浮き上がる人の姿が、目に映り、それが、大きく樹全体と一体になっていく。（あ、あれは）と思った時、その樹を包み込んだ不思議な光の輝きの中に、なんと友彦も包み込まれていた。一瞬、彼は、沢山の果実の甘酸っぱい香りが全身の細胞に浸透《しんとう》して、目眩《めまい》を覚えていたのである。

友彦は、ふと、《始原の樹》に目をむけた。月の光に樹影が深い暗紫色のベールを纏《まと》い、その静寂の中に緑の光彩が一際鮮やかに輝いているのが目に飛び込んできた。目を凝らして見つめていると、（あれは、真我魂《まがたま》（珠）ですよ）と囁く声が耳元に響いてきて、いつの間にか、彼の周りに静まっていた獣達が、人の姿に変身しているのに気付いた。その中に一人の見覚えのある村人の姿がある。なんと《嫗様》が立っていたのである。

「友彦よ。ここにいるのは、皆が皆、自在に姿を変え、住み替えることの出来るご先祖さまの姿――よく見知っておくのですよ」と、嫗様が語りかけた。そして、その胸元には、始原の樹に輝く緑の珠と同じものが鮮やかに光をはなっている。その緑の珠は緑光が回転して飛翔する時に尾を描く、一瞬をとらえた不思議な形をしていた。

「私の胸の、この緑の珠に気付きましたね。これは、ご先祖が我ら生き物全てに息づく真実の魂を蘇《よみがえ》らせ、目覚めさせる為に《始原の樹》の中に託された、貴重な珠の樹のマガタマ。あの樹に数年に一度、極わずかに実をつける貴重なもの。心無い者の手には、決して渡してはなりませぬ」と媼様が静かに友彦にいった。月が一際明るく獣たちから変身した人々の姿を照らした。見慣れぬがどこか懐かしい人々が、友彦を見つめていたのである。

数年が過ぎていた。大きくなった熊は、以前の小熊のままの律儀さで、常に友彦の傍らで、彼の姿を見守り続けていたのである。

友彦が森を離れる日がやってきた。友彦の主《おも》な生活の場は、既に森の中になっていた。デッカイ熊の背に、森の命の叡智の元である植物の葉、根っこ、種などを乗せて村に向かった。彼が熊を連れて村に帰ることは、既に、村中の人に広まっていた。小鳥の群れが、これまでも森と村の間を行き来して、友彦の現況は伝え続けられていたのだ。

森の外れの村に向かう道筋に、村人と共に迎えに出ていた父母の姿があった。すっかり様変わりした友彦の姿に誰もが驚き、同行した大きな熊にも村の衆は度肝を抜かれた。

そんな村人に、熊の方は挨拶のつもりで、突然大声で吼《ほ》えたので、ビックリした村人は逃げ出していた。友彦は笑って、熊をたしなめた。それで熊の方は、慌てて立ち上がり、「ゴメンナサイ、僕は友彦さんの森のお友達です。今、吼えたのは、僕のご挨拶です。村の皆さん、よろしくお見知りおきねがいます」と、何度も首を振って、会釈していた。

無事友彦が森から戻り、携《たずさ》えて帰った多くの植物の葉、種や根っこなどは、村人の前で全て披露された。長老たちも皆感心して、友彦の説明に聞き入ったのである。

それらは、村の中央にある村人共有の倉庫の奥に運び込まれ、村人には誰でもその薬草、滋養のある種や根っこが利用出来た。だが、その利用の仕方などは、友彦の一回の説明で、村人の全ての者が理解できた訳ではない。その対応に当たった友彦と共に、なんと大きな熊が誠実に応じていたので、熊は村人の人気者になっていた。

友彦が、父母と共にゆっくり寛《くつろ》ぐことができたのは、五日後のことであった。その時の両親の喜びは、友彦の胸を一入《ひとしお》強く感激させた。父も母もどんなに、友彦の安否を気遣っていたことか身に沁《し》みて思い知らされた。だが、そこに居るはずの和彦の姿が見あたらなかった。和彦もあの日以来、森から村に帰っていないことを、友彦は、初めて知ったのである。そして、友彦の現況は、小鳥たちによって伝えられていたのだが、和彦については、どこにいるのかさえ杳《よう》として、分からなくなっていたのである。

彼の消息が、分からないのは、大神官カルトンと共に、森から遠くに旅立ったためばかりではなかった。既にジョンと名を替えた彼は、どこにいても和彦として、どんな噂や話題の対象にもならず、遠くを行き来する、渡り鳥の耳にも和彦の消息が不明のままだった。村の長老で多くの巫女を従えた嫗様にさえ、大神官カルトンの魔力に捉えられ、ジョンと改名して生きている和彦の消息を辿るすべはなかったのである。

一－四

既に和彦としての記憶を奪い取られたジョンは、森の守護の外にあって、大神官カルトンの造り上げた「戦士の館」に連れてこられていた。戦士の館とはいえ、テントが点在するだけの、いつでも移動可能なものだ。八つのテントが、丸く広場を囲むように設置され、それぞれのテントには、武具などが収納されて、その周囲に個々の戦士達のテントが点在する。広場から離れた岩山を背に、一際大きなテントがあり、大神官カルトンの信奉する神の神殿施設と彼の住まいが併設されていた。テントの周囲に放し飼いの羊の群れがいてほかに馬や牛も飼われていたのだ。ジョンは、既に戦士として大神官の下にいた、十数人の男達の手にゆだねられ、彼は、その仲間になって以来、戦士としての猛訓練に励んでいた。馬術、槍術、弓術、投擲《とうてき》、剣術などを先住の戦士たちに教えられ、共に訓練を繰り返すだけの日々を送る。先住していた戦士は、皆ジョンの倍の体格で、戦うこと以外の生活には馴染めない者達ばかり——。そんな中で、ジョンは、人が人と戦うことの意味を理解することから始めねばならなかったのだ。それは、彼にとって、想像以上の苦痛と混乱を伴った。その上、食事として出てくる物にも、初めのうちは、目の前に置かれただけで、吐き気に悩まされた。村ではそれまで、根菜、果実、穀物などしか食べたことがなかったジョンの前に、羊の焼肉かグツグツ煮込んだ獣の肉だけが出されたのだ。調理は戦士の当番制になっていて、生きた羊を屠殺《とさつ》することに彼等は狂喜している。ジョンには信じがたい光景だった。しかし、やがて、毎日の訓練の激しさによって、その狂喜して、屠《ほふ》られた羊の肉を胃の腑《ふ》に落とし込むことにも馴染まざるを得なくなった。大神官カルトンはこのジョンの変化を、ほくそ笑んで眺めていたのである。

大神官カルトンが、戦士達に義務付けたことの一つは、彼のテントの奥に設《もう》けられた祭壇の前の神に対する祈禱《きとう》と忠誠の宣誓だった。どんな訓練の時にも、欠かすことを許さない。それは、とりもなおさず、大神官カルトンに対する忠誠心を常に、戦士一人一人から確認する為の儀式であり、戦士達にとって、大神官カルトンの命令に背くことは、創造の神に背くことだと信じ込まされていたのである。

ジョンは、その戦士の一人として、幾年《いくとせ》久しく過ごす内に、見違える程の逞《たく》ましさに変身していた。戦士達の中では、小柄な体軀の彼は、その敏捷さと意志の強さで、あらゆる武術において、他を圧倒する戦士となって、大神官カルトンは、そんなジョンの存在に格別の期待と希望をたくしていたのである。

大神官カルトンは、時に戦士達に命じ、全てのテントを数時間の内に、別な場所に移動させた。それを執拗に繰り返した。不思議なことに移動する度に、テントの数が増え、戦士の数も増えていた。ジョンが、最初に、その仲間に入った数年前の戦士の数は、十数人だったものが、いつの間にか、数倍の数に増えてゆく。こうして移動を繰り返すうちに、今、いったい、どこにいるのか、その確かな場所さえ、全く分からなくなっていて、ジョンの意識から、村の記憶が幻の彼方に消し去られていたので、時には、深い森のそばを通って移動する時にも、彼の顔には、なんの関心も現れなくなったのである。

大神官カルトンは、戦士の数が増えたことで、これまでの個人対個人の訓練から集団対個人、集団対集団の戦術を取り入れるようになっていた。その戦士の集合体を組織だった軍団として、一つの意志による確かな行動をとれる、意識をもった戦士集団にすることを目指していたのだ。それには、戦士の集団の先頭に立つ、指揮官となる者が必要であり、彼は、迷わずジョンに、その地位を与えることにした。だが、それには、異論が起こらないように図らねばならない。戦士達の多くは、ジョンの決断の速さ、確かさ、何よりも集団での行動に、的確な指示を与える彼の能力を、既に、数々の戦闘訓練で熟知していた。が、だからと言って、全ての戦士達に指揮官として認知されるとは、限らなかったのだ。大神官カルトンは、体軀や戦闘能力に自信のあるつわもの達を、全く無視するわけにはいかなかったのである。

大神官カルトンは、ある日、数百人を超える戦士達を集め、その前に、ジョンを呼び出し、彼らの背後に聳《そび》える断崖をジョンに示して、この断崖を駆け登るように指示した。

「どうじゃな、ジョン、この断崖を、皆の面前で駆け登ることができるかな。これが、わしの最後のお前に対する試練じゃ」と、耳元で、冷ややかな笑みを見せて呟《つぶや》いた。戦士達の顔には、皆一様に驚きと共に、ざわめきが広がった。ジョンは、静かに断崖を見上げた。ところどころに岩が突き出していて、その岩を上から辿って見下ろすと、階段状になって上まで伸びていた。それは、ただ下から見上げただけでは、べつの岩と重なりあっていて、階段には見えない。ジョンは、大神官カルトンの顔を間近に見据えた。(何の為に、こんな子供だましをさせるのですか)と、問いかけた。(これが、子供だましとな。よくぞ言った。それが、分かっている者は、誰もおらん。わしの見込んだ通りじゃな。じゃが甘く見るなよ。お前の見ているものは、動くかもしれんでな)と、二人だけの声を使わない会話が続いた。戦士達の多くは恐怖の試練を前に、ジョンが、ただ、たじろいでいると思って、固唾《かたず》を呑んで見守っていた。断崖の岩の突き出た階段は、斜めに何度も屈折して、その時、体を捻《ひね》らねばならない。そこで立ち止まって、体を捻ることが出来ればよいが、おそらく立ち止まることで勢いを削がれ、その上に駆け登ることが出来なくなる。と、ジョンは見て取った。岩の間隔も一様に並んでいる訳ではなかったのだ。声を出す者はいなかったが、あまりの静寂に耐えかねてドサッと、地面に倒れる者がでた。周りの戦士達が、急いでその者の体を近くのテントの影に引き摺《ず》って行く。大神官カルトンは、苦笑してその様子を見詰め、ジョンは、なおも断崖に突き出た岩の間合いを眺めていた。

突然、その時、突風が巻き起こり、大神官カルトンの目の前に居たジョンの姿が、その突風と共に消えた。断崖の岩壁を駆け登っていくジョンの姿を、目視できた者は、ほとんどいなかった。彼等が気付いた時には、ジョンの姿は、断崖の天辺に立って、両の手を高く掲げ、大声で叫んでいる姿だったのである。大神官カルトン自身にもこれは、意外な展開だった。ジョンは、駆け登ったというよりも、明らかに一陣の風に吹き上げられたのだ。

断崖の天辺に立ったジョンは、そこから四方を眺め渡すことが出来た。世界の隅々まで、地の果ての全てを見渡す視座は、まさに神そのものの視座を得た瞬間だった。ジョンの雄叫《おたけ》びは、これまで、決して明かされたことのなかった、秘密の扉の中を見た者の歓喜の叫びだったのである。ジョンは、東に、西に、南に、北に向きをかえて、跪《ひざまず》いて深く頭《こうべ》を垂れていた。ジョンが礼拝したのは、四つの方位を守る先祖の精霊と、自然の営みに対する感謝と調和を意図した、計らずも森の民の習慣であった。大神官カルトンの説く、創造神と彼自身を同一視して、それに少しでも反する者に、激甚《げきじん》の恐怖を与える教えとは、まるで違ったものだ。ジョンを見上げる戦士達は皆、この神秘的な光景に圧倒され、特別の密儀に参加しているような高揚感で満たされていた。彼等の心に、この日のジョンの姿は、まさに、大神官カルトンの前で受ける、どんな神秘体験よりも強烈な印象となったのである。

その時、それまでの沈黙が破られた。戦士達が一斉にジョン王にむけて歓声を上げ、いつまでもどよめきとなって響き渡ったのだ。思いの他の展開に、大神官カルトンは、怪訝《けげん》な表情を浮かべた。が、それも一瞬のことだった。それこそ、彼の目論見通りの展開ではなかったのか。彼は、内心の思惑をも超えるジョンの能力に、満面の笑みを浮かべて戦士達を眺め回した。これで、彼の描く戦士集団の要となるジョンの位置が確定したのである。

それ以後、大神官カルトンは、戦士達の前で、直接指示を出すことがなく。彼は、神殿の奥にあって、影の存在となった。だが、ジョンとの接触は、今まで以上に頻繁になり、彼の意向は、全て、ジョンの裁可にゆだねられ、軍団の組織が着実に形を整えていった。数百人の烏合《うごう》の戦士達は、四つの隊に分けられた。その隊には、新たに隊長《キャプテン》が任命され、その四人の隊長の上に、ジョンが司令長官として、常にその戦士集団の指揮をとり、共に行動することになったのである。

彼等、四つの隊は、近隣の村落の収穫時期を狙って、別々な行動を取った。一つの隊の戦士達が、村を襲撃して、略奪を繰り返す。適当な時期にジョンが率いる別働隊が、その略奪を繰り返す隊を追い払うために、出向いて行く。戦闘は、常の訓練を実地に進められ、決められた手順は、お互いの隊に、怪我人が出ないように立ち回る。ところが、何も知らない村人には、略奪の恐怖から救ってくれた恩義となって、やがて、ジョンの隊の常駐を願い出てくる。これは、大神官カルトンの巧妙かつ狡猾《こうかつ》な罠に、村人を誘い込むことに他ならなかった。こうして近隣の村々全てがジョンの支配下に組み込まれ、やがて、戦士集団の司令長官ではなく、領民領地をも支配する君主、ジョン王が誕生したのである。

新たな領地からは、新たな戦闘要員が集められた。四つの隊は、やがて八つの隊に膨れ上がり、十六の隊、三十の隊となって、その勢いは止まることがなかった。ジョン王は、軍団を率いて各地を転戦した。敵対する街や村を次々と支配下に組み入れ、そこには、常駐する軍団と司令官を駐留させた。大神官は、その支配地の一角に、必ず、神殿の建設を要望し、神殿の神官団も組織され、新たな領地には、軍団と共に神殿を中心とした神官団との両輪の支配体制を創り上げていったのである。大神官カルトンは、影でジョンの活躍を見守り、常に彼の要望は神の意志である、との認識を徹底させることを忘れなかった。彼にとってジョン王は彼の傀儡《かいらい》に過ぎなかったが、衆人環視の場では、ジョン王の支配する大国の神官団を束ねる役割を演じていたのである。

遠征の途上にあって、ジョン王と大神官カルトンの二人が、山の稜線に立って、眼下の丘陵地帯を眺めていた。彼等の背後には、峻厳な山並みが続き、自然の鉄壁な防御を備えていた。大神官カルトンは、その丘陵地帯の一角の集落に目を留めた。山側から豊富な水量の流れが、その端をかすめて、その先の断崖から滝となって、流れ落ちていた。その集落を取り巻く一角だけが、平坦な台地を形成している。ジョン王も既に、その自然の要害となっている台地に着目していた。周囲には、広々とした穀倉地帯が見渡せた。これほど、城塞にうってつけの場所はない。彼等は、顔を見合わせニンマリ頷き合っていた。

ジョン王の領地は、拡大の一途にあって、未だ王自身の王国の居城はなかった。ジョン王は、戦士時代よりも大きく豪華になったテントに居住し、大神官カルトンも、以前のままのテントに居を構えていた。彼等は、共に石造りの居城、神殿の建設を定めるに適した要害の地を捜し求めていた。今、目の前に広がる丘陵地帯こそ、最も望ましい王国の居城として最適な場所とみなしたのである。

その日は、朝から丘陵地帯に霧が立ち込めていた。珍しいことではなかったので、村人達は、いつもと変わらぬ日々の生活に、精を出して取り組み始めていた。異変に気付いたのは、村外れを流れる川に、早朝から魚釣りに来た男衆と、それについてきた子供達だった。霧に包まれて、いつもの峻厳な山並みが、霞んで見え隠れする山頂から、薄日をも燦然と跳ね返す武具を身に纏《まと》った、軍馬の群れが姿を現したのだ。村人や子供らの誰もが、霧に映じて生じた幻影に惑わされ、山頂のはるか雲の中から、神馬に跨《またが》る神人がやって来たに違いないと恐れたのである。実際には山の麓を辿ってきた、ジョン王の軍団が、霧にまぎれて、突然、彼等の前に姿を現したに過ぎなかったのだ。が、徐々に霧が晴れて、輝く軍馬の威容に村人らは、威圧され肝を潰してしまった。全村の住人達にこの高貴な威容の軍団の到来は、いち早く伝えられ、次のような口上も添えられたのであった。

〝われらは、神の意志により、天の使命をもって降臨した。ここに神の国の神聖なる神都を建設する。以後、全村民は皆、この偉大なる神の使命を帯びたジョン大王に末代まで、王の臣民として庇護《ひご》されるであろう。異を以ってこれに応える者、直ちに神罰が天より下されようぞ。謹んで神から遣わされた王の臣民として、神都建設に協力せよ〟

全村民が、この報告を受け取って、騒然となった。そんな村人の中には――

「朝っぱらから、狐にでも誑《たぶら》かされたんじゃあんめぇなァ」と、言う者が出た。と、その時、彼は、いきなり泡を吹いてその場に卒倒してしまった。一瞬のこの出来事で、口々に喚《わめ》きたてていた村人らは、蒼白になって、口を閉じたのである。

尻尾の黒い狐が、彼等の背後を通り過ぎて行ったのだが、誰一人これには、気付かなかった。これで、表立って異論を唱える者などでなくなっていた。やがて、村の長老たちに付き従った、全村民達が、ジョン王の前に現れて、恭《うやうや》しく地面に跪《ひざまず》き、恭順の意向を示したのである。

丁度その時、晴れてきた空の彼方から一羽の鷲《わし》が舞い降りて、ジョン王の頭上を旋回して飛び去った。この様子を見ていた村人らは、一層恐れ慄《おのの》き、頭《こうべ》を低く垂れていた。だが、この鷲の出現に驚き慌てた者がいた。ほかならぬ尻尾の黒い狐だ。村人達の背後で、一部始終を監視していたこの狐は、パニック状態になり、急いで、隠れる穴を求めて、走り去っていった。それにも誰一人気づく者はなく、ただちに、村の長老に先導されて、ジョン王とそれに従う戦士達は、いつにも増して威風堂々と村の広場に行軍入場していた。

村には、次々と大勢の人々が、送り込まれて来て、ジョン王の領地となっていた、各地域から呼び集められた石工やレンガ職人の陶工達、それに城塞建築に必要な職人、あらゆる種類の職人と共に奴隷として連れられて来た者の数は、村の人々の予想を遥かに超えていた。年を経るごとに村の様相は一変し、のどかだった丘陵地帯に、巨大な石組みの神殿が姿を現す。と同時に、それまで村の端にあった川の流れを都市の中央に取り込んで、ジョン王の居城の壮大な城塞が建設されたのであった。やがて丘陵地帯全体を取り巻く城壁の建造が始り、城壁に組み上げられるレンガ造りの焼成の為に、連日大量の薪が切り出され、その為に、周囲の山々を禿山にし尽くしてしまったのである。

この丘陵地帯の変化を見定めるかのように、時折、城塞の空を一羽の鷲が、旋回していたが、誰一人この鷲に興味を抱く者はいなかった。このあまりの環境の激変に、元から住み慣れていた村人には内心の不安が募る。豊かな川の流れが、徐々に枯れ始め、旱魃《かんばつ》が起こるかもしれない。その恐れが高まっていたのである。

ジョン王は、各領地に常駐する、司令官を諸侯として任命し、自治を許し、彼はいまや王の王となった。もちろん、諸侯の任免権は、ジョン王の手の内にあったが、その諸侯の動静は、大神官カルトンの作り上げた神官団の組織によって、逐一報告されており、もはやジョン王自身で遠征するところなど、全くなくなっていたのである。

だが、大神官カルトンには、あのジョンの故郷、森の奥に存在する村々こそ、彼の積年の支配欲を掻き立ててきた場所であり、彼が、ジョンをあの森に返さず、王にまで育て上げた今こそ、その野望を達成する好機到来だったのである。だが、ジョン王自身にとって、生まれ故郷の小さな村々に遠征の旅に出ることなど、些細なことでしかなく、彼には、忘却の彼方の土地でしかなかった。今や、ジョン王の領地、領土は拡大し、大帝国といっても過言ではない。それでも、大神官カルトンは、執拗に遠征を迫る。やむなく、ジョン王は、城塞守備の総司令官アンドレアを遠征軍の総司令官に任命したのである。大神官カルトンは一人神殿の自室にこもり怒りと落胆に暮れて、その目は、異様に何かをにらみ続けていた。

一一五

年を重ね、友彦の生活の場は、相変わらず森の中に置かれていた。が、何度も森から村を訪れ、長老の一人としても村の運営に参加する機会が多くなって、父母さえも、友彦に耳を傾けることが、めずらしくなくなっていた。それで、多くの村人は、友彦が村に住み変えるように勧めたが、それでも彼は、森の中で過ごすことの方が多かった。そこには、生命の神秘が尽きなかった。村人から《ゴキゲン熊さん》と親しまれていた熊も常に、友彦の側を一日たりとも離れずに、森と村の間を行き来し、彼と共に行動していたので、いつの間にか村の長老達にも、熊の賢者として親しみをもって迎えられていたのである。

そんなある日、冬眠にはいる母熊が、熊としての使命を終えて森を静かに見つめていたいこと、椎の木への変容を望んでいることを小熊に伝えていた。その頃には、小熊も自分の巣穴を持っていた。が、まさか、それが熊としての別れを告げられたとは、小熊は思っていなかった。

しかし、翌年の春先には、母熊は巣穴にはいなかったのである。

その上、熊は、変容した母熊の別の姿、椎の若木を容易に認識出来ないでいた。

ところが、熊がショボンとして森を歩いていると、突然、椎の若木が、枝木の全てを震わせた。熊は（あア、かぁチャンだ）と叫んで、デッカイ体で、跳び上がっていた。（お前は、この下をしょっちゅう通っているのに、どうして気が付かないのさぁ。しっかりおしよ。ゴキゲン熊が、ショボタン熊になってどうすんのさ）と、椎の若木は、以前の母熊の口調で叫んでいた。熊は、大きな体をドスンとその若木にぶっつけて（えへへ、へへへ）と、いつまでも笑い転げていたのである。それ以後、熊が森に居る時には、この椎の木の幹に寄りかかって、ゴロンと寝そべっていることが、多くなった。

（かぁチャン、おいらも、かぁチャンみたいに、椎の木になることにしようかね。ちょっと先になるけど、小鳥達やリスに取り囲まれて、退屈しないようだし、おいら、かぁチャンの側で、この森を見つめていられたらいいヨ）と、一人で呟いていたりした。しかし、彼には、別の使命が待っていたのである。


友彦は黙って熊の呟きを聞いていたが、そんな時きまって少年の頃この森の中ではぐれたまま消息の知れない和彦のことが思い出された。もはや村では、和彦のことが話題になることもなくなって、父母との会話にさえその名は出なくなっていた。

森の中で、友彦は、一羽の鷲に呼び止められた。（友彦のダンナ、あっしです。お久しゅうございます。この度は、かなり遠いところにまで、飛んでいってまいりやした。方角でいえば――丁度、この森を抜けて大きな山脈がごぜぇます。あの山脈を越えた向こう側に当たりますかなア。とてものことにゃ、普通じゃ、あの山脈を飛び越えるこたア、出来ねえすョ。どんな者にもあそこは、越えられませんなア。あの山脈を迂回して飛んで、鷲のわしでも一月以上はかかりましたでねェ。人の歩く早さじゃ、三月、いや、半年以上かかるかもしれませんねェ。途中には、砂漠もあれば、ちょっとした山越え、沼地が広がっているところも踏み越えにゃなんねエ、どえらい難儀な旅になりますでねエ)と、言って、一息入れたのだ。友彦は、後の言葉を待った。いったい、この鷲は、どんな便りをもたらしてくれたのだろうか。と、思いながら、まず、鷲の労をねぎらう為に、言葉をかけた。

「それは、御苦労なことでしたね。それで、そこで何を見たのですか」と尋ねたのだ。(さて、それでございますよ。どえらいことになっとります。今、この地上のあらゆる町や村が、ジョン王と呼ばれる者が束ねた戦士集団の手に占領され、その王の領地となってしまっておりますでねエ。そのジョン王の居城が、ほれあの山脈の丁度反対側に出来とりますよ)

「なるほど、それはえらいことだ。それで、鷲の賢者さんの見たものは、それだけではありませんね」と、友彦は、問いかけた。鷲は、大きな目を瞬《まばた》きして何かを言いよどんでいる。友彦は、辛抱強く待つことにした。

(今回、飛んできたには、実は、もっとどえらいことを知らせんといかんことがありますのや。そのジョン王が、この村々に遠征隊を送り出しましてなア)とやっと本題を語りだした。こんな小さな村に遠征隊、そんなバカな、と友彦は思った。鷲は黙ってこちらを見つめている。彼の反応を見極めようとでもしている素振りなのだ。「遠征隊は、確かに、この村々に、向かっているのだろうか。どこか、別のもっと大きな町じゃないのかね」と友彦は鷲に聞き返していた。鷲は黙ったまま友彦を見つめている。その目には、明らかに何か奇妙な動きがあった。その時まで、そばで黙っておとなしく聞いていた熊が、突然割って入って――

（鷲の賢者さんが、いい加減なことを知らせに来る訳がない。でも、どうしたんですかね。鷲さん、何か妙な目つきしてる。まだ、何か気がかりなことがあるようだけど）と、鷲と友彦の顔を交互に見つめた。鷲は、ウンンと、口ごもって、何かを言いかけた。だがようやく（よぉ、ニトルノオォ。本当に、よぉ似とるヨ）と呟いたきり、また口を閉じてしまった。友彦と熊は、顔を見合わせていた。二人は鷲の次の言葉を待った。（友彦のダンナ、お前さんと、そのジョンという王様が、まるでそっくりなんだがねぇ。体つきは、幾分、ジョン王の方が、イカツイがねぇ。顔はまるで双子じゃのう。そんなことあるわけナイのぉ。わしの目に、狂いはないはずなんだが。まさか）と言って黙り込んだ。友彦の顔色が変わったのを熊は見逃さなかった。友彦の胸の内が、突然大きく波立った。

「鷲さん、もっと詳しく話して下さい。そのジョン王と、私の顔が、そんなに似ているんですか。そのジョン王は、和彦とは、言っていませんでしたか」と、友彦が尋ねた。

（いや、誰もそんな名で、呼んじゃアいなかったなア。……和彦さんといやア。だいぶ前から行き方知れずだちゅう、ダンナの双子の兄弟のことかのぉ。そいつは、どえらいこったぁ。名前が違うが、あの顔付きは、どう見てもよう似とるよぉ）と、鷲は、目をクリクリ輝かせた。（どえらいことじゃねぇ。……どえらいことを、わしとしたことが、言うてしもうたのぉ。間違いだったら申し訳ない事じゃでねぇ）と、しきりに、言った事を後悔し始めていた。その時、また、熊が口を挟んで（そうか、友彦さん、今までどうして、和彦さんの消息が分からなかったのか、これでハッキリして来ましたヨ。名前をジョンと変えておられた。そうに違いないですヨ）と、やけに確信有り気な顔で言うのだ。友彦は黙ったまましばらく鷲と熊の顔を見つめ、やがて――

「なんで名前を変えたんだろう。それも、今では、帝国を支配するジョン王などとは、どうにも解《げ》せない話じゃないかね」と、呟いた。友彦には、まだ、何か腑《ふ》に落ちないのだ。

（そうかもしれんけど、これは、どえらいどころか、この森始まって以来の、トップニュースじゃね。鷲さんの最高のお手柄ですヨ）と、熊は、立ち上がってお得意のステップを踏み始めていた。軽率なことをしゃべって、後悔し始めていた鷲も、この熊の様子に、すっかり気を取り直して、熊踊りのステップに、首を振って調子をとり始めた。

（よろしい、鷲のわしが、一っ飛び舞い戻って、詳しゅう見てきましょうわいのぉ。……そうじゃぁ、鷲の仲間たちを皆誘って、行ってきましょうわい）と、鷲は、ようやく、意欲満々の顔付きになっていた。熊の方は（鷲さんの仲間が、一緒に行くなんて、こりゃあ、どえらいことです。きっと全てのことが、分かるに決まってますヨ）と、一層はしゃぎ出したのである。友彦はまだ、浮かぬ顔のままだった。

「それは、ありがたいことですが、舞い戻ったばかりでしょう。少し休んでからにして下さい。鷲さん、貴重なことを知らせに来てくれて、本当にありがとう――そうだ、鷲さん、これは、子供の頃から、母が作ってくれてたものです。これをそのジョン王の前に何とか持っていってくれませんか。彼が和彦なら、何かこれに関心を示すかもしれない」と、言って、椎の実で作った、腕輪のような物を、鷲に差し出していた。

(そうですかい。預かっていきましょう。何としてでも、ジョン王の目につく所にもって行ってみますでね。これは、ダンナ方が、子供の頃に、持たされていたモンでしょうかなぁ。いいもんだなぁ、母親というのは、なぁ)と、しきりに感心して眺めている。

「子供の頃、遊びに出る時に腕に付けられたものですよ。お守りのようなモノでした。でも、すぐ、失くしてしまって、何度も母は、作り直してくれました」と友彦が言うと、

(すぐ、失くしてしまったんですかい)と鷲が聞き返し、熊も怪訝な顔で友彦の顔を見つめている。友彦は苦笑いをしながら口を開いた。

「いやいや、それは、お守りでもあり、オヤツでもあったんでね。遊んでいる内に、つい、一つかじり、二つかじりして、いつの間にかなくなってしまっていたんですよ。この年になっても、村に帰るとこのお守りは、まだ健在でしてね。年取った母は、これだけは、まだ自分の手で作れるといって作り続けていますよ」と、友彦は懐かしそうな目を浮かべた。はしゃいでいた熊が急におとなしくなった。グスンと鼻を鳴らして、友彦を見つめている。鷲も目をショボショボさせて頷いていた。やがて鷲が気を取り直して言った。

（そうでしたか。いやア。そんでは、わしもこれを腕に嵌《は》めて、行きましょうわいね）と笑顔でうなずいていた。すると、熊が、奇妙な声で（あのぉ、鷲さん——その椎の実、飛んでる内に、食べてしまっちゃだめですヨ）と、言って笑い出した。森の中に彼等の笑い声が響き渡り、やがて鷲の羽ばたく音だけが木々の梢の上を越えて消えていった。

友彦は、しばらく鷲の飛び去った梢を見上げていたが、心のうちで呟いていた。

（何という朗報か、何という恐ろしい朗報か）——今回、鷲の知らせてくれた一部始終を村に伝えるべきや否や。友彦は、決め兼ねて佇《たたず》んでいたのだった。それにしても和彦の信じ難い現況を、どうやって説明すべきか。友彦自身にさえ、まだ納得の行く話ではなかったが、いずれにしても、和彦の生存が、ほぼ間違いないのだとしたら、これはやはり父母だけにでも、このことを伝えておくべきだと判断して、彼は村に向かって歩き始めた。熊は、なにも言わずに、友彦の後に従っていったのである。

友彦と熊が、森の外れに差し掛かった時だった。木々の梢の上から村に向かって、虹が架かっている。それも珍しいことに二本の虹《ダブルレインボー》が、大きくはっきりと輝いていた。友彦は、立ち止まってその虹を見上げると、なんと虹の先端が、ゆっくりと移動し始め、友彦の目の前にその輝きが、差し伸べられ、その七色の光彩の中を小鳥達が飛び交っている。その小鳥たちは、虹の上に浮き上がったかに見え、それが、一塊となって友彦の側まで飛んできて、友彦を、その虹の光の橋の上に誘《いざな》っていた。熊は、キョトンとして眺めている。やがて、小鳥たちは、友彦の周囲を取り囲み、その刹那、友彦は鳥の群れと一体になって移行し虹の光彩の上にいたのである。

小鳥達は、再び周囲を飛び交っている。虹は、何かの意志に導かれ、二本の光彩の間に友彦を乗せたまま、静かにゆっくり上昇し始めて、やがて、彼は、不思議なことに気付いた。その光彩が友彦の体の中をすり抜けている。まるで友彦自身が虹の光彩と融合しているかにも思われた。ふと木々の梢をこえて尚《なお》、上昇している虹の上から森を見下ろした。なんとそこには熊と友彦の姿があった。二人は地面の上に立って、虹を見上げている。虹の上から見下ろしている友彦を、森の中で見上げている友彦がいたのである。小鳥たちに取り囲まれた時から異変が起き、光の光彩の中に難なく立っていられる友彦がいて、森の神秘の只中に立っている友彦とおたがいを見詰め合っていたのだ。奇妙な意識の交流が起こっていた。虹の上の友彦に、森で見上げている友彦の見ている景色が交差していた。それは、地面の上に立っている友彦にも起こっていたのだ。やがて、徐々に、お互いが視認出来ないほどに虹は遥かに上昇していったのである。

虹の上の友彦の視界は、森を越えた遥か遠くまで広がっていた。一方に村々の家並があり、一方に壮大な白銀に輝く山脈の連なりがあった。その山脈の山肌すれすれに、鷲の群れが飛んで行くのが、目に入ってきた。鷲の賢者の率いる群れに違いなかった。その群れが、果敢に峻厳な山脈の尾根を飛び越えようと、全力で羽ばたいていた。彼等は、上昇気流にうまく乗ることが出来るかどうかにかかっていた。が、たとえ気流の流れにうまく乗れたとしても、稜線付近の乱気流の渦に突っ込んでしまっては、鷲の群れの全滅になりかねない。彼等が、どれほどの危険に挑んでいるか、思いやられた。やがて鷲の群れは、二派に分かれて、一方は、稜線を越えることを諦め、山脈を迂回していった。もう一方の群れも気流の流れを求めて、別な場所に移動を始めていたのである。

虹は、友彦が、鷲の群れに気を取られている間にも、一層上空に昇り続けていた。山脈も森も村々も、陸地の一部に溶け込んでしまって、山脈の向こう側にあるというジョン王の城塞都市が、友彦の目に入ったかに思われた。ところが、そのあまりに距離を隔てた彼方の地は、蟻の住処《すみか》にさえも見紛《みまご》うばかりのものでしかなかったのである。

友彦の視界に映じるものは、もはや、動くものは何一つなく、陸地と海の境の動きさえも途絶えていた。彼は、その広大さに息を呑む。これが、あれが、と指し示し、判別がつけられるものなど全くない。虹は、尚、不可思議な意志のままに上昇していた。

友彦は、やがて、遥かな空の果て、宇宙空間に虹によって運び上げられ、そこからは地球が小さな大理石の玉のように、彼方の空間に浮かんで見える。その時、ふと、彼は、虹そのものが、宇宙の意志の一部なのだとはじめて気付かされた。と、突然、彼の意識が、とてつもない光彩の渦に、飲み込まれ、彼の眼前に広がる空間は、単なる虚空ではなく、想像を絶する意志に満ち満ちていることを実感していた。あの小さな大理石の玉に見える地球も、宇宙の意志の中に、しっかりと、その位置を保たれて浮かんでいる。と、彼の意識は、これまでとは、全く違った視座に拡散拡大を始めた。大理石の玉のような地球は呼吸している。生命の息吹に包まれて、碧玉《へきぎょく》に輝いている。

友彦は、その碧玉の地球から、時に、きらめく光の小さな玉が、放出されているのを見ていた。それは、無数に放射されたり、途絶えたりして、その煌《きら》めく無数の光は、友彦の周辺にまで上昇し、やがて、ゆっくりと拡散されてきている。まるで無数の星屑が、絶え間なく、この空間に生み出されているように思われた。

その瞬《また》く星のような光の玉が、友彦のそばに近づいて（あなたは、天の差配人さまでしょうか）と、か細い声音で尋ねてきた。友彦は、この問いかけに戸惑った。とっさには、応えられない。（私は、天の差配人ではありません。貴方は、一体、何なんでしょうか）と、聞き返すしかなかった。（あぁ、私達は、地球上で殺されて、肉体をはがされ魂だけが、ここに送られて、天の差配人さまにお会いするまで、この空間をさ迷い、漂っているのです）と、消え入るように応えていた。小さい星だと思ったものが、肉体を離れた《新生な魂》だったのである。

友彦にとっては、一つの生命体の使命をまっとうして、別な生命体に移行するのは、己の意志に委《ゆだ》ねられている。それが、村の人々の普通の生命観であり、命は、自己の意志によって、別な姿に移行し、先祖の意志と共に受け継がれる。その意識も途絶えることなく、生命のあらゆる姿形の神秘を経験し、魂の進化の階梯《かいてい》を登り続けて、やがて、宇宙の意志に融合すると。――ところが、どうしたことか。この光の粒となって漂っているのは、彼等の人生の使命をまっとうする以前に、その意志に関係なく、肉体を失った魂たちだという。その上、天の差配人にゆだねられた魂たちは、行き先を見失って漂っている。生命の連鎖に、とてつもない危機が、起こっているように思われた。誰が、そんなことを引き起こしているのか。友彦は、問いかけた。（あなた方は、地球のどこで、暮らしていたんですか。なぜ、殺されたんですか）と、問いかける。すると、沢山の光の粒になった新生な魂が、寄り集まってきて、口々に呟《つぶや》き始めたのだ。が、あまりの弱々しい声なので、どれもはっきりとは、聞きとれない。ようやく、そばまで来ていた、さっきの魂が、周りの魂たちを制止して（私達は、ジョン王の奴隷でした。中には、戦士だった者もいる。ここには、ほれ、家畜だったもののもいる。どれもこれも一緒くたになあ。生かすも、殺すも思いのままの、やられ放題でした。――明日どうなるか分からなかったです）と、呟いた。友彦の胸に、この悲惨な魂の訴えが、渦巻いて、それに即座に応える、慰めの言葉も思いつかない。まさかそんなことが、ジョン王の所業として、聞かねばならぬとは、思いもよらなかった。友彦は、ようやく気を取り直して、小さく輝く魂達を見渡した。中には、その瞬きが、今にも途絶えそうな者さえ見かけた。

「どなたか、そのジョン王自身をよく見かけたとか、ジョン王のことを知っている方は、いますか。なんでもいい、教えてください」と、問いかけてみた。また、呟きが始まったが、誰も進んで、何かを話す者はいない。しばらく静寂があり、離れたところから声が起こった。だが、その声もあまりにも弱々《よわよわ》しく、聞き取ることは出来ない――やがて、その光の主《ぬし》が、近づいてきて（わしは、ジョンが、王になる以前、戦士の仲間だったよ。随分古いことだ。かわいい少年だったなぁ。あの子が、今のジョン王になるなんて信じられんがねえ。あのジョンを育てたのは、わしらじゃよ。だが、それも戦士として鍛え上げただけだ。本当のところは、大神官カルトンが、あの少年ジョンを何もかも変えたんじゃな。今でも——ひょっとしたらジョン王は、ただ、あのカルトンという魔術師に、操られておるだけかもしれんがのオ。わしもそうじゃったからナ）と、言って、後は押し黙ってしまった。友彦は、この話を、彼の胸にしっかりと仕舞い込んでいた。そして、重ねて尋ねずにはいられなかった。

「その少年だったというジョンには、別の名前はありませんでしたかね。どんなところで彼は、あなた方戦士の仲間になったのですか」と、友彦は、静かにゆっくりとした口調で尋ねた。彼は、今にも消え入りそうな魂の光を、しっかりと見つめて、その言葉を待った。ところが、既に老戦士の魂は、応える余力を全て失っていた。

いつの間にか沢山の瞬《またた》く光が、友彦の周囲に寄り集まっていたが、囁《ささや》く声もまばらになり、やがて、静寂の中に、小さな光の煌《きら》めきだけが、一面に広がっている。それは友彦には、余りにも美しく、余りにも悲しい光景だったのである。

その時、かすかな透き通る音が響いてきた。耳の鼓膜の外側と内側から同時に響く、その音の響きは体の芯と、宇宙の銀河の中心から同時に共鳴し始める。かすかな響きが徐々に荘重で神聖な響きとなり、あたり一面の空間の全てが、声を発し、唱和しているかのように、又、銀河自体の鼓動の響きとも重なり合って轟《とどろ》いている。その時、その音と共に、突然、銀河の中心から黄金の光が放射されて、やがて、虹色の輝きに包まれ、宇宙空間全体が、壮厳な光の波と音の響きに満たされて、辺りに居た全ての小さな光の魂が共鳴し始めている。彼等の光彩は増幅され、消え入りそうだった弱々しい瞬きの光が、見違えるような強い輝きを放ち、友彦の周囲からは歓喜の歌声が興り、高く響き渡っていたのである。宇宙は、神聖な意志に満たされ、全天に広がる壮厳な音調と輝く光の渦巻く波に覆われた友彦は、その光の渦巻く只中に、虹の光彩と共に共振していた。彼の意識には、先祖の精霊の声が聞こえて、それは創世の宇宙の姿となり、遥かな次元を超えた姿ともなって渦巻き、広大な宇宙空間で舞を舞う女神の姿となった。虹のように輝く長い衣の裳裾《もすそ》をたなびかせて優雅に、宇宙の意志を伴って闇を払い、永遠の命の再生、真の魂を目覚めさせるかのように、ウズメの舞を舞い続けていたのである

――

この全天に満つる鼓動の響き、光彩の輝きは、地上で見上げる者の肝を潰した。友彦の村々の者たちは、媼様《おんばさま》の下に寄り集まって（こんなことは以前、度々起こった）と言われ、

「皆の衆。先祖達の頃には、人も獣も己の神性な神秘の音、波長の中で共鳴して暮らしていたのです。その元は、ほれあの宇宙の鼓動と呼吸の響き。それに伴っていろんな光彩の輝きが、放射される。我々と他の獣達は、多少違った波長の受容体を持っている。今こうして聞き、見ていても、受け取るものは、全く同じではありません。それが自然界での生き方にも影響している。人の生き方も、なにを隠そうこの宇宙の鼓動、呼吸の響きを不断に聞き、あの光彩を身に受けておるからこそ、お互いの立場、自分の身の程に合った生命の力を得ておる。かつては、もっと頻繁にあの響き、輝きを体験出来たのですよ」と、おだやかに語った。村人はようやく冷静さを取り戻した。村人の一人が尋ねた。

「そんでは、どうして、この頃、めったに聞かれなくなったのかのぉ」

「みなの衆よ、よく聞くがよい。先祖の意志が、既に、皆の体や心の奥に深く沁《し》みこんでおる。なぜ、人は、今の人生の後も、別な生物として生き続けるのか。分かるでしょう。生き物は、全て宇宙の意志から受ける使命が違う。さっきも言った通りにな。宇宙の意志の発する、鼓動や光彩のなかに込められたものから、それぞれの命の神秘に応えるようになっておる。それが、秘密だったことはない。しかし、その全ての命の神秘を理解するには、それになりきってしまうことが、最も重要なのです。そうやって、初めて宇宙全体の意志を理解し、融合することが出来るようになるのですよ」と、言って一息入れた。

「人の言葉の元は、やはり、あの宇宙の響きですヨ。あの銀河の呼吸の響きが、ご先祖の意識に共鳴を起こして、言葉として発せられるようになったのが、始まりですヨ。獣たちの唸り声、小鳥たちの囀《さえず》り、あの元になったのも同じこと。宇宙のあの壮厳な響きが、それぞれの生命の根幹に共鳴している証拠なのですよ。分かるかな……」と、静かに語った。村人たちは、ようやく納得顔になって、頷きあった。

「言葉は、元は、銀河の呼吸の音を真似たモンだったんですかのぉ。どえらいこったのぉ。いや、タマゲタ、わしら言葉に、もうちっと気ィつけんとなぁ」と一人が言った。

友彦が、気付いた時は、黄金の光は渦巻き状にゆっくりと動き出し、虹色の光彩の波と共にあらゆる諧調の音を伴って、森の梢の上にまで下降していた。森の木々は、その緑の色調を強め、渦巻く黄金の光彩と共に静かに揺れ動く。花々は、その芳香をより香しく放射し、小鳥たちも獣たちも彼等の巣穴を飛び出して、驚くほど楽しげに囀り、群れの仲間と飛び跳ね――あのゴキゲン熊も、楽しげにステップを踏んでいる姿があった。

宇宙空間の彼方から虹の光彩に包まれた友彦が、森の木の梢をすり抜けて、降りてきた刹那、森で見上げていた友彦の視線の中に同化していた。森で見上げていた友彦の全身を虹の光彩が覆いつくし、再び元の友彦の姿に戻っていた。すると友彦は以前の彼とは見違える程の純白の光彩を全身から放射し始めたのである。とてつもない宇宙の神秘に立ち会った友彦は、多くの生命の神秘の体験を経てのみ到達できる、魂の進化の奇跡を体得した。この時以来、村人達は、友彦を《翁様《おきなさま》》と呼び習わすようになっていたのである。

友彦は、熊と共に村に戻って、村々の長老の一人でもある父親に出迎えられ、彼等と共に高台にある集会所に向かった。集会所には、既に幾人かが待ち構えていて、嫗様と、その補佐を務める日巫女《ひみこ》としての母親の姿もあった。彼等と共に集会場の扉を抜け、その奥にある階段を地下に向かって降りていく。その先は、岩盤を刳《く》り貫いた洞窟の中の部屋になっている。そこは、先祖の最も古い住居の一つであり、洞窟の中は、暗闇《くらやみ》に静まっていた。が、彼等が、中に入ったとたんに、洞窟の壁から徐々に光が差し、誰も居るはずのない洞窟の中に、光と共に人影が浮かび上がって、長老たちを迎え入れたのである。長老たちは、そこに現れた人影に恭《うやうや》しく黙礼して、洞窟の奥に足を踏み入れる。そこで長老たちが集うときには、決まって、先祖の姿も光と共に顕現《けんげん》し、集会に加わっていた。洞窟の内部には、木造《きづくり》の椅子とテーブルがあり、それぞれが、きまった席に着くと、その前に、木彫りのお椀が現れた。中には、その洞窟の中に湧き出している岩清水の水が湛《たた》えられ、彼等は、ごく自然な行為として、そのお椀の水をゆっくりと飲み干す。岩清水の鮮烈な冷たさが、一気に各自の体内の隅々にまで滲み渡り、一瞬の間に全細胞が、清涼感に満たされ、そこに座する者全ての意識が、無窮《むきゅう》の存在の意識の流れと同化していたのである。

皆は、既に異変に気付いていた。かすかな光彩を体内から放射し続ける友彦が、やおら語り出す。鷲との出会い、和彦の現況。その和彦とジョン王の送り出した遠征隊が、この村々に向かっていることなど。鷲の群れがもっと詳しい、ジョン王の城塞都市の内情を探りに行ったことも含め、奴隷や戦士達、それに家畜となっていたものが、大勢殺害されて、魂だけが肉体と分離され、宇宙空間をさ迷っていることも語られた。それを聞かされた長老たちは、皆沈黙して口を挟むものはいない。これほどの悲惨で奇怪で驚嘆すべきことが、これまであっただろうか。彼等は一様に胸の中の記憶を辿っていた。

「このことの処理は、我々だけで行い。村人は一切巻き込まないことじゃな」と、一人が口を開いた。他の者も、それに静かに頷いた。

「それにしても、奴隷や戦士、家畜だったものが、己の意志を抜きにして殺害され、その魂だけが、宇宙に漂っているというのも由々しき事じゃな。仮に、新たな肉体を持って転生しても、殺害され、分離された時の恐怖を、魂はいつまでも持ち続けるやもしれん。そうなると、新たに得た肉体と魂が、うまく融合し得るかのぉ。混乱の種になるまいかのぉ」と言ったきり、黙りこんでしまった。誰もその後に、発言する者がなく、静かな水音だけが洞窟の静けさを深めていた。やがて、日の巫女としての友彦の母は、ことが和彦の現況と関わりのある今回のことに、口を出す気はなかったにもかかわらず、敢えて、口を開いた。

「媼様には、いかが御覧になられますか。これは、もはや諦めていた吾が子、和彦のことに関わりがありますゆえ、なんとも心苦しい次第にございます」と、ボソッと呟いた。

媼様は、意外なほどの屈託のなさで、静かに口を開いていた。

「さすが貴女のお子は、只者では済みませんでしたね。これも皆、自我の欲に囚われた者等の謀《はかりごと》やもしれませんぞぉ。日の巫女の貴女は、それをしっかりお伺いなされませ」と、言って、静かに一座の正面に白光に包まれて座す先祖の精霊に、目を向けた。そこに居た者すべてが、その視線の先をそこに向けたのである。

突然、その先祖の精霊は、かすかな黄金の光を発した。一条の光が洞窟の中を貫き、その刹那、洞窟の壁を揺さぶるような声が、重く静かに響いてきたのである。

「この地上を負の力を持って、全てを支配しようとする、企みがある。あらゆるものを分離し、離反させる恐怖が、この地上に送られ覆いつくす。大いなる試練となろう。その恐怖に呑み込まれてはならぬ。心せよ。人と人が、あらゆる物と常に助け合い、慰め合い、励まし合い、皆仲良く、感謝と調和の生活を心がけよ。恐怖は、嫉妬、憎しみ、ひがみをも人の心に蔓延させる。一度蔓延したら容易には、取り除けまい。和彦とやらは、この負の力の手の者に操《あやつ》られておる。早く救い出してやりなされ。恐怖が、この地上をバラバラに分離せぬうちになぁ」と、言った声の〝分離、離反を受け入れてはならぬ〟という響きだけが、洞窟のなかに響き続けた。それは、やがて静まり、もとの静寂が洞窟に戻っていた。友彦は、この先祖の声に、気付かされることがあった。あの宇宙の彼方に、漂っていた元戦士だった魂の言葉だ。（大神官カルトン、彼は、魔術師だ。ジョン王は、それに操られているやもしれぬ）と、言っていた。和彦は魔性に操られている――

数ヶ月が経った頃、友彦は、熊と共に森を抜けて、和彦が辿った足跡を見つめていた。そこに何の痕跡もありはしなかったが、ここを抜けていったことだけは確かなことだ。大きな湖の前に広がる草原、その湖の対岸に天を突いて立ちはだかる白銀の山脈――

「うおウォ」と、熊は、大声で唸り声を上げた。山並みは、その唸り声を跳ね返した。コダマが繰り返し戻ってきて、熊は、新しい楽しみをすぐに見つけ出す。（あの山にもわしの仲間がおる）と、ご機嫌な気分で、湖までステップを踏みながら歩き出した。何度も吼《ほ》えてみて、コダマの帰ってくるのに調子を合わせて歩く。

友彦は、山脈の遥か高みに、飛ぶ鳥の姿があるのに気付いた。山頂を気流に乗って、果敢に飛び越えてきた、鷲に違いなかった。熊もその鷲に気付いて、立ち止まって見上げた。（うおウォ、鷲さんが帰ってきましたヨ。スゴイとこ飛んでますヨ、タマゲタもんですのぉ）と立ち上がって、鷲に諸手《もろて》を振ってはしゃいでいる。

鷲は、見る間に、山肌の斜面に沿って、まっすぐに湖畔に舞い降りてきた。既に、鷲も友彦と熊の姿を空の高みから認めていた。湖畔の水辺に舞い降りた鷲は、水を呑んで一息入れて、水辺に走り寄って来る友彦と熊に（おォ、丁度いい具合に会えましたなア。いやぁ、このわしも今回ばっかりは、タマゲタことの連続ですわい）と、目を細めた。

「よくあの山頂を越えられましたね。ご苦労をかけて、御礼の言葉もありません」と、友彦も満面に笑みを浮かべて、鷲の労をねぎらった。（鷲さんは、スーパー鷲になったア）と、熊も鷲の偉業ともいえる、山頂越えを称え、お得意のステップを踏み続ける。ようやく、再会の喜びから、鷲の報告に話題が移され、一旦、森の中に戻ることになった。

（何から話せばいいのかのぉ）と、思案顔の鷲だったが、ジョン王が、和彦かどうかについての関心が、当然の話題になった。

鷲は、あまり集団での行動を普段しないのだと、前置きした。鷲の賢者は、仲間たち全てに、まず、ジョン王の居室を空から捜し、その窓辺の近くに行って、彼の顔をよく見覚えるようにする。その次は、そのジョン王に頻繁に会う者を特定する。出来れば、ジョン王の居室の中に入り込んで、出入りする者との会話を聞き取るように指示したのだ。鷲の仲間の誰もが、狩は、得意でも今回の役目は、いささか勝手が違っていた。うまく行くかどうか、絶えず不安の方が強かった。途中で、ワシには、そんなことは出来んと、ソッポを向くものさえあったのだ。それでも、他の鷲達は、彼等自身の威信にかけて、森の危機を出来るだけ回避しようと、意欲に燃えていたのだ。鷲は、語気を強めた。六羽の鷲が、この任務《ミッション》に参加した。最初の出だしで山頂越えを試みたが、若手の鷲には無理だと途中で判断、若い二羽の鷲に、賢者の鷲の三羽は、山脈を迂回したのだ。賢者の鷲には、若手二羽の一月《ひとつき》をかけた長旅を、先導する必要があったのである。

壮健な三羽の鷲は、山頂を気流に乗って飛び越えた。その三羽は、迂回した鷲が、目的地に到着する前に、ジョン王の城塞の細密な俯瞰《ふかん》を終え、王の居室の辺りの探索を終えていたのだった。その報告を元にして、賢者の鷲の行動が始められた。友彦から託された、椎の実のお守りの腕輪をジョン王の居室の窓に飛びついて、中に投げ込み、鷲はジョン王が、拾い上げることを期待して、離れた別の窓に止まって見つめ続けた。が、ジョン王は、全く関心を示さず、夕暮れ時になっても放置されたままになっていた。（いやぁ、ガッカリしましたねぇ、あれには）と、鷲は、ため息をついて見せた。友彦も熊も無言で、鷲の次の言葉を待った。その次の日、鷲は、また王の居室の窓を見通せる屋根の上に止まっていた。その内ジョン王が、窓辺に出てきて、外の様子を見つめている時のことだ。ジョン王は、シキリに口を動かしている。それも時に、手に持ったものを口に放り込む。片手には、なんと鷲が、投げ込んだ椎の実の腕輪を握っていたのだ（タマゲタもナンモ、もう少しで、わしは、屋根を踏み外すとこでしたよぉ）と、言って、満面の笑みを浮かべた。ジョン王は間違いなく和彦が、何かの都合で、名前を変えているとの確信を得た。

それからの鷲の行動は、より大胆になって、ジョン王の居室の中に侵入して、まんまと居座り続けていた。居室の四隅には、石造りの彫像が、石柱の上に置かれていた。鷲は、その石像の上を止まり木がわりにして、部屋に出入りする者との会話に聞き耳をたてていたのである。幸いなことに、彫像の上は、かなり高い位置にあったので、鷲の存在に、違和感を持って見る者が誰も居なかった。その決死の覚悟でジョン王の居室に、飛び込んだのは、賢者鷲に若手の鷲も加わった。四隅にある二箇所の石像の上に二羽の鷲が、同時に居座り続けていたのだ。それで判ったことは、王の部屋に頻繁に出入りする者は、大神官カルトンだった。カルトンの態度は、異様なものだったと、鷲は、振り返って言った。言葉は、丁寧に聞こえるけれど、言っていることは、何かを命じているようで、黙って聞き耳を立てている鷲が、不快になるほどの威圧感を覚えたのだ。他の者では、そんな印象を受ける者は、誰も居なかった。ある時は、戦士集団の指揮官、王の身の回りの世話をする奴隷が、何人も出入りするのを見かけたりもした。

夜になると、艶やかに着飾った貴婦人が現れたことがあって、その一人が、今回、この村々に送られた、軍団の総司令官アンドレアの実の妹、ジョン王の最も若い側室《ミストレス》、レディ・エミリィだった。彼女は、この城塞都市の総司令官の兄が、なぜ突然、今回の遠征隊の総司令官に任命されたのか、不安を訴えていたのだ。ジョン王は笑って――最も信頼できる司令官だからだ。思い煩うことなどなにもない。そう答えていたのを、鷲は聞き取っていたのである。

その間、別の鷲達は、今回、この森に向かっている遠征隊の動向を、つぶさに追跡していた。総司令官アンドレアに率いられた二万五千の戦士の隊列は、食料などに羊、豚、鶏などの家畜を含めた別働隊が隊列の前を行軍していた。その先発隊が先回りして、本隊の到着前にキャンプの設営を済ませている。しかし、その行軍は、過酷を極めた。ジョン王の城塞都市を出発したのは、既に、四ヶ月前だが、雪山を越え、砂漠を越えねばならず、しかもこれからの行軍の方が、もっと過酷なものになる見通しなのだ。鷲によれば、この森に到達するまでに、半数は脱落するに違いない。語って一息つき、友彦の顔を見つめた。友彦と熊は、静かに頷いた。やがて、鷲は再び口を開いた——

（それとは別に、神殿の窓に止まって、大神官カルトンの姿を見つめとった仲間の鷲によりますとな。奇妙なことにカルトンなるものは、尻尾の黒い狐に変身したそうですわい。彼奴《きやつ》は、タダもんではないのぉ。用心に越したことはないとは仲間の印象ですがのぉ。このカルトンの率《ひき》いる神官団なる組織が、絶えず各地域を動きおる。明らかにカルトンの密命によって動きまわっとるとしか思えん集団やねぇ。表向きジョン王の大帝国に見えとりますがの。実は、得体の知れん魔物に、操られているのかもしれんですのぉ。今回、この森の中の村々に軍団を差し向けたのも、ジョン王の意志ではなく、この尻尾の黒い狐の思惑かも知れんですのぉ。彼は、この村々の何か特別貴重な秘密をかぎつけ、それを手に入れようと企んでいるのかもしれませんのぉ。その辺をよく注意して、対処されたらどうかのぉ。これだけが、まあ、今回のわしらの報告のあらましですわい）と、言って、鷲は、話し終えたのである。

友彦は、彼の胸の内の靄《もや》が、これでかなり晴れた思いがして、新たな決意が胸の内から湧き上がってくるのを感じたのである。そして、鷲の賢者に微笑みながら口を開いた——

「鷲さん、よくやってくれました。貴重な報告に感謝します。私は、鷲の仲間の皆さんにも会ってお礼を言いたいので、ぜひ、合わせてください」と、言って、友彦は、鷲の労を称《たた》え、両の手の平を鷲の賢者の翼の肩に当てた。鷲の賢者は、にっこりと目を細めて、友彦の手のひらから伝わってくる温もりの心地よさに浸りきったのである。

二一

　ジョン王の城塞都市には、二年近くも雨が降っていなかった。その上、都市を潤していた川の水が、すっかり涸《か》れあがって、豊かだった穀倉地帯は、もはや砂漠化が始まっていたのだ。風が吹くと砂嵐が舞い上がり、荒涼とした大地が広がっている。太陽の日差しは、衰える兆しもなく、来る日も来る日も、照り返している。都市の人口は、膨れ上がり、奴隷たちの住む地域は、完全にスラム化して、みすぼらしい小屋の内外にたむろする人の姿は、腑抜けの群れと化し、都市を東西に分けて流れていた川底には、水を求めてさ迷っていた奴隷たちの骸《むくろ》が、放置されたまま干《ひ》乾《から》びていた。

　都市の北側に聳《そび》える、山脈の雪解け水で潤っていた川の水脈が、どこかでせき止められたのではないか。流れの向きが変わったに違いない。互々主張する輩《やから》の中で、早急に進められた周辺一帯の山の木々の伐採に、旱魃《かんばつ》の恐れを予測していた村の古老は、口を閉ざすしかなかった。村人達は、あちこちに井戸を掘って、地下水脈を探り当てる試みに余念がなかった。が、せっかく掘り当てた新たな井戸の水も、急激に増えた都市の人口を支える水量を確保することは、不可能だったのである。

　この旱魃が始まって、王の不機嫌な態度が日増しに強まった。大神官カルトンは、この旱魃を何とか克服しようと、朝な夕なに彼の威信にかけて、配下の神官たちを叱咤激励、雨乞いの祈禱に没頭していた。時に、空一面に黒雲が現れても、大雨をもたらすまでには至らず、芳《かんば》しい効果の程は、なかなか得られない。

大神官は、ふと、思い当たる。あの森の存在だ。彼自身がかつて、侵入を試みて果たせなかった、己にとってこの世で唯一の忌まわしい森。森の奥の村の民こそ、この城塞都市の旱魃をもたらしているに違いない。瞬く間に確信に変わった。しかもそこに派遣した軍団の消息は、未だ全く得られていない。彼は、さっそくジョン王の居室を訪れた。

「陛下、この国を襲っている旱魃の真の原因が、見えましたぞ。これこそ正に悪しき者らによる、この帝国の陛下に対する、大いなる反逆の呪いによるもの。速やかなる討伐をたびたび進言して来たことを、お忘れではありますまい。陛下は、あの者たちの邪悪なる意志を軽んじて、アンドレアなどに討伐隊の総指揮を委託された。そもそもそれが何の効果も挙《あ》げず、かえって彼奴《きゃつ》らの反抗と呪いが、今回、この国土に旱魃をもたらした。早急に次なる手立てを」と一気に捲《ま》くし立てた。ジョン王の顔は、見る間に怒気をもって真っ赤になり、大神官の剣幕にたじろぐどころか、その口からはプゥッと泡が飛び散っていた。

「馬鹿を申せ、吾こそは、神の申し子なるぞ。唯一絶対の神の申し子の余に、何人たりとも反抗など、呪いなどかけられるものか。その方ら神に仕える神官団が、旱魃などに怯えるなどもってのほか。なにを血迷っているのだ。余に、そのような世迷言《よまいごと》を二度と口にするな」と、一蹴した。大神官カルトンに対して、ジョン王がかつてないほどの怒りを露《あらわ》にした。これはごく稀なことで、大神官は面食らった。ジョン王に返す言葉がなかった。それこそ、彼自らが、ジョン王に進言し続けたことだ。〝陛下こそ、唯一絶対の神の申し子、陛下に反抗する者などこの世には、もはやおりますまい〟と、常にジョン王の耳元に囁いていたのは己自身ではないか。思い至った大神官カルトンは、この場は一旦引き下がるべきだとの冷静さを辛うじて取り戻したのである。

ある日、一人の貧相な男が、憔悴《しょうすい》しきった体を支えて、城塞都市の門番の前に現れた。彼は、総司令官アンドレアの家僕だと告げた。門番は、とりあえず彼を城の中に入れる許可を求めて、報告に行くと、城の守備隊の司令官が出てきて顔色を変えた。アンドレア総司令官と言えば、かつての彼の上官だったのだが、遠征隊を率いてこの城を出発してから、消息が途絶えたままで、人知れず安否を気遣っていた。彼は、即座にその家僕を城内に招きいれたのである。

アンドレア総司令官は、二万五千の戦士と共に、出発してから二年の歳月が経っても、その後の戦果を含めた消息はなく、大神官カルトンの密命をもって、行動している神官団からも、遠征隊の動向について、何の報告ももたらされてはいなかった。その上、この危機的な旱魃に襲われたことで、隊の探索について、未だに、なんの沙汰も出されてはいない。ジョン王の不機嫌は、この件に関していまだに何の情報も得られていないことに対する苛立ちも、原因の一つだったのである。

遠征隊の生き残りである、総司令官アンドレアの家僕の帰還は、速やかにジョン王、大神官カルトン、その他の者に伝えられ、その知らせに最も関心を持った一人は、他ならぬ、アンドレア総司令官の実の妹、レディ・エミリィだ。彼女は、兄、アンドレアの帰還を誰よりも待ちわびているのに、その安否さえ、未だに不明のままであることに一人心を痛めていた。王宮の広間に詰め掛けたジョン王の側近たちの中には、王の公的な執務が行われる王宮の広間に顔を出す事などめったにない、レディ・エミリィの姿もあった。大神官カルトンは、もちろん興味津々の態《てい》で、アンドレア総司令官の家僕の登場を待ちわびている。しかし、その家僕はなかなか姿を現さない。やがて、城の守備隊の司令官が、ジョン王の前に現れ恭《うやうや》しく黙礼し、

「陛下、アンドレア総司令官の家僕は、長旅の疲れにすっかり憔悴《しょうすい》しきっておりまして、当人の記憶も曖昧です。只今、このような場においての、いかなる尋問にも耐えられる気力があるとも思われません。しばらく休養を取らせることが、なによりと思われます。いかが取り計らいましょうか」と、申し述べたので、広間は騒然となった。

皆が、ジョン王の機嫌を損ねることになりはしないか、と恐れたが、ジョン王は、静かに頷き、やがて、広間からの人払いを命じたのである。ブツブツと、お互いに私語を交わしながら、王の側近たちや大勢の着飾った人の姿が、広間から消えていき、後には、大神官と守備隊の司令官、それに、レディ・エミリィの姿だけがあった。

「その家僕は、どんなことを申しておる。アンドレア司令官や戦士たちの消息は、どうなったのだ。帰ってきたのは、その者たった一人なのか」と、王は、司令官に尋ねた。

「陛下、残念ながら、かの者は、遠征隊全員が、森の中で姿を消した、としか申しておりません。なにかに怯《おび》えているようにも見えまする。かなり過酷な状況の中で、一人で生き延びてきたことが窺《うかが》えます。なんとも哀れな風体《ふうてい》でございまして、当人自身が、ここまで帰還できたこ

とを、未だ夢のようだと申しております」

「何に、怯えておるのだ。何か申しておるのか」と、大神官が、口を挟んだ。

「さて、その辺のことについては、なんとも良くは分かりませぬ」と、司令官が言った。

「あの、私が、直接その者に会ってみては、いけませぬか。兄、アンドレアのことなれば、ぜひ、私から尋ねてみとうございます」と、レディ・エミリィが、王に問いかけた。

「いや、その方の兄個人のことだけではない。この帝国の命運にも係わることだ」と、ジョン王は、おだやかにレディ・エミリィの申し出を退けたうえで、司令官に向かって、

「ここに連れてきてくれまいか。その方の申すとおり、休養を取らせたいのは、ようわかるが、遠征隊の消息は、一刻も早く知っておきたいのでな」と、王は命じた。

「ハハぁ、陛下、直ちにかの者を連れてまいります」と、恭しく片膝をついて黙礼し、王の前を立ち去っていったのである。

王宮の広間に残った王と大神官は、何事かを語り合っていた。が、レディ・エミリィは、手持ち無沙汰に広間を見回し、ふと、広間の隅にある石柱の上を見上げた。その石柱の上の彫像の天辺に、なにやら見慣れぬものが居る。が、それが、本物の鷲だとは、思いもよらない。

(あら、あんな彫像があったの)と、思ったに過ぎなかった。

しばらくして、司令官に片腕を支えられたアンドレアの家僕が、その広間にヒョロヒョロと覚束《おぼつか》ない足取りで、半ば司令官に引きずられるような格好で、連れてこられた王の玉座の前に跪《ひざまず》いたきり、顔を上げる気力もない。やせ細った男は、ブルブル体を震わせていた。王と大

神官カルトンは、そんな男を哀れむ風もなく、高みから見下ろしながら、しばらく彼を見つめていたが、やおら、ジョン王は、口を開いて尋ねた。

「その方、名はなんと申す」と、声をかけた。男は、消え入りそうな声で――

「はい、大王様、下男の《オキ》と申す者でございます」と、答えた後、突然、その場にひれ伏して、オイオイと泣き出したのだ。その後は、なにを聞いても、応えるどころではなくなってしまい、見かねたレディ・エミリィは、床にひれ伏しているオキの側に歩み寄って、肩を抱きあげ、オキの目を見つめながらやさしく語りかけていた。

「さぞ、つらい思いをしたのでしょうね。もう、大丈夫です。貴方は、立派に責務をまっとうしてくれました。さあ、もう泣かないでいいのですよ。もう少しだけ辛抱して、貴方の見たこと、知っていることを話してください。おねがいします」と、言った。

オキは、びっくりした目で、レディ・エミリィの顔を見つめ、震える体をやさしく支えてくれる相手の目を見つめて、やっとほっとして頷いていた。

「王の軍団は、待ち伏せる敵の手で、皆殺しになったのかね」と大神官が尋ねた。

「へえ、村に攻め込むために森に入っていった時には、敵なんか一人も見かけなかったです。ただ、森に入った途端に、誰も彼も、どっちに行くのか、わからなくなってしまったです。そこらをウロウロするばっかりでした」と、オキは、ボソボソと語りだした。

「敵もいない森の中で、ただウロウロして、それでどうしたんだね」と、王が尋ねた。

「へえ、それから、その森の中を何日もさ迷っているうちに、誰もいなくなって、聞こえるのは、木や草の話し声でした」と、何かを思い出そうとして、黙り込んだ。

「木や草が、お互いに話をしていただと。気は確かなのか」王のいらだつ声が、オキを問い詰めても、オキは、黙ったままだった。やがて、ポツンと、呟いたのだ。

「へえ、木も草もしゃべっとりましたです」と、悪びれることなく、キョトンとした顔つきで、答えたのだ。王は、半ば、あきれた表情で、オキを見つめ——

「木や草がなんと言っていたか、覚えているのかね」と、大神官が、聞きとがめる。

「へえ、この森は、命の源の森。ここに入ってくる者は皆、その魂の元の姿にかえるのだ、と。人や獣を勝手に殺して、その魂と体を切り離すようなことをする者は、蛆虫《うじむし》と同じだ。皆蛆虫になるよと、言うとりました」と、オキは答えた。ところが、また、オキは、身の置き場がないといった素振りで、悲しそうに泣き出したのだ。大神官カルトンは、そんなオキの様子をしばらく見詰めていて、ハッと顔色を変えた。

「森の中で戦士達がいなくなった時、何があったのか。思い出したことを話しなさい」とジョン王が問い質《ただ》した。その時、突然、大神官カルトンが——

「そうか、もう言わなくてもその先のことは、察しがついた。恐ろしいことが起こったのだ。想像を絶する禍《わざわ》いが、この帝国の軍団の戦士達に降りかかったのだ。この男が見聞きしたことは、口では到底語ることが出来ない大惨事だった。そうに違いない」と、言って、周りに居る者の顔を見つめていた。だが、ジョン王、レディ・エミリィや司令官等には、何のことか見当もつかない。オキは、泣き止んでいたが、なんともいえない悲しげな表情は、変わらなかった。

大神官カルトンは、オキの前に近づき、体を屈《こご》めるようにして、静かに一言ひとこと、嚙み砕くように尋ね始めた。

「その方が、仲間を見失った時、周りには、たくさんの小鳥が、騒いでいなかったかね」

「へえ、見たこともないほどの小鳥が、騒いでおりました」と、オキが応じた。

「小鳥たちは、何か啄《つい》ばんでいたんじゃないのかね。それはナンだったんだね」

「へえ、沢山の蛆虫が、湧き出しておったで、それを啄ばんでおったんです」と、オキは、答えた。それを聞いた大神官カルトンは、黙って頷いて、元の席に戻った。ジョン王も司令官もようやく納得して、深いため息をつく。何が起こったのか明白になった。だが、レディ・エミリィには半信半疑の思いが、彼女の胸の内に渦巻いていた。

「兄のアンドレアも蛆虫になって、小鳥の餌になったっていうことなの。そんなこと本当にあったんでしょうか。とても私には信じられません」と、半泣きの表情で呟いたのだ。

「あのぉ、ご主人様のアンドレア様は、森には、入っておられませんで――その前に、お亡くなりになってしまいましたで。お気の毒なことでした。良くしていただきましたで、本当にお慕いしておったんですが」と、オキは言った。

「なに、アンドレア総司令官は、どこで亡くなったのだ」と、ジョン王が尋ねた。

「へえ、森の手前のキャンプを張っていたところで。ワシには、何だか分かりませんが、副司令官様が、突然切り掛かって、その場で、殺されなすったです」と、オキは言った。

「何と、副司令官の謀反《むほん》か。そんなバカな、なぜだ。わからんなア、アンドレア総司令官が簡単に副官の手にかかって、殺されるとも思えんのだが――」と、ジョン王は、怪訝な表情で、立っている司令官の顔を見た。レディ・エミリィは呆然とした表情で、オキを見つめている。司令官は、思案顔でジョン王に向かって――

「陛下、総司令官は剣の腕にかけては、副官などに負けることなどありますまい。何があったのか、今となっては全く分かりかねます。が、しかし、この男の申すこと、全てを信じてよいものかどうかも、はなはだ疑問でございます。何かとてつもない悪霊《あくりょう》にでも取りつかれているとしか思えません」と、慎重な顔付きで言上した。

「そうじゃ、その通りじゃよ。その方の見方は実に正鵠《せいこく》を射ておる。あの森は、とんでもない悪霊、邪念に満ちておるのだ。それを操っておる者が、他でもない、あの森の奥の村の衆の頭目に違いない。予《かね》てより充分承知しておったが、陛下にもそれは言上してある。今回のこの件も聞いての通り、怪しげな邪念、悪霊の仕業であることは、明白なことではないか。それも二年前あたりに始まる。これは、この帝国の都市に、雨が降らなくなり、あれだけ豊かだった水量の川が干上がってしまったのと、軌を一にしておる。この旱魃も彼等の呪いによるものと承知しておるのよ」と、大神官カルトンは、立て板に水の勢いで、まくし立てたのである。

ジョン王は、沈黙したままだった。今回の事態のあまりの奇怪な成り行きに、これまで経験したことのない、帝国の危機が兆していることは、間違いなかった。その危機をもたらした最大の敵は、ジョン王自らの出生の地。森の奥にある村々が、立ちはだかっていることも確かに思えた。尻尾の黒い狐、大神官の魔術の力をもってしても対抗し得ない、森の神秘的な恐るべき力に、どのようにして立ち向かうべきか。ジョン王は、初めて生まれ故郷の記憶を取り戻すために思考を馳《は》せた。が、その記憶はあまりにも希薄で貧弱な物でしかなかった。周りの沈黙を好機とばかり、大神官カルトンは誰も耳を傾けていない己の主張を繰り返し述べ立てている。レディ・エミリィにも、ほとんど大神官カルトンの弁舌は耳に入らず、痩せ細った体をやっと支えて、ジョン王の前の冷たい石床に座っている悲しげなオキの姿を見つめていた。哀れだった。悲しみだけを背負って、一人でここまで帰ってきた道中の苦難はいかばかりだったろうか。この男に、悪霊が付いているなどとは、とても思えない。その森に行って、本当のことを自分の目で確かめてみたい。兄のアンドレアが、なぜ、副官に殺されたのか。それも、争った形跡もないままで、命を落としたのはどうしてなのか。もっと膝を交えてこの男に問いたいことが、山ほど胸に迫ってきた。が、それはここでは許されまいと思うと、レディ・エミリィの頬には、自然に涙が溢れてくる。彼女は、その涙の頬をそっとぬぐっていた。その間も大神官カルトンの弁舌は続けられていた。だが、ジョン王にはもはや、大神官カルトンの主張は、聞くまでもないことだった。彼は、速やかに新たな討伐隊を編制して、ジョン王自らがその軍団を指揮すべきだと、繰り返し述べ立てていた。彼の積年の思惑として、森の魔力に対抗できる唯一の手立ては、森の奥の民の子孫である、ジョン王その人以外になかったのである。

ジョン王は、大神官カルトンの黙するのを待って、司令官に命じた。

「早急に討伐隊を編制せよ。余、自らが指揮して、かの森に向かって進軍する」と、伝えたのだ。ところが、司令官は、このジョン王の、突然の命令に当惑した。もはや討伐隊など編制する数の戦士が、この城塞都市には残っていなかった。当初、この城の守備隊の戦士は五千を超える隊員で編制されていた。が、旱魃が長引くにつれて、隊を脱落し、脱走する戦士の数が、後を絶たなくなっていたのである。この城の守備隊にはもはや、千人足らずの戦士しか残っていない。司令官は戸惑いながらも、ジョン王にその事実を伝えるしかなかった。それを聞いて、ジョン王は、さすがに顔色を変えた。目前に立っている司令官の能力のなさを思い知ったのだ。とはいえ、ジョン王は、今それを咎める気にはならなかった。出来るだけ冷静さを装い、その上で司令官に命じた。

「帝国の各諸侯に布告を出し、戦士を早急にここに集めよ。五千の戦士が集まれば、すぐにもここを出立《しゅったつ》する。この城の守備隊としても、五千の戦士を最低確保し、余の留守の間も遺漏《いろう》なきよう努めるのだ。よいな」と命じ、大神官カルトンに向き直った。

「大神官、貴殿以下、主だった神官団のメンバーも同道されたい。予《かね》てよりの貴殿の希望に応えようぞ」と静かに言った。司令官と大神官は、恭しくジョン王に膝をついて黙礼した。ジョン王は、彼等をその場に残し、居室に戻っていく。それを見届けた二人は、それぞれの思惑を胸にその場を後にした。オキは、司令官に腕を取られて、ヒョコヒョコと王宮の広間から消えて行った。レディ・エミリィは、黙って、その立ち去るオキを見送っていた。言葉をかけたいのをかろうじて胸に留めて立ち尽くしていたのである。

ジョン王は、すっかり疲れきっていた。守備隊の現況が、これほどまでに逼迫《ひっぱく》しているなどとは、夢にも思っていなかったのだ。もし、敵がこのことを知れば、直ちに、この城自体が攻撃の餌食になることは、火を見るよりも明らかなことだったが、幸いなことに――と、ジョン王は、胸を撫で下ろした――どこを見ても全てがジョン王の支配下の領地だったからである。とはいえ。又、思い巡らす。自分の故郷の森に囲まれた村々を討伐に向かうことが、まさに帝国最後の戦いになるなどとは、思いもよらないことだった。

ジョン王は、寝椅子の上に体を横たえ、そこで背伸びをした後、思わずガウンのポケットに手を入れた。そこに一粒の椎の実があるのに気付いた。なぜ、そんな物がポケットの中にあったのか、記憶を辿ってみた。ある日、居室の床に、椎の実の小さな腕輪を見つけた時には、部屋に出入りする小間使いの落とし物かなにかだろう。そう思って拾い上げていたのである。

それ以来時々、それと同じ物が、何度も床に落とされていたので、拾い上げて、しばらく手の平の中で何気なく眺めてみた。それが、母親の記憶と結びつくことはなかった。が、なんともいえぬ懐かしさに駆られて、その実を口に入れ、嚙み砕き飲み込んだ。ほんのひと時、なぜか、ジョン王は、安らいだ気分に浸ることができたのである。それでも、ジョン王自身、この一粒の椎の実の深層に秘められた絆の力には、思い至ることはなかった。あまりにその道は、激しく変転を繰り返し、立ち止まって、息つく余裕など全くなかったのである。戦う日々に明け暮れ、怒りと憎悪に立ち向かって、それを跳ね返すことだけが、生きていることの証だったのである。

二-二

数日後の満月の夜、王宮から二人の人影が、夜陰にまぎれて忍び出てきた。レディ・エミリィと彼女の侍女のココリだった。夜になっても乾いた暑さが、都市全体を覆っていて、息の詰まる空気が漂っている。彼女達は、王宮を警護する兵の監視の目を避けて、軒下の影から影を抜け、都市を二分する川沿いに辿り着いていた。この川によって都市は、東西に分断されていたのだ。西側には、主に奴隷やそれに近い町衆の粗末な小屋が密集しており、東側の王宮や神殿を取り囲む貴族や裕福な商人たちとは、全く異質な空間が広がっていた。その為、この川には、二箇所の橋と監視所があって、そこを通り抜けるには、王の許可が義務付けられていたのだが、レディ・エミリィと侍女のココリは、王の許可など得ずに、この川の対岸に行くつもりでいた。レディ・エミリィのたっての願いは、対岸の小屋に住んでいるはずのオキに会うことだ。侍女のココリが、同じ地域《エリア》に住んでいる家族に会うために、無断で何度も行き来している川底を通って、レディ・エミリィを対岸に案内することになったのである。

旱魃《かんばつ》のせいで、川は全く干上がっており、二人が堤防を越えて川底に下り、そこを歩き始めた時、レディ・エミリィの足が止まった。彼女は月明かりに浮かび上がった、干からびた死骸の数に肝を潰した。が、不思議なことにまるで臭気が漂っていない。乾燥した木材が転がっているかのようだ。それだけ、日中の日差しの強さを思い知らされ、エミリィは、足が竦《すく》んで立ち尽くしたまま動けない。ココリは、小声で、何度も励ました。思い切り手を引っぱって（早く行きましょう。人目に付くと困ります）と、囁いた。ようやく、二人は、死骸を避けながら覚束《おぼつか》ない足取りで進んで行った。ところが、今度は、どうしても死骸の上を踏み越える羽目になって、突然、レディ・エミリィは、低いうめき声を上げ、顔色を変えて立ち止まり動けなくなっていた。レディ・エミリィの足首を死人と思われた人の手が、しっかり掴んでいたのである。ココリは、慌ててしゃがみ込んで、その手を払いのけた。それでも、レディ・エミリィは、一歩も前に踏み出すことが出来ない。彼女は、干上がった川底に横たわっていた人の目に見つめられて、涙ぐんでいた。ココリには、涙ぐんでいる余裕などなかった。彼女は、急いで、レディ・エミリィの手首を掴んで、思いっきり引っ張っていた。それでも、思うように歩けないでいるレディ・エミリィを、自分の背に負ぶって、駆け出したので、死骸の幾つかは、踏み越えて行くしかなかったのである。木の枝が折れるように、ボキッと鈍い音が残った。ようやく、対岸の堤防の上に這い上がって、ココリは、ホッとして、大きく息を継ぎ、レディ・エミリィの顔を見つめた。そのココリにレディ・エミリィは、哀願するように、口を開いたのだ。

「ココリ、お願いだから、どこかで水を探してきて頂戴、あの川底にいた人は、生きているわ。すぐに助けに行かないと、あのままにしては置けない」と、か細い声で言った。

「レディなにを言うのですか、どこで水を探せって言うんですか。この辺で簡単に水が探せるのなら、あんなところで、干からびて死んだりしませんよ」と、言って、ココリは、耐えられなくなって、嗚咽《おえつ》し始めた。そして、すすり泣きながら、ココリは言った。

「あの人は、仮に、水を飲ませたとしても直《じき》に亡くなります。でも、その方が、ここで奴隷のままで生き延びるより、きっといいにきまっています。この数ヶ月の間に、私の母と弟が亡くなりました。それに、さっき、レディの足を摑んでいたのは、私の父だったような気がしています。本当は、チラッと見ただけで、良く分かりませんでしたけど」と言って黙り込んだ。レディ・エミリィは、ビックリして言葉が出ない。ココリは、再び口を開いた。

「実は、私は、川がこんなに干上がる前から、この川底を通って、家族に会いに来ていました。父は、あの辺まで、よく出迎えてくれていたんです。川の水量や流れを確かめて、石など置いてくれていました。特に、満月の夜には、勝手に王宮を抜け出していました。すみません。レディの許可もなしに、家族に会いに来ていたこと、本当にお詫びします」と、涙声で言った。レディ・エミリィは、黙って頷き、ココリの肩を抱きしめていた。彼女自身の頰も涙に濡れていたのだ。

「ごめんなさい。謝るのは私の方なの。なんにも知らないで、そんなにつらい思いでいたのね。私も以前は、ここで暮らしていたの。私の両親は、奴隷として、この町に連れてこられたのよ。兄も私もこの辺の小屋で生まれたの。あなたと同じよ。兄は、奴隷の身分から抜け出す為だけに、戦士に志願したのよ。このお城の守備隊の総司令官にまでなったけど。両親が、心配していた通りになったんだわ。ココリ話してくれて、ありがとう。——でも、やっぱり、あの川底に倒れていた人を、助けに行きましょう。もし、貴女のお父さんだったとしたら、なおさら、このまま放ってては置けない。ね、そうして頂戴」と、レディ・エミリィは、ココリの顔を覗き込んでいた。ココリは、首を横に振って、きっぱりとした声で言った。

「私は、レディをオキさんの小屋まで案内します。王宮を抜け出てきた目的は、レディのお兄さんの最期の様子を確かめたいって。そうなんでしょう。早くしないと、王宮に戻れなくなったら困ります。私は、その後で、一人で川底へ行って見てきます。本当にあれが、父かどうかわかれば、お知らせしますから」と、言って、ココリは、立ち上がりかけて、ふと、辺りをうかがった。突然、慌ててしゃがみ込んだ。

「人の気配がします。見つかると困ります」と、小声で、レディ・エミリィにも身を伏せるように合図した。堤防を這い上がってくる気配と共に、何か呟く声が聞こえた。

「ココリ、ココリじゃないのか」と、聞こえてきた。なんと堤防の上に、月光に照らされて姿を現したのは、ココリの父親だった。ココリは、急いで、父親のそばに駆け寄り、二人は、手を取って喜び合い――

「やっぱり、パパだったの。どうして、あんなところで横になんかなっていたの」

「いやぁ、ココリの来るのを待っていたら、眠ってしまったのさ。今夜もいい月夜だ」

「でも、あんなところで、眠ってしまっちゃ、だめよ。パパぁ」

「いや、息をしてない人達の中の方が、なにかと安心だよ。お互いに悪さもしないしな」と、言って、ココリの父親は、暢気《のんき》に笑った。

「あそこで横になっている人達は、ワシ等が、眠るよりも、ちょっとだけ長く、とても静かなだけだよ。こんな満月の夜には、長い眠りから覚めて、起きてくることだってあるんだよ。ワシの子供の頃には、バぁちゃんが、そう言ってなぁ。唄って聞かせてくれたものさ」と、言って、ココリの父親は、おもむろに、月に向かって両手を高々と上げて、しなやかに体をくねらせた。片足を上げて手を振り下ろし、また、諸手《もろて》を振り上げる。ゆっくりと、そんな動作を繰り返していたと思ったら、静かな声で歌いだした。


「サア、起きなされ、みなの衆。長い眠りから、覚めなされ。今宵は、月夜じゃ、満月じゃ。語りましょうぞ、昔の夢を。踊りましょうぞ、明日の夢を。

サア、起きなされ、みなの衆。長い眠りから、覚めなされ。今宵は、月夜じゃ、満月じゃ。歌いましょうぞ、故郷《ふるさと》しのび。踊りましょうぞ、もろ共に。

サア、起きなされ、みなの衆。長い眠りから、覚めなされ。今宵は、月夜じゃ、満月じゃ。飲みましょうぞ、甘露の水を。歌いましょうぞ、永久《とわ》の栄えを」と、声は低く抑えていても、その歌声はレディ・エミリィやココリの胸にも響く力を秘めていた。


その後も続けて、歌いだそうとする父親に、ココリは言った。

「パパ、後は、別な日にして頂戴。今日は、私のご主人様のレディ・エミリィを、ご案内しなくちゃならないとこがあるから」と、言って、父親をレディ・エミリィの前に連れてきたのだ。ココリに連れのあることを知って、ココリの父親は、おずおずと恥じ入るようにして、レディ・エミリィの前に歩み寄って――

「そんなこととは露知らず、誠にご無礼いたしました。私はココリの父親でございます。ココリが、大変お世話になっており、心よりお礼申しあげます」と、言って、レディ・エミリィの前に跪《ひざまず》いて、深々と頭を下げた。レディ・エミリィは、にこやかに、

「そんな堅苦しい挨拶は、おやめ下さい。私の方が、いつもココリに何かと助けられていますのよ。それにしてもお父様が、ご無事でホッとしました。ずいぶんお唄がお上手なのですね。とてもすばらしいお声ですわ」と、言って、微笑んだ。その時、不意に「あら、なんだか妙な音がする」と、ココリが辺りを見渡した。なんと、干上がっているはずの川に月光が反射して、いつの間にか、水が満々と流れているのに気付いたのだ。


川の流れが戻った為に、中洲が出来て、そこに見慣れぬ数の人影が、楽しく歌い舞っていた。レディ・エミリィもそれに気付いて、二人とも奇妙な夢の中にでもいるような心地で、それを眺めている。と、ココリの父親は一人川岸に降りて行って、

「おおウ、これは、なんと、昔、バぁちゃんが、唄ってくれた時と同じになった。長い眠りから目覚めた貴人のご当来、ごトウライ」と、言いながら、今にもその川の中に入って行く気配。その声に誘われて、レディ・エミリィとココリも川岸に降りていく。

「これは、どうしたのですか。あれはどなた達なの。どうして、川に水が戻ったのですか」

「永い眠りから覚めた貴人さま達です。貴人が目覚める時には、全てが、元のままに蘇《よみがえ》る。ほれあの中洲には、緑の草が生え、花も咲いてますやろ」と、ココリの父親は、レディ・エミ

リィに笑顔で答えた。その時、月光に照り映える中洲から、こちらに向かってくる人影が、川の流れの上を苦もなく、スイスイと近づいてきていた。

「さて、お迎えが来ましたぞ。われらも仲間に入れてもらいましょう」と言って、ココリの父親は、レディ・エミリィに手をさしのべた。レディ・エミリィは奇妙な笑顔で「どうやって、この水の中を渡るのでしょう。水の上を歩いて行けるの」と呟いた。

「そうです。貴人が魔法で招いてくれています」と、言って、ココリの父親は、笑顔でレディ・エミリィの手を取ろうとした。その刹那、彼女のローブの腕の下が露《あらわ》になって、黄金の腕輪が月光を反射し、突然、全てが動きを止めた。水の流れも中洲で舞っていた貴人の歌声も止まってしまったのである。ココリの父親は一瞬厳しい顔付きになっていた。

突然、レディ・エミリィの耳元に爽やかに澄んだ声が、語りだしていたのだ。

〝何時のことか。もう誰の記憶にもなくなった、美しい草原《メドー》に囲まれた国がありました。そこに幼い王女様が、誰からも愛され、王や王妃の慈愛に包まれて、幸せに暮らしておられました。ある春の日、王女は、草花に埋め尽くされた草原に行き、美しい花々にウットリ夢心地になって、何時《いつ》までも、お城にお帰りになりません。心を痛めた王は、城の庭園の中に、広大な草原を造りあげ、年中枯れることのない草花で、埋め尽くされたのです。その草花は、花も葉も金箔で飾られて、まぶしい日の光りに輝き、いつまでも枯れることはありません。幼い王女様は、その黄金の光り輝く草花の中で、来る日も来る日も飽きずに過ごされていたのです。ところが、ある日、幼い王女様の顔や体に、異変が起き始めました。顔も体も老婆のような姿になっていたのです。国中の医者や魔術師が招かれましたが、誰も王女様を元の姿に戻すことは、出来ませんでした。幼い王女様は、まもなく、バラの花が蕾《つぼみ》のままで萎《しぼ》んでしまうように、亡くなったのです。王と王妃も、悲嘆にくれて、やがて亡くなりました。美しい花の妖精達だけが住む草原が、残されたのです――〟

人の姿も見当たらないのに、澄んだ声は、レディ・エミリィの直ぐ耳元で囁くように、はっきりと聞こえていた。が、やがて、不思議な余韻を残して消えてしまったのである。

ココリの父親の厳しい顔つきは、又、笑顔にもどっていた。その時、また、おだやかな声が、澄んだ響きでレディ・エミリィの耳元に聞こえてきた。

〝レディ、どうかその黄金の腕輪をはずしてその辺に置いて下さい。黄金の輝きは人の心を虜《とりこ》にします。そして、黄金を身に着けて暮らしていると、当人が気付かない内に、魂の輝きをその黄金に吸い取られてしまう。命の本当の美しさを失ってしまうのですよ。あなたの命の美しさは、神聖な、あなた自身の魂から、放射されていることを忘れないで下さいな〟と言う声がしたのである。

レディ・エミリィは、驚きで胸が高鳴り、言われた通りに、両の腕から黄金の腕輪をはずして、川岸に投げ捨てた。と、同時に、全てが元に戻ったのである。

中洲から迎えに来た人の手に導かれ、三人は覚束《おぼつか》ない足取りで、川の流れの上を歩いて渡り、貴人の舞う中洲に辿り着いた。そこで初めて、彼等をそこまで、導いてくれた人の顔を見てビックリ仰天した。そこに立っていたのは、今夜訪ねて行くはずにしていた、オキその人だったのだ。レディは（あら）と、声をかけようとしても声にならない驚きで目を見張る。オキはただ、静かに微笑んでいるだけなのだ。その時、レディ・エミリィのそばに一人の貴婦人が、近づいてきた。彼女は、ジョン王の城で出会う、どの貴族の婦人達にも見られない気品とおだやかさに包まれていた。着ているローブなどは、まったく宝玉や金糸銀糸の飾りはなかった。それにも拘らず、不思議な輝きに包まれ、えも言われぬ芳香が放射され、辺りを包みこんだ。その貴婦人はおもむろに口を開き――

「ここは、今ジョン王の領地ですけど、この中洲は、ご存知かしら」と、言った。

「いいえ、こんなところがあるなんて、今まで知りませんでした」と、言って、レディ・エミリィは、その中洲の上に目を向けた。月光に照らされた、草や草花の瑞々《みずみず》しい色合に目を見張った。ふと、目を上げて王宮の方に目を向けていた。そこにある城塞の堅牢な石組みが、月光の下に浮かび上がって見えた。が、なんとも不思議なことに、それは、あまりにも歪《いびつ》で、ボンヤリとした影絵のように見えたのだった。なぜ、こんなにも印象が違うのだろう。彼女は、思わず目の前の貴婦人に視線を戻していた。

「――何かをお感じになったようね。人の手で造られたものと、自然の命の本当の美しさは、計り知れない、埋められない違いがあるのですよ。さあ、ここにお座りなさいませ。そして、その草に手を触れてごらんになるといいわ」と、言われて、エミリィは、草の上に腰を下ろした。なんと柔らかくしっとりした感触でしょう。そう感じながら同じように腰を下ろした相手の顔を見つめて、微笑んだ。

「あなたが、その草に手を触れる時、その草も貴女の手の感触を感じていますのよ。どんなことを草は、感じていると思いますか。それが分かるのは、どんな物の命に対しても心からのいたわりや愛を持って接する以外にありません。草も花も神性な命に輝いているのです。その神性さこそ彼等、自然の草や花は、貴女から感じとっているはずです」と、彼女の心地よい響きの声が、耳元に囁かれた。レディ・エミリィは、自分の座った腰のそばにある草に指を触れた。しばらくそうやっていると指先の草が、かすかに震え、なにか不思議なぬくもりのエネルギーが、かすかに放射されているように感じられた。と同時に、草の命の輝く光彩が、彼女の心に静かに流れ込んできた。彼女の表情を見つめていた貴婦人は、また、静かに話し始めた。

「人は、なにかを伝える時、常に言葉を多用して、言葉に託してこと足りると思い込んでいませんか。でも他の生物、草や花は言葉に頼らず、命の真の美しさを、宇宙の意志に結びつくエネルギーとして、そのエネルギーの光彩として、放射しているのです。存在のあらゆるものは、そのエネルギーに結ばれ、互いの意志を交流しています。以前は、人々もそれを感じ取ることが出来たのですよ。今の貴女のように。でも、言葉に頼ることで、人々は、宇宙の意志に結びつくエネルギーを感じる、深い心の力を失いましたね」と、深いため息をついた。彼女は、静かにレディ・エミリィを見つめた。

「その為に、神官と称して、宇宙の意志を言葉巧みに操り、人々の魂を恐怖の力で隷属させようとする企みが、この地上に、大きな禍《わざわい》の種を撒き散らしています。そのような者の言葉には、常に真実と偽りの響きが混在しています。巧みな話術は、真実を一層遠ざけてしまうわ」と、言って、空に輝く満月に、目を向けたのだ。ふと、目を戻して、

「人の魂を巧みに隷属させるのは、恐怖心だけではないのよ。人々に、自分の欲望を満たすことが、幸せな生涯などと思い込ませ、魂と肉体をバラバラの意識に分離して操るの。その時から人々は、分離した意識の混乱に陥《おちい》って、自分の自我の欲望の為にならどんなことでも受け入れる。心はすっかり欲望の奴隷となって、生きることになるのね。悲しいことですけどね。自我の欲望は決して、外に向かって拡大してはいけません。自分の魂とその神性をしっかり心の内で結び合うこと。それを忘れないことです。貴女は大丈夫ですよ」と、言って、やさしい微笑みを浮かべて、また、言葉を継《つ》いだ。

「言葉は、本来、宇宙の意志のエネルギーに感応した先祖達が、その響きを大切な力として、子孫に伝えたのよ。もう一度それを取り戻さないと。禍の種を撒き散らす輩《やから》の道具のままでは、困りますもの」と、言って、レディ・エミリィの肩にやさしく手を触れた。この二人の様子をココリと彼女の父親も頷きながら見つめ、彼等も、同じように草や草花に指を触れていた。父と娘は、片手で草を別の手で、お互いの手を握りあって、ふと、満月に目を向けた時、月の周りにかすかな暈《かさ》が、現れ始めていたのである。

レディ・エミリィは、目を輝かせて不思議な輝きに包まれている、貴婦人の顔を見つめ、こみ上げる胸の内の高まりを伝える為に、口を開いた。

「ありがとうございます。とても、いいお話でしたわ。それに、この草に触った感触は、本当に、何かを伝えている、そんな驚きを感じました。でも、今のお話が本当に理解できるには、私は、まだとても未熟者です。今、気がかりなのは、兄が、どんなところで、どんな最期を遂げたのか。そんなことに気をとられていますもの」と、言ったのである。

その時、初めて貴婦人は、オキに目を向けた。

「ここに立っているオキさん。もうご存知ですね。彼は、偽りの言葉には、決して惑わされません。神性な命のエネルギーを、率直に感じることを心得ている人ですよ。貴女は、彼と共に、これから旅に出かけます。きっとすばらしいところですよ」と、言って、その貴婦人は、オキの方に向き直った。レディ・エミリィもオキを見上げた。彼は、数日前に王宮で見かけた同じ人物とは思えない、生き生きとした佇《たたず》まいに包まれて、微笑んでいた。レディ・エミリィは、不可思議な感動に胸が高鳴って、貴婦人に向き直っていた。

「ま、このオキさんと旅に出かけるんですか。どこへ行くのでしょう」と、言って目を輝かせた。

「貴女は、お兄さんの亡くなった、最期の土地に行ってみたいのでしょう」と、貴婦人は言って微笑んだ。既に、レディ・エミリィの願いを見通していたのである。

貴婦人は、月を見上げた。彼女は静かに立ち上がって、まだ近くで舞いを舞っていた仲間の貴人達に、合図を送るかのように、両の手を高く大きく広げたのだ。彼女は、そのままの格好で、満月に向きを変えた。両の手には、ゆったりとしたローブが、鳥の翼のように広がり、風を受けてゆるやかになびく。その姿は、白鳥が飛び立つ姿のように、全身が白い輝きに包まれた。その姿勢のまま、レディ・エミリィの方に、顔を向けて――

「良い時を過ごしましたね。私は、帰らねばなりません。きっとまた、お会いすることでしょう。ごきげんよう」と、言って、微笑んだ。貴人たちは、それぞれ、静かに空の高みに舞い上がる為に手を高く広げていた。と、その刹那、彼等は、フワリと、宙に浮かび上がったのだ。大きな輝く鳥の群れが、川の中洲を飛び立つように、月光に向かって、舞い上がっていった。

レディ・エミリィは、ココリと共に両手を高く掲げて振り続け、いつまでもその姿を見送っていた。満月は、徐々に輝きを増して月暈《げつうん》に包まれ、大きな光輪となって波打つ光彩に包まれた。鳥の群れのような貴人達は、その空に広がる光の香華《こうげ》のなかへと吸い込まれ、姿が見えなくなったのである。やがて、月暈はしだいに薄れ、元の月夜の空に戻っていた。それでも、レディ・エミリィとココリは、まだ、夢の中にでも置き去りにされたかのような心地で、空を見上げていたのである。

しばらくして、ココリは、そばに居るはずの父親が、いないのに気がついた。

「パパ。どこに居るの」と、呼びかけ、あたりを見回したのだ。すると、なんと父親の声が、耳元で聞こえてきた。それは、まるで、耳元で囁くような響きなのだ。

「ココリ、ワシは、ここじゃよ。お前は、一人ぼっちじゃないぞ。心配はいらない。ワシは、いつでもココリのそばにいるよ。あの唄を思い出しておくれ」と、その時は、既に、遥か空の彼方に飛び去っていた父親の声が、すぐ、そばから聞こえてきていたのだった。

ココリは、驚いて満月を見上げた。もう、そこには、貴人達の姿を、見分けることなど出来なかったが、ココリは、涙ぐんでいつまでも夜空を見上げていた。レディ・エミリィは、ココリの肩を抱いていた。胸の高鳴りがいつまでも彼女から去らなかったのである。オキは、そんな二人の姿を少し離れた場所に立って、見守っていたのである。


その時、堤防の辺りに人の気配がして、ざわつく人声が聞こえてきた。オキは、急いで二人に近づき、人目につく前に、ここを立ち去ることを、伝えねばならなかった。

「人目に付くと面倒です。早くこの城から離れましょう」と、言った。

「でも、どうやって、王の許可なく城門を通るのですか」と、ココリが、聞いた。

「そうよね。無理じゃないかしら」と、レディ・エミリィも尋ねた。

「城門など通りません。この川に沿って、夜が明けない内に、なるべく遠くに逃れましょう」と、言って、オキは、川を指差したのだ。二人は、怪訝な顔で、足許を見た。なんと、そこには、全く水のない川底が、戻っていたのだ。中洲と思われたところも、干上がった川底の一部でしかなく、草も草花も姿を消していたのである。

「この川底を歩いて、城壁の下を通れます。ここから北に抜ける時、一箇所、橋の下を通りますが、そこでは、ガードに気を付けねばなりません」と、小声でオキは言った。

「でも、北に抜けてどうします。山に登って行くのかしら。それじゃ、この格好では、とても無理じゃないかしら」と、ココリが、自分よりもレディ・エミリィのローブ姿を気遣っていた。

オキは、微笑んで、自分の懐から細い紐を取り出した。

「これで足許と腕、それに腰に巻いて縛り付けて行けば、何とかなります」と、その紐をレディ・エミリィに手渡した。乾いた川底を歩く為に、足には、かなり丈夫な靴を履いていたことで、歩くには困らない。オキは、既に判断していた。月夜とはいえ闇にまぎれて、城を抜け出してきた二人には、この先、川底を歩いて城壁の下を通って行くことにさほどの恐れなどない。だが、予想もしていなかった展開に二人の顔には一瞬の戸惑いの表情が浮かんだ。が、それはすぐに消え、即座に身づくろいを始めた。

オキは、レディ・エミリィがココリの手を借りて、ローブの腕と足元、それに腰に細紐を巻きつけて、歩き易くするのを待った。その間にも堤防の人影を気遣っていた、オキに先導されて、彼等は、川底のさらに低い窪みを歩き出したのだ。人声からは、次第に遠ざかり、それが、追いかけてくる気配はなかった。ココリは、内心、オキの後について歩くレディ・エミリィが、立ち止まって動けなくなることを心配し続けた。が、それも、ガードが満月の空を見上げている橋の下を通り抜け、やがて、堅牢に立ちはだかる城壁の下をも通り抜けて、ようやくホッとした気分になった。これまで、城壁の外に出たことのなかったココリにとって、これほどの開放感を味わったのは初めてだ。それは、レディ・エミリィとて同じ思いだったのである。

ジョン王の宮廷は、早朝から大勢の人々の喧騒《けんそう》に明けた。彼等は、伝えられた昨夜の異変について、勝手な想像に捉えられて混乱し、ヒソヒソと囁きあっていた。

「それは、この国にとって、またとない瑞兆《ずいちょう》に違いございません」と一人が言い「とんでもない。悪い知らせにきまっていますよ」と真っ向から反対の意見を唱える者もあった。誰もこの騒ぎを収拾出来る者はいなかった。ジョン王は、昨夜の異変を伝えた見張り《ガード》の兵を呼び出して、詳しく報告を聞くことにした。だが、そのガードは、大勢の高貴な人々の前で、すっかり気後《きおく》れしていた。自分の名前を《アラン》と名乗っただけで、ジョン王の前で、ただ恭しく頭を垂れて畏《かしこ》まったまま、黙り込んでいる。王のそばにいた司令官に何度も促《うなが》されて、ようやく橋の上で見た昨夜の出来事を訥々《とつとつ》と語りだした。

「陛下、満月が大きな暈《かさ》に包まれて、その輝きが見る間に、波打って広がりました。それは、不思議な光景でした。その月に向かって白鳥の群れが、川の中洲から舞い上がって行きました。いや、それが白鳥だったかどうか。確かではありません。その前に、川の中洲で、舞を舞っている人々がいて、その方々が、空に舞い上がって行ったようにも見えましたが。まさかそんなことが」と、口を閉じた。宮廷内は、また、ざわめきに包まれ、私語が飛び交う。ジョン王が咳払いをした。と同時に静寂に戻っていた。

「川の中洲とは、どういうことか。どのような者らが舞っていたのだ」と王に問われ、

「ハイ、陛下、川の流れに満月が反射して、月を愛《め》でる方々が中洲で楽しげに、舞を舞っておられたようで。遠くて、はっきりしませんでしたが、そこにおられる、高貴の方々のようにお見受けしました」と、言って、宮廷に詰めかけている人々の方に目を向ける。ジョン王の周りからざわめきが起こって、半ば怒りさえ含んだ声が飛び交う。王は、又、咳払いをした。が、その騒ぎは収まらず、一人が大声で叫んだ。

「そのガードは、監視を怠って、眠り込んで、夢でも見たのだ。この旱魃で干上がった川のどこに、水が流れていたというのだ」と、激しく問い詰める。ガードのアランは口籠《くちごも》って、何も言えなくなり（あれは夢だったのか）と思い始めては返す言葉を失った。そんなガードに一人の貴婦人が、怒りの声を張り上げた。

「水もない川に、満月が、反射するわけがありません。本当に忌々《いまいま》しい。朝早くから、こんな馬鹿げた騒ぎに巻き込んで、毎日の日照りに、うんざりしているというのに、なんていうことでしょう」と言って、うな垂れているアランを睨み付け、早々に宮廷を退出しようと歩き出す、一瞬、宮廷内は静まった。

その時、宮廷の外から、大声で争う声が響いてきて、宮廷内は、再び私語が飛び交い、騒然となった。外は、既に日差しが照りかえっており、宮廷内から外を窺う人々の前に、年配のガードに引き摺られて、一人の女が姿を現した。ガードに抗《あらが》っていたその女も、ジョン王の前に連れ出されて、おとなしく頭を垂れ、息を弾ませた女の髪の毛が、汗ばんだ額に張り付いて

いる。短く刈り込んだゴマ塩頭から湯気を立て、自分を《バブルビッチ》と名乗ったガードはジョン王の前で不動の姿勢をとり、その手でしっかりと女の腕を放さない。片手でしきりに白髪交じりの顎鬚《あごひげ》をしごき、抗う女を捕り押さえた興奮を鎮めようと大きく息を弾ませていた。

ジョン王のそばにいた司令官がガードに向かって、

「何事だ。この女は」と問いかけた。ガードは畏まって王に膝をついて目礼し、「ハイ、陛下、この者は、かような黄金の腕輪を隠し持っておりましたので、捕らえてまいりました」と、黄金の腕輪を取り出して、司令官に手渡した。受け取った司令官は、その黄金の腕輪をジョン王の面前に差し出す。と、ジョン王はそれを一瞥《いちべつ》して、バブルビッチと名乗ったガードと女に目を向け、おもむろに女に問いかけた。

「名は、なんと申す」と、静かに尋ねた。女は王を見上げて、呟くように名乗ったが、ジョン王の耳にはその声は届かなかった。司令官が女をたしなめた。女は、声を張って「ハイ、王様。私は、ベルナと申します」と、今度ははっきり答えた。その後すぐに「陛下、その黄金の腕輪は、この女の物でないことは明白です。誰かの物を盗み出したに違いありません」とゴマ塩頭のガードが強い口調で述べ立てた。その時、突然、女が立ち上がって叫び始めた。その剣幕にガードが止める暇《いとま》さえなかった。

「それは、違います。私は、人の物を盗んだりしていません。昨夜、私は、一人のレディが、川の水の流れに足を踏み入れる前に、その黄金の腕輪を外して、川岸に捨てるのを見たんです。その後で、中洲まで、水の流れの上を歩いて行かれたのです」と申し立てたのだ。ガードのバブルビッチは、それ以上騒ぎ立てないように、ベルナの髪を摑んで、床の上に引き据えていたので、宮廷の中は、再び、人々の私語で渦巻いた。

「黄金の腕輪を、誰が捨てるもんですか。あの女は、それを拾っただけだっていうの」

「それにしても、あの女は、そんなに悪い格好はしていませんよ。それに不思議じゃないですか。彼女も川に水が流れていて中洲があった。と言っている」と、言う声が聞こえていた。その時、不意に、ガードのアランが、脇から出てきて声を張り上げた。

「恐れながら、陛下、どうか昨夜の異変を、この女からも、もっと詳しくお聞き願います」と言った。自分は、夢を見ていたのではない。任務を怠って居眠りなどしてはいなかった。そう言いたかった。そこに大神官が姿を現した。彼は既に、昨夜の異変の報告を聞き知っていて、ジョン王のそばに立っているベルナの顔を見つめ、薄ら笑いを頰に浮かべ（あの女は、ワシの手の者だ）と王に耳打ちした。ジョン王は咳払いをした。ようやく宮廷のざわめきが収まった。ベルナと名乗る女が、大神官カルトンの率いる神官団の一員だと知ったジョン王は、声をかけた。

「ベルナとやら、その方の見たこと詳しく申してみよ」と女に発言を許した。

「ハイ、王様、ありがとうございます。昨夜のことは、奇跡という以外ございません。中洲にはローブを着た、美しい装いの人々が、舞を舞っておいでてした。その方々は、やがて、白鳥のように空に舞い上がって、なんと満月が暈《かさ》に包まれ、それが大きく膨らんで波打つように広がった、月の光の中に吸い込まれていかれました。それは、ただ驚くことばかりでした。後には、その黄金の腕輪のレディと、お連れが二人、中洲に残って見送っておられました。その後、そのレディと二人のお連れが、再び水のなくなった川底を、どこまでも、北に向かって歩いて行かれました。途中の橋の下も、あの堅牢な城壁の下も通り抜けて勝手に出ていかれました。私は、それを見届けた後、元の所に戻ってきて、その腕輪を見つけたのでございます。この腕輪は、このお城に届けるつもりで歩いていたら、この鬚のガードに出会って、こんな疑いをかけられた。ということでございます」と、語りながら彼女自身が、まだ、その夢の中にでも、さ迷っているような目付きに変わっていた。女が語り終わっても、誰も口を開く者がなかった。バブルビッチにとって、予想外の展開になって、血の気が引いてしまった。城壁を抜けて、勝手にこの城塞都市から脱出した三人を見逃した、自分の失態を問われることになる、と気付いたのだ。

ジョン王は、司令官に何事かの指示を与えた。彼は、即座にジョン王に一礼して、その場を立ち去って行く。王は、その姿を見届けた上で、手の中にある黄金の腕輪に目を移して思案顔に眺め回し、大神官カルトンに問いかけた。

「この腕輪に刻印してある紋章に、何か見覚えがあるかね。昨夜、この城を脱け出した者が、身に着けていたものだ。百合の花の紋章とは、珍しいものだ」と、ジョン王は、その腕輪を手渡した。手に取ってしばらく眺めていた大神官カルトンは、得たり顔で――

「これは、二本の白百合を絡ませた紋章じゃ。うん、これは、アンドレア総司令官の紋章に間違いあるまい。となると、昨夜、この城から脱け出したのは、妹のレディ・エミリィということなるな。だが、北に向かったとは、今一つ解《げ》せんのぉ。人跡未踏の山脈にぶつかるだけではないか。この城を抜け出しても、山脈を越えて、どこかへ行くことなど出来るわけがない。そんな無謀なことを、誰が手引きをしたのか。いや、山に逃れたと見せかけて、どこかで麓に下りてくるに違いない」と、確信ありげに微笑んだ。宮廷の中は、再び私語に包まれ、なんとかして、大神官の手の内にある、腕輪を垣間見ようと、彼に擦り寄る貴婦人の姿もあった。彼女は、そばに立っている別の婦人に囁いた。

「偉丈夫な戦士ほど、獣や猛禽類を紋章にするというのに、アンドレア総司令官は、白百合を紋章にしていたとは。珍しいことですねぇ」と、驚きの声を上げたのだ。

「あのレディ・エミリィが、この城を抜け出すなんて、有り得ませんよ」と、呟く声。

「ジョン王のお気に入りの、お方ですものねぇ」と、それに応じる声。

「それにしても、山に向かったなんて、信じられませんね。この辺では、山奥には、魔性の悪霊がいる。と言って、近づきませんよ」と、眉をひそめる者の声。

「レディ・エミリィは、なんでこの城を抜け出す必要があったのかしら」と囁きが、広がっていったのである。

宮廷内を喧騒の渦に呑み込んで、口々に囁く声が静まる気配は一向になかった。

そこへ、司令官が急いで戻ってきて、新たな報告をもたらした。宮廷内は一瞬の静寂を取り戻した。王の前で片膝をついて、目礼した後、司令官は急き込んだ声音で、

「陛下、この城の中で見当たらないのは、レディ・エミリィとその侍女のココリでございます。

それから、どうやら総司令官アンドレアの家僕、オキの姿が見当たらないとの報告が入っております。昨夜、この城を抜け出したのは、この三人に間違いありますまい」と、報告したのである。ジョン王は、すぐに決断していた。追っ手を出さねばならぬ。その王の目にとまったのは、まだ、沙汰を待って、目前に立っている二人のガードだった。

「その方らに、新たな任務を命ずる。昨夜、この城から無断で城壁を抜けて行った、三人を連れ戻すのだ。よいな」と、命じた。と、その時、そばに居たベルナが声を張り上げ、

「恐れながら、王様、その役目、どうか私にも、お命じ下さいませ。必ず、あの三人を連れ戻してまいります」と自信ありげに申し述べた。ジョン王は、ベルナの顔を見つめた。そして、この男達よりは、頼りになるかも知れぬ、と思い、

「よかろう、さっそく追跡を始めるのだ。それ程、手のかかる者達とも思えぬ」と、ジョン王は命じたのである。

夜勤の後に、休む間もなく、いきなり別な任務を命じられた二人のガードは、それでも、ホッとした表情になっていた。城外に無断で抜け出した、三人を見逃した罪に問われることがなくなったのだ。ベルナは、そんな二人のガードを見つめて、薄笑いをうかべていた。三人は、ジョン王に恭しく膝をついて頭を下げ、王の前から退いていく。

司令官は、この三人の退出するのを見届けて、静かに、ジョン王に言上し始めた。

「陛下、ところで奇妙なことが報告されてきております。旱魃の後で掘られた沢山の井戸、既にほとんどが涸れていた井戸が、昨夜から水があふれていて、皆が躍り上がって喜んでいる由

にございます」と、報告した。大神官カルトンは、渋い顔になった。宮廷内は、またもや喧騒が渦巻いた。

「あらぁ、まあぁ、何ということでしょう」と言う声が、あちこちから聞こえてきたのだ。ジョン王は、表情を変えずに静かに頷く。だが、王の目は、大神官カルトンの困惑の表情を見逃さなかった。やがて、司令官の新たな報告を聞き取ったジョン王は、宮廷内の喧騒を後に、居室に戻っていったのである。

居室でジョン王は、ガウンに着替えることもなく、そのまま寝椅子の上に横になって、早朝からの昨夜の騒ぎにレディ・エミリィが、どんな関わりがあるのか、どうして、無断でこの城を、抜け出していったのか、思い巡らした。だが、この唐突な彼女の行動に思い当たる兆候は、全く思い当たらない。それにしても、オキという家僕は、不可解な男だ。あの痩せ枯れの所業は、一体なんとしたことか。

ジョン王は、目を閉じて、しばらく、仮眠を取ることにした。が、このところ毎晩のように見る夢が瞼《まぶた》にあらわれ、とっさに目を開く。ところが、一度、瞼にあらわれた夢の中の光景は、消えることなく展開し始め、その光景は、瞼を閉じても開けていても、無くなる気配はなかったのである。

〝大勢の戦士たちが戦う戦場だった。敵対する者達が、激しく戦闘を繰り広げて殺し合っている。ある者は、逃げ惑い、ある者は、逃げる敵を追い駆け、気が付けば、ジョン王自身は、既に、敵の手に打ち倒され地面に横たわっている。しかし、誰一人ジョン王の倒れて息も絶え絶えの姿に気付く者はなかった。戦士達は休むことなく戦場を駆け回って、怒声や、雄叫びを上げ、飽くことのない戦いを繰り広げ、中には、横たわる敵味方の死骸をも踏み潰して、突進して行く者さえいた。ジョン王も踏み潰され、苦痛に呻き、息絶えた。だが、意識は、死骸となって、なお、その死体の細部に留まっている。戦闘を止める者などなく、やがて、その無残な王の死骸の上を、馬に引かれた戦車が通り抜けて、車輪が骨を砕き、死骸をバラバラに跳ね飛ばして泥濘《ぬかるみ》に塗《まみ》れた肉と骨の見分けのつかない、悲惨な状態で放置されたのだ。それが夢の中の出来事であればこそ、また、目覚めているジョン王にとっては、この上ない悲惨で苦痛を伴う光景が、展開されていたのである。その光景は、瞼の内に消える兆しはなく……。

しばらくして、一人の老人が現れた。彼は、飛び散ったジョン王の骨や肉塊を泥濘《ぬかるみ》の中から拾い集め、その拾い集めた泥まみれの骨や肉塊を、近くの流れで丁寧に洗い清める。と、見る間に、それは、驚く程の手際の良さで、生前の姿に復元されたのだ。

その再生されたジョン王は、その場に置き去りにされ、老人は姿を消してしまった。戦闘は継続されており、不可思議な混乱と喜びを胸に戦闘の只中に立ち上がったジョン王に、突進してくる戦士が襲い掛かってきて、ジョン王は、戦う暇《いとま》さえなく再び倒され、地面の上に放置された。やがて、ジョン王は、再び戦車の轍《わだち》の下に踏み砕かれていたのである。この苦痛に満ちた光景は、何度も繰り返された。その度に、どこからともなく老人が現れ、ジョン王の再生を成し遂げ、姿を消した。バラバラの状態になってもジョン王の意識は、骨や肉塊のなかに保たれていたので、老人の手で繰り返される再生は、際限のない混乱と苦痛を味わうことになった。

ジョン王は、耐え難い悲痛の声を上げた。ところが、それは誰の耳にも届く音声ではなかった。再び、砕かれた骨や肉塊を拾い集められて、元の姿に戻される否や、ジョン王は、老人の手を取り哀願した。（お待ちくだされ）と、ジョン王は、必死で声を振り絞っていた。意識は、あっても言葉として、声を出すことが出来ぬ。かすれた音声が、ようやく相手の老人を振り返らせた。老人の目は、やさしく慈愛に満ちており、ジョン王のかすれた声にではなく、意識を読み取っていた。（貴方はどなたですか。なぜ、私の砕け散った体を、何度も元の姿に戻してくださるのか）と、ジョン王は問う。老人は、黙って頷いた。その瞬間、老人は、ジョン王の意識を、はるかに高い山の頂に連れ登った。その頂からは、遮《さえぎ》るものは全くないのに、初めのうち、ジョン王には、なにもそこで視界に捉えることが出来なかった。が、注意して見下ろしていると、なんと無数の死骸で埋め尽くされ、どこまでも彼の視野の及ぶ限り、死骸以外の物は、目に入らなかったのだ。と、突然、その死体と見えた者らが、ムクムクと起き上がり、戦を再開する。その戦闘の様子にジョン王は、息を呑んだ。その凄惨な戦いは、これまで見たこともなかった。敵も味方もなく、手当たり次第に打ち殺し、その上自分自身の影にさえも槍を突きたて、子供と思《おぼ》しきものにも、兄弟同士、全ての家族が、戦闘に巻き込まれている有様だった。これ程の凄惨な光景を目の当たりにして、ジョン王は、思わず呟いた。

（彼等はなぜ、こんな戦いをするのだ。どうして止《や》めないのだ）と、老人に問いたかった。老人は、静かにそれに答えた。（なぜ、あんな戦いをするのかって、ワシに聞くのかねぇ）と、ジョン王に語りかけ（その方の造り上げた帝国が、この世界になにを引き起こしたか、思い返したことがあるかね。これまで多くの征服した村や町は、実に平和で豊かな人々の生活に包まれていたのを知っておろう。その全てを戦に巻き込んで、その上、純朴な若者達を戦士や兵として組織化して支配する。これは、まさにプロの殺人集団の組織ではないのかね。それで最も成功したプロの殺人集団に、その方の帝国は、支えられている）と、静かに言った。ジョン王は黙って老人を見つめた。老人は、また語りかけた。（その為に、多くの人々は、混乱と恐怖の中に投げ込まれ、愛する者、お互いにいたわり合うはずの家族同士でさえ、憎しみや疑心暗鬼に囚われて、生きざるを得ない。一握りの王を取り巻く人間の為に、大勢の民が犠牲を強《し》いられ、大量殺人が、帝国の存在を支えるシステムになっているとは、奇妙なことだと思われんか。この宇宙の法は、常に全てが調和を保っている。己の欲望の為、野望の為に他者の犠牲を強いるシステムを拡大し維持すれば、その方自身も混乱と苦痛から、永遠に抜け出すことは出来ますまいよ）と、老人は語り終えた。と同時に目を彼方に転じた。そこには、戦闘の光景はもはやなく、巨大な樹木が谷底から山の頂に立っている彼等の目前にまで伸びていた。ジョン王は、そのとてつもなく巨大な樹木を見つめた。すると突然、その巨木の周囲に波立つ水が湧き起こり、あたり一面を呑み込んでしまった。波立つ水は、霞となり、やがてその霞が晴れると一面が、樹木に覆われた森に姿を変えた。見晴るかす樹海の森林に目を奪われていると、老人がその巨大な樹木に同化する一瞬の姿を目にしたのだ。ジョン王は、急いで脇を振り返った。そこには、もはや老人の姿はなく、その光景は、衝撃となってジョン王の意識を駆け巡っていた。山の頂に一人立っている彼の周りに、森から吹き上げる風が吹き抜けて、その風に乗って多くの囁く声が通り抜けていった。だが、それを聞き分けることなどジョン王には出来なかった。やがて、気が付くと、目の前には森はなく、多くの亡骸のみが広がっているのが瞼に映じていたのである〟

仮眠をとっていたはずのジョン王は、目覚めたまま、瞼に浮かぶ幻影に捉えられていた。これが幾晩にもわたって見ていた夢だったのかどうか。もはや判然としなくなり、その上、ベットリと汗ばんでいた不快さの為、いつまでも、混乱の只中にいたのである。

ふと、気が付くと、そこに大神官カルトンが立っていた。彼は、ジョン王が、仮眠から目覚めたと知ると、静かに口を開いた。

「陛下、お目覚めでしたか。いや他でもない。今朝の騒ぎをどうお考えか。いささか気になることがありましてな。オキと申す奴めが、レディ・エミリィを連れ出したとすると、行き先は、もはや知れたもの。——アンドレア総司令官と戦士達が消えた、あの忌まわしい森へ向かったのは、間違いありますまい。しかも、さしたる準備もせずに、城を抜け出したところを見ると、この近くの山中か、どこかにアジトがあるに違いあるまい。あのオキめはどうにも解せませんな。痩せ枯れの家僕が、一人でどのようにして、ここまで帰還したのか。不可解な男ですぞ」と、言って、ジョン王の顔を覗き込んだ。ジョン王は、黙って相手の顔を見つめた。大神官は、再び口を開いた。

「レディ・エミリィを、この城から連れ出したオキなるもの、陛下が送り出された追っ手に易々《やすやす》と捕まる相手とはとても思えません。彼奴《きゃつ》は、思いのほかの強《したた》かな相手に変貌したかに見受けられる。ここは、陛下ご自身が覚悟なさるべきかと、それがしは進言したき所存にございます。山越えなど、所詮、女二人を連れて出来るはずはありますまい。陛下自ら進軍なされば、途中で必ず捕らえられましょうぞ。忌まわしい森の秘密やアンドレア総司令官や遠征隊の消滅した真実を、オキを捕らえて今一度詳細に問い詰めることが、なにより先決かと思考いたす次第でございます」と、一気にまくし立てた。だが、ジョン王は、相変わらず相手の顔を見つめて、沈黙したまま口を開く気配を示さなかった。大神官カルトンは、苛立ちを覚え始めた。が、やがて、彼は、冷静さを取り戻して語りだした。

「これまで多くの街や村を武力で征服した後、そこには、必ず神殿を建設して、力尽くでの恐怖による服従を、完全な領地に替える為に、吾が神殿の神官団の者によって、領民となった民の心と魂を隷属させる企《たくら》みを、着実に行ってきましたな。そのことは、既に、陛下もよくご存知のこと。今まさに、それが最終段階に至っておる。古い慣習の先祖崇拝を、武力のような恐怖心によらず、巧みに話術をもって、王の神に従い隷属させる。それで領地と領民を完全に帝国の民、帝国の領地と成しえてきました。これは取りも直さず、この帝国は、吾らが共に分かち合ってきた協力による賜物」と、言って薄笑いを浮かべて、ジョン王を見つめた。その顔には、不敵な眼差しが表れた。

ジョン王は、バルコニーに足を運び、そこから、あふれ返る日差しを通して、干上がった川を見つめた。しばらく、黙り込んでいたが、やがて、つぶやくように「この帝国は、その方の力なくば、存立しなかった。その通りだ」と、外に目を向けたまま言った。その言葉を聞き取って、大神官カルトンは、声音《こわね》を変え「帝国の王は、もちろん陛下、貴方様お一人でございます。私などは唯の影《シャドー》に過ぎません」と、彼もバルコニーに立っているジョン王と肩を並べて、静かに呟いた。

「とは申しても、影のない人間など、一人もおりませんでなぁ」と、大神官カルトンは言って、しばらくの沈黙の後、再び確信ありげな表情で笑みさえ浮かべて口を開いた。

「この度の森とその民の住む、陛下の故郷を征服すれば、帝国の完成を見ることになる。それは、なにより陛下ご自身の、王の王たる総仕上げの、最後の遠征となりまするぞ。つきましては、故郷といえども、その民、その森に手心は、無用になされませ。それがなによりの心得と申し上げておきたい。もし、その心得なくば、遠征など意味をなさず、すべてを失いますぞ。まず、私の心からの忠告と思し召せ」と、大神官カルトンは、これまでにない、強い口調で申し立てたのだった。ジョン王は、頷いていた。

「解っておる、その方の申したこと充分に承知した」と、呟くように言った。

その時、突然、鷲の鳴き声が、間近に響いてきた。大神官カルトンは、血相変えてあたりを見回す。鷲の鳴き声は、すぐ耳元で再び響いてきていた。彼は、慌てふためき、バルコニーからジョン王の居室に戻り、その部屋を飛び出していったのだ。その姿は、尻尾の黒い狐の姿になっていた。ジョン王は、その飛び跳ねて、自室から姿を消していった狐を見送って、笑い声を上げた。だが、汗ばんだ不快さから逃れるすべは、全くなかったのだ。ジョン王は、一人になってなお、そのバルコニーに佇《たたず》んで物思いにふけっていた。むせ返る外の様子に、まるで幻夢でも見続けているかのように……。
急にバルコニーの下に人の出入りが激しくなってきた。兵や奴隷に指示を与える指揮官の大声が響き渡り、大勢の人の吐息と共に馬や家畜の群れを引き連れて、慌ただしく城の広場に集結し始めていた。新たな遠征隊の準備が始まっていたのである。

二－四

誰に咎められる事もなく城壁の下を抜け、レディ・エミリィの一行は、夜明けの日差しが強くなる頃までには、かなり城塞から離れた山側に辿り着いていた。ところが、川底の起伏の激しい小砂利を踏み分け、徐々に勾配がきつくなってゆく登りに差し掛かって、足は止まりがちになった。宮廷内部で、ほとんどの日常を過ごしてきたレディ・エミリィにとって、過酷な逃避行となっていた。遅れがちになるレディ・エミリィに、ココリがようやく気付いて立ち止まった。ココリの方は、時には、走り回らねばならないこともあったので、まだオキの後に難なく従ってこられたのだが、息切れに喘《あえ》いでいるレディ・エミリィのために、日差しを避ける場所を探しているうちに、川底の岩の影に二人とも寄りかかるように座り込んでしまった。オキは、そんな二人を見定めると、日差しがかなり強く照りつけるあたりを見回し、二人の飲み水を探さねばならないと思い至って、その場を離れ、岩の低い裂け目を、あちこち覗き込んでまわった。

レディ・エミリィとココリは、ボンヤリと遠くを見つめた。川下の荒れ果てた一角に聳《そび》えて見える城塞が、ミニチュアのセットのように日差しに輝いて見えていた。かつては、緑の木々に覆《おお》われていた山裾が、全く見る影もなく荒涼として、風が吹けば砂埃が舞い上がる。やがて、一筋の砂塵が、城から山裾を駆け登って来るのが見えた。だが、二人の目に、その砂塵は、追っ手が、馬で駆け登ってくる為に、立ち上っていることなど思いもよらなかった。その目に映る光景は、現実からはほど遠く、まぼろしのように見えていた。意識は、半睡状態の中にあったのである。やがてオキが、水を持って二人の許に戻って来た。二人が水を飲んで、一息ついたことを見計らって、オキは言葉をかけた。

「もう少し先を急ぎましょう。そうすれば、ゆっくり休める所に行けます」と言った。

レディ・エミリィに手を貸して、ココリは立ち上がり、三人は、再び川底に沿って歩き始めていった。日差しの強さの割には、山裾を心地よい風が吹き抜けるので、レディ・エミリィの気分は、少しは回復しつつあった。

二人のガードとベルナは、馬を駆って山裾の川沿いに砂塵を巻き上げ、駆けてきていた。彼等は、山家住《やまがず》まいの風体に偽装して、エミリィ一行を追いかけて来ていた。ところが、突然、ベルナは馬を止め、ガードにも下馬を指示した。しかし、二人のガードは、このまま馬で追跡することを主張した。ベルナは、それをはねつけ、二人のガードを睨み付けていた。彼女は、全くガード二人を手下の立場に置いたのである。

「私らは、彼等を捕らえるだけが、任務じゃないんだよ。いいかい。私は、大神官カルトン様から、特別な指示を受けてきたのさ。私の指示に従いな。もう相手に追っ手のあるのを気付かれたかもしれない。いいかい。ここからは、徒歩でいくよ」と言って、馬の尻を思い切り殴りつけたので、馬は、勢いよく、城を目指して駆け戻っていった。二人のガードは、ベルナの剣幕に気圧《けお》され、内心では、(我らは、ジョン王の命令で、速やかに三人を城に連れ帰ることが優先任務だ。その為にもこのまま馬で追跡するほうが早い)と、思いながら、なぜか、彼等も馬を下りて、ベルナのようにその馬を城に追い返していた。馬はつむじ風の砂塵を巻き上げて走り去って行く。それを見たベルナは、薄笑いを浮かべて、高飛車に二人に言いはなった。

「そうだよ。お前さん達は、私には逆らえないんだ。なにしろ、三人の脱走者を見逃した間抜けなんだ。いいかい、忘れんじゃないよ。わたしは、城を抜け出す、あのレディ・エミリィとココリとかいう侍女を、初めからおかしいと、睨んでいたのさ。城の中のことは、私の方がよほど詳しいのさ。あの逃げた女二人よりもね」と、言ってのけた。ガードの二人は、呆気に取られた顔つきで、ベルナを見つめている。それに畳みかけるように「さア、分かったら私についてきな。これからのことは、私の指示に従えばいいのさ」と言うが早いか、即座に駆け出し、川底に駆け下りて、反対側に駆け登っていく。川は、蛇行を繰り返して流れ下っている。ベルナは、その最短距離を駆け抜けて、出来るだけレディ・エミリィ一行の先回りをするつもりでいたのである。ガードの二人は、否応もなくそれに従って駆け出した。鬚のガードは、一旦川底に駆け下りて、駆け上がる時には、既に、頭から湯気を立てていた。彼は、夜勤の任務の後、一睡もしていない。この年嵩《としかさ》のガードは、ベルナやアランとは、比較にならない体力の消耗に喘《あえ》いでいた。しかし、そんな弱音を吐くことは、長年の戦士としてのプライドが許さなかったので、死に物狂いで必死に、二人の後を追いかけていたのである。

オキは、川底の岩の上に立って、下の裾野を見つめる。城から駆け登って来ていたつむじ風の砂塵が、途中から再び駆け戻っていくのを、又、その辺りから人影が、川底に駆け下りるのを見て取って、既に、ベルナ達追っ手の存在に気付いていた。彼は、自分よりも先行しているレディ・エミリィとココリの方に目を向ける。二人は、少し先の川底一杯に広がった、大きく平らな岩の上に立っていた。川幅は狭くなっていたとはいえ、かなり大きな一枚岩だ。その先には、崖のように張り出した岩が立ちはだかって、二人の行く手を塞いでいたので、川底を辿っていくことは、不可能に思われた。オキが、その岩に近づくのを待っていたかのように、ココリが叫んだ。

「オキさん、私たちどこまで登っていくのかしら。まさか、この山脈の向こうに行くなんて、言わないでしょうね。とても無理、ムリ。そんなこと出来るわけがないわよ」と、言ってレディ・エミリィの顔を見る。レディ・エミリィも微笑みながらココリに頷いてみせた。オキは、笑顔になって、二人に近づき、彼も大きな岩の上によじ登って、ニコニコしながら二人を見つめた。笑顔のなかにどこか不安そうな目で見つめているココリに「はい、このままこの山脈の向こうに行く積もりです」と言った。ココリは、大声で笑い出した。笑いながら何か言いかけたが、言葉にならない。ようやく真顔で「そんなア、からかわないで、冗談でしょう。この山脈を越えた人なんていないわ。どうやってあの雲に包まれ、雪に覆われた頂《いただき》を越えるの。ねぇ、レディも私も頂上に登る前に、息絶えるにきまっているわ」と、言って、空に突き刺さるような峰々の頂を見上げたのだ。レディ・エミリィも雲の上に聳える頂を見上げていたが、オキは、二人に「山頂を越えることは、もちろんしません。この山脈を通り抜けていきます」と言ったのだ。それを聞いたレディ・エミリィとココリはオキを見つめて、同時に「えぇ、なんですって、どういうことかしら」と言って唖然とした顔になった。

突然、その時、足元の岩が、揺らいで、三人は、バランスを崩し、岩の上に尻餅をついて座り込む。岩が動き出したのだ。岩だと思っていた川上の方から声がして、そこから大きな陸亀が、首をもたげている。レディ・エミリィは、その陸亀に「あらぁ、ごめんなさい。私ただの岩だとばかり思っていたけど、あなたは、ここでお休みになっていたのね。すぐに下へ降りますから」とココリと共に立ち上がろうとすると、陸亀は目を細めて振り返り、二人を見て、首を大きく振って、おもむろに口を開いていた。

「ワシは、ここでかなり長い間眠り込んでいたようですなあ。いやぁ、ちょうど良い具合にあなた方に起こしてもらって、お礼を言わねばならんのは、ワシの方です。これ以上眠り込んでいたら、それこそ、本当に岩になってしまったかも知れんですからのう。どこか行きたいところがおありのようだ。ワシが連れて行ってあげましょうぞ。どこなりと言いつけてくだされ」と言ったので、レディ・エミリィは、ちょっとココリの顔を見て「それは、本当ですか。とても助かります。わたしは、エミリィと申します。この人は、ココリ。それからこの人は、オキさん。私たちは、この山の向こうに行くつもりですけど、それは、とうてい無理だと話していたところです。お休みだったのに起こしてすみません。でも、このまま貴方の背中に乗っていていいのですか」と言って、レディ・エミリィは、陸亀に頭を下げて深々とお辞儀をし、ココリもそれに倣って頭をさげていた。陸亀は、振り返ったままオキをみて、大きな片目をつぶってみせる。

「ワシを、トルトイと呼んでくだされ。あなた方の行きたい山の向こうまで、何とか行ってみましょうゾ。ワシにとっては、ちょっとしたエクササイズでしょうかのう」とムックリと体を起こして立ち上がり、そこで又、首を後ろに向けて言った。

「そうでした。ワシが歩き続けている時に、これだけは、心得ておいてくだされ。もし、ワシに話があったら、必ず、首の辺りをコンコンと、叩いて下され。すぐに止まりますでな。その後で話して下さらんか。いきなり話しかけられると、ワシは、そこから動けなくなってしまいますでな。これを守ってくだされば、なんの問題もありませんでのぉ」と、目を細めた。レディ・エミリィとココリは、陸亀の首の辺りを叩く素振りをして「はい、良く分かりました。必ず、トルトイさんに話がある時は、首のところをコンコンと叩きます」と、レディ・エミリィとココリは笑顔で答えた。

陸亀のトルトイは、ゆっくり体の向きを変えた。その辺は、川岸の両側が急勾配で、どちらに行くにも、一旦は、適当な勾配の岸辺まで戻らねばならなかった。彼は、ドスンと鈍い地響きを立てて、川下に向かって歩きはじめていたのである。

曲がりくねった川底を、そのまま駆け登るのを避けて、ベルナと二人のガードは、川岸を降りたり対岸を上ったりして、レディ・エミリィの一行の後を追いかけていたのだが、突然、川底が鈍い地響きを立て始めたので、彼等は、川底の岩の陰に身をひそめ、様子を窺った。奇妙なことに、巨大な岩が川底をゆっくり降りてきて、彼等の前を掠《かす》めるように通り過ぎて行く。二人のガードは度肝を抜かれ、そこから逃げだそうとして、慌てた鬚のガードのバブルビッチは岩の裂け目に足首を挟まれ、身動き出来なくなっていた。そばにいたアランの手を借りて、何とか抜け出そうと必死でもがく。そんな二人をよそに、ベルナは、冷静にその巨大な岩が、通り過ぎて行くのを見送っていた。なんとそれは、巨大な陸亀で、その背には、三人の姿があるのを見逃さない。一瞬、呆気にとられたベルナは、驚き慌てたりはせずに、すぐその陸亀の後をつけようと、二人のガードを微笑みながら振り返った。そこではじめて気付いたのだが、ガードの一人は、川底の岩に足を取られ、もう片方は助け出そうと手を貸していて、二人とも川底の岩から逃れようと、苦闘を強いられていた。ベルナは、二人の男の様子をみて、ヤレヤレと首を振って苦笑するしかなかった。ところが、次の瞬間ベルナは、とっさに大声で叫び声を上げていたのだった。

「誰か、助けて、助けて下さい。ダレカぁ」と、その叫び声に、二人のガードの方が、肝を潰して、互いの汗まみれの顔を見つめあって、声も出せない。

その時、陸亀のトルトイは、川の岸辺の緩やかな斜面を登って、再び山の裾野を上に向かって歩き始めていたが、ベルナの叫び声に気付いたのは、レディ・エミリィだった。ココリは陸亀の背に揺られて、心地よい睡魔の虜《とりこ》になっていたのである。

「あら、誰か助けを呼んでいるわ」と、言って、ココリとオキを見た。オキも首を垂れて居眠りしているので、レディ・エミリィは、咄嗟《とっさ》にトルトイの首をコンコンと叩いて、

「誰かが助けを呼んでいます。行ってみてくださいますか」と言った。歩みを止めたトルトイは、微笑んで頷き、今しがた登ってきた川岸まで戻って、川の底に下りていく。

大きな陸亀が戻ってきた足音とその大きな姿を見て、咄嗟にベルナは叫んでいた。

「あぁ、よかった。私の連れの兄弟が、岩の裂け目に足を取られて身動きできません。その岩を少しだけ持ち上げてくださると、抜けられると思います。なんとか出来ないでしょうか」と、大きな陸亀の背中から下をのぞき込んでいるレディ・エミリィに懇願した。その様子を見てとったトルトイは、大きな首を伸ばし、真ん丸い目を細めて、レディ・エミリィが答えるより早く、頷いていた。

「お安いことです」と言って、頭を岩に押し当て、首を少しだけ伸ばした。バブルビッチの足首は、岩の裂け目からスルリと抜けた。ところが、バブルビッチは、あまりの展開に、驚きのあまり身動きできない。アランも呆気にとられて見つめている。ベルナの方は、陸亀が人間と同じように話せるのに驚きながら、その背中の上から覗き込んで、ようすを見ているのが、ほかならぬ自分たちが追いかけて来た、レディ・エミリィであることを見逃さなかった。

トルトイは、まだ身動き出来ないバブルビッチを見て、尋ねた。

「どれ、足を挫《くじ》きましたか。だいぶ疲れているようだ。よかったら、ワシの背中に乗っていきますか。どこまで行くのか言ってくだされ。どこなりと連れて行ってあげましょうゾ」と、

言って目をほそめていた。その時レディ・エミリィも声をかけてきた。

「見かけたところ、この山家《やまが》の方たちねえ。どうぞご一緒しましょう。私達より先に貴女方の家に立ち寄ればいいだけですからね」と、言った。ベルナは、思いのほかの展開に内心、ほくそ笑んだ。身動きできずにうずくまっている鬚のガードをチラリと見る。さきほど苦い思いで見つめた男が、利用しがいのあるものに変わったのである。

ベルナは、陸亀の肩越しに見下ろしている相手を見て、愛想笑いを浮かべて「この辺の方ではないようですね。私らは、このあたりは良く知っております。どこに行かれるのか仰って下さい。どこにでも、ご案内いたします。まあ、この山脈の向こうに行かれるとなると、私らにも無理ですけど。本当にこの度は、助かりました。おかげさまで」と言った。その間に、アランに手をかりて、バブルビッチもようやく立ち上がって、巨大な陸亀を呆気にとられて見上げた。陸亀の首の側にココリも顔を覗かせていた。彼女は、ベルナをどこかで見たような気がした。しかし、山家住まいの態《なり》をした女をどこで見かけたのか思い出せない。まさか城の中だったとは思いもよらなかった。

「私達はこれから、この山脈の向こうに行くつもりなのよ。この辺りの人達なら先に立ち寄ってもらえるわね」と、ココリはあっけらかんとして言った。城から脱走して、追われているなどという意識はまるでない。ベルナは、内心の驚きを笑顔でごまかした。（まあ。とても徒歩で追いかけられるわけないいんだわ。それにしても、どうやって、この陸亀を手なずけたのかしら）と、思いつつ——「あらア、それは、すばらしいこと。私達この辺りの者の夢の夢ですよ。

一度でもいいから、この山脈を越えて行ってみたいと、思っていたんですよ」と、言ってそばに立っている二人のガードを振り返った。（そうよね）と、同意を求めたのだ。二人のガードは、慌てて訳も判らず、コックリ頷いていた。それを聞いたココリは、レディ・エミリィの顔を見て、頷き合って二人とも笑顔で叫んでいた。

「それは、ちょうどいい機会じゃない。一緒に行きましょう」と、屈託のない顔付きなのだ。

その時、陸亀のトルトイが、大きな目を細めて口を挟んだ。

「そうと決まったのなら、さあ、ワシの背中に乗りなさるか。まだ、三人増えても充分余裕がありますやろ」と、言いつつ、彼は、足を曲げて体を低くしたので、ベルナは、アランを手招きし、バブルビッチには、手を貸して、陸亀の背中に這い上がったのだ。女三人は、互いに手を取り合って笑顔でことばを掛け合い、意外な出会いにハシャイでいる様子だったが、二人のガードはなんとも落ち着かない気分を隠せない。オキは、その様子を、ただ黙って見つめていた。

陸亀は、再び動き始めた。川岸から山裾に出て、そこから、山の稜線に向かってゆっくりと歩き始めた。その動きは、ゆったりと、その歩幅は、かなり大きく進んで行く。やがて、城を抜け出した三人と、それを追いかける三人が同乗した陸亀のトルトイは、徐々に山中の高みに達していた。その足取りの音を聞きながら、一人ベルナは、まだ目覚めていた。なぜか昨夜からの出来事に、彼女は、心のどこかでおさまりの付かない不可解な不安と期待を感じていたのだ。ほかの者たちは、昨夜からの疲れもあって、すっかり、深い眠りの中に揺られていたのである。

二一五

ふと、ベルナは、今まで響いていた陸亀の足音が途絶えているのに気付いた。しかし、体は、今までと同じゆれを感じて、まるで静寂の中に漂っているような、不思議な感じにとらわれた。ベルナは、トルトイの背中の端ににじり寄って、あたりを見回した。当然すぐ下に、山肌が草か灌木の下に見え隠れすると思っていた。が、そこは、深い谷底が霞の中に暗く沈んで見えたのだ。陸亀のトルトイは、完全に大地や岩の上から離れ、谷の上の空間を陸地の上と同じように歩き続けていたのである。彼女は、信じられない気分になって、それを確かめようと再び、陸亀の脇から下を覗き見た。やはり谷の上の空間を陸亀は歩いている。谷底からは、絶え間なく霧が吹き上げてきていた。

その霧と共にかすかな人の声が、立ち上ってきて、聞くともなく耳に響く声が、はっきりとベルナの名を呼び続けている。ベルナはその呼び声に、懐かしさを覚えた。(あれは、あの声は、ママの声)と、とっさに思えた。子供の頃に早くに母を失ったベルナには、本当の母の声など記憶になかったはずなのだが、彼女は、霧と共に立ち上ってくる声に、懐かしさに震える思いになった。その声はベルナの耳の奥で響きわたり(ベルナよ、来ておくれ、私はここにいるよ)と囁き続けていた。

ベルナは、その声に逆らえなくなっていた。彼女は陸亀の背中から谷底に飛び降りようと、身構えた。と、その刹那《せつな》、ベルナの体は抱き留められた。オキだった。オキはベルナを抱きとめ、トルトイの背中に横たえていた。なぜか、ベルナの意識は、深い谷底に吸い込まれるように闇の中に落ちていったのである。

〝ベルナは、深い霧に包まれ、母の声に導かれて歩き続けていた。しばらくして、彼女は、誰かが、すぐわきを歩いているのに気づいた。しかし、姿は、見えなかったので、彼女は、ママと、呼びかけた。だれも応えてはくれなかった。と、突然、深い霧が晴れてきたので、ベルナは周りを振り返った。大勢の人の群れが、静かに歩き続けているのを目にして、彼女は驚いて立ち止まった。すると、後から歩いて来た人が、彼女の体を通り抜けていく。突然、凍りつくような戦慄に襲われ、ゾッとした。それは死人の群れだったのだ。次から次に死者は、彼女の体を通り抜け、すり抜けていく。その度に、彼女は命の力を吸い取られて、そこに、そのまま立ち止まっていると、いずれは、生命力の全てを失ってしまう。そんな名状し難い心の粟立ちを覚えた。その死者の群れで埋め尽くされた谷間は峻厳な崖に挟まれ、どこにも逃れ出るところはなかったのだ。ベルナは、仕方なくひたすら、その死者の群れと共に歩き続ける。やがて、行く手に湖が見えてきて、その湖を避けて対岸に行くすべはどこにも見当たらない。死者の群れは湖の中に一人、又一人と踏み込んで消えて行く。ベルナもその湖に向かって歩き続けている。ところが、その湖の対岸に再びその死者の姿を見ることはなかった。湖の水は深い緑色に静まっている。と、時々静まった水面に赤みがかった泡が膨らんでは、破裂して消えた。彼女は、そこで立ち止まっても、歩き続けても己の命の終焉《しゅうえん》を覚悟せざるを得ない。

彼女は、湖のすぐ手前に辿り着いて、ふと、後ろを振り返った。すると、すぐ後ろを歩いてきていた老人が立ち止まったのだ。不思議なことに老人は、笑顔でベルナを見つめ、ソッと右手の拳《こぶし》を彼女の前に差し出して、その拳をマジシャンの手さばきのように静かに開いて見せた。彼のその手の平に小鳥が乗っていて、チイクチイクと、囀《さえず》っていたのである。その小鳥は純白の羽に輝き、喉からは朱色に、目は金色に隈《くま》取《ど》られていた。ベルナは、余りの事に微笑みながら老人の顔を見つめ、(なんて不思議な美しい小鳥かしら)と言った。すると老人は、(この小鳥は、貴女の深い心の中に住み着いていたんですよ)と、静かに言った。ベルナは(この小鳥が、私の中にいたの)と、思わずその小鳥に手を触れようとした。と、突然、小鳥は老人の手の平から飛び去ってしまったが、その後も鳴き声だけは耳の奥に響き続けていた。(あのような小鳥は、本来、誰の心の奥にも、住み着いているんですよ。本当はね。小鳥が常に、心の奥深くで、宇宙の果ての、神聖な声を伝える為に、囀っているんですがね。それに気付いていれば、己の言葉には、当然、誠実な思いだけが、滲《にじ》み出てくるはずなんですよ。小鳥は、そんな人からは、決して逃げ出したりはしない。だが、自分の欲望の為に、嘘偽りの言葉を平気で口にしていると、小鳥は、いつの間にか、そんな人から飛び去ってしまう。悲しいことだが、大抵の人は、自分の言葉の本当の力や、その普遍に及ぼしている働きに、余りにも無頓着になりましたなぁ。一度口から出た言葉は、良かれ悪しかれ、決してなくならないで、必ず、その発した人のところに戻ってくる。嘘や誤魔化しの言葉で、幸せを摑んだように思えても、やがて本人も忘れた頃、偽《にせ》の言葉の波動は、当人の人生に多大な反響を伴って、帰って来ることになる。誤解しないでくださいよ。誰もが、何らかの嘘偽りの言葉を平気で口にしている。そうかもしれない。しかし、それが間違いだと、気付くことが大切なことなのだよ）と、しばらく黙って、ベルナの顔を見つめた。やがて、また、口を開いた。

（ベルナよ。今、ここまで歩き続けてきた、大勢の死者の姿に、見覚えありませんか。貴女が、これまで、誰の為に何をして来たか。思い出してごらん）と、言った。ベルナは、相手の老人の顔を呆然として見つめた。

彼女はやがて、何かに思い当たり、その場に膝をついて、嗚咽《おえつ》し始めた。その嗚咽とともに呟くように（私は、なんと恐ろしいことを、あの大勢の人に言い続けてきたんでしょう。自分では、得意満面になって、自分が本当のことが判ったように、ジョン王は、唯一の神の申し子だとか、ジョン王の征服した領地の大勢の人に、先祖を慕うことなど意味がないと、言い続けてきました。彼等の心の底に根付いていた、習俗の全てを、何と私は、破棄させて、得意になっていたのです）と泣き崩れた。多くの人の心の中にまで踏み込んで、言葉巧みに遠慮会釈なく、闇の深みに導き入れたことにはじめて気付かされ、泣きじゃくるベルナの姿を老人は、慈愛の眼差しで見つめていたのである。

やがて、彼女の耳の中に、一際高い、澄んだ小鳥の囀る声が聞こえてきていた。ベルナは、思わず目を上げた。そこには、老人の姿はなく、相変わらず、死者の歩いてくる姿が目に入った。彼女は、その死者の前に立ちはだかり、何とかして、湖の中に入って行くのを食い止めようと必死になっていたのである。

しかし、無駄だった。死者は、後から後からベルナの体を通り抜けて行くばかり。ベルナの命の力は、急速に失われ、立っている気力さえ失って膝をつき、それでも必死で通り過ぎる死者の氷のような体にしがみつこうとしていた。ベルナの目は翳《かす》み、何も見えず何も感じなくなり、そこにうずくまった。死者の骸《むくろ》のように湖の縁に、放置されたまま、彼女の意識は全く失われ、闇の中に留まっていたのである〟

やがて、感覚を全く失ったベルナの体の芯に、かすかな小鳥の囀りが響き始めた。彼女の意識は、その小鳥の囀りを聞きながら、徐々にはっきりとよみがえり、胸の奥深くから震えるような喜びの涙が、とめどなく溢れ出るのを感じた。その涙が全身の隅々に徐々にぬくもりを押し広げて行く。その時のベルナには小鳥の囀りが、耳の外からではなく、体の内奥から響き渡り、全身の細胞が共鳴していた。彼女は、純白の羽に輝き、喉に朱色のある小鳥が心の奥に舞い戻って、羽を震わせ囀るのを、なぜか見つめることが出来たのである。その内、ベルナの耳元にかすかに吹き抜ける風の音に混ざって、人の話し声が聞こえてきた。と、同時にドスンと、体全身が跳ね上がるような地響きを感じて、陸亀の歩く規則的なリズムを感じ始めた。彼女はすっかり意識を取り戻した。

陸亀のトルトイは、山の稜線が間近に見える高い山岳地帯の澄み切った冷気に満たされた高原台地《プラトー》を歩き続けていた。雪の稜線が青い空に天地の境界を描き、その景観は、そこに居合わせた者を至福の思いで満たす。ベルナも瞼《まぶた》を開いていた。が、翳《かす》んだ視力で辺りの景観を楽しむには、しばらく時間を待つしかなかった。

視力が戻って、ベルナは目の前にいるオキの姿に気付いた。そして不意に、自分が谷底にとび込むのをオキに抱き留められ、助けられたことをかすかな記憶の中に取り戻し、確信した。自分の正体をオキに見抜かれていたに違いない、と。そんな胸騒ぎが大きく膨らみ、覚悟を決めた。すべてを正直に話そう。ベルナは静かに起き上がって、穏かな笑顔でオキに頭を下げた。レディ・エミリィもベルナに笑顔を向けていた。ところが、二人のガードは、まだ眠りこけていたのである。

その時、突然、ココリが奇妙な喚声をあげて、空の彼方を指差した。高原台地の周りの崖の深い谷間に、小さな水溜りのように幾つもの湖が見えた。その湖の一つから真っ白に輝く絹糸のような雲が、雪の稜線に向かって伸びている。その雲の糸に無数の人の姿が、導かれて昇って行く。ココリは、その不思議な光景に気付いて声を上げたのだ。レディ・エミリィもそれに気付いて「あらぁ、あれ何かしら、沢山の人が湖から立ち昇る雲の糸に導かれて、雪の山頂に昇って行くわよ。ほら、雲の糸が、虹のように輝いているわぁ」と、感嘆の声を上げた。オキは、黙って微笑みながら見つめていたが、ベルナは、いきなり立ち上がって（私もあの人達と一緒にいかなくっちゃ）と呟いて、そのまま陸亀の背中から飛び出して行こうとするので、レディ・エミリィとココリがベルナを抱きとめた。この騒ぎで二人のガードも目覚め、突然、不快な顔をしてベルナを見つめた。ベルナが立ち上がった瞬間、彼女の体から、異様な臭気が発散された。それは、全く死人の骸《むくろ》から漂ってくる臭気そのものだった。彼女は、自分の体の臭いに気付き、その目に大粒の涙を湛《たた》えて、その場でしゃがみ込んだ。

その時、陸亀は、高原台地のいたるところにある、大きな池塘《ちとう》にドスンと足を踏み込んだ。途端にその水が、一挙《いっきょ》に跳ね上がって、水しぶきが、まともにベルナの全身に浴びせられた。彼女の体は、ずぶ濡れになり、だが、そのお陰で、ベルナの体に染み付いていた、不快な臭気が洗い流された。奇妙な声を張り上げたベルナが、ようやく笑顔にかわり、周りの者達の大きな笑い声を誘ったのである。

レディ・エミリィは、涙ぐんだ笑顔のベルナに、問いかけずにはいられなくなって「どうかしたんですね。何があったのか、話してくださる。話せば、きっと楽になるかもしれないわ。こんな素敵な山の景色に包まれているのよ。これからは、お友達でいましょうよ」と言ってコリの顔をみて頷きあった。しばらく黙っていたベルナも思い切って口を開いた。

「ごめんなさい。あなた方には、私の真実をお話しするわ。実は、私は、以前から、大神官様の秘密の神殿巫女として働いてきました。ジョン王が、武力で征服した後、私達はそこに送り込まれ、破壊された街や村の復興にかこつけて、そこの土地に新しく神殿を造り、人々の心や魂の中に入り込んだ。それが、任務。どんな風にしたかなんて、簡単に説明しきれないけど、それは、実に巧妙な話術と親切ごかしの人騙《だま》しよ。純で無垢な人を転がすのは、実は、何の知恵も技も要らない。ただ、その日の暮らしに満足さえ与えられれば、後はこちらの言いなりなのよ。それで、私は、得意になって、人の心をもてあそぶことが出来たのよ。ごめんなさい。こんな言い方は、とてもあなた方には、信じられないでしょうけど。それで、大勢の人の心と魂を闇に突き落とすことになったのよ」と言って、はるかに連なる稜線を見上げた。そこには、まだ、白銀に輝く雲の糸がたなびいて、その雲の糸に導かれて昇っていく人々の姿があった。

「大勢の人の魂を闇に突き落としただなんて、信じられない。貴女の思い過ごしじゃないんですか」と、レディ・エミリィが問いかける。ベルナは、レディ・エミリィを見て、「思い過ごしなら」と言って、空に架かる雲を指さした。「あんなことには、なっていなかったでしょうね。私たちの任務と言えば、ジョン王の征服した街や村の住民の完全な魂の隷属にあったのよ。それまで、どんな街や村人もお互いに、労《いたわ》りあい、助け合って、先祖の霊に守られて慎ましく、肩を寄せ合い、楽しく生きていたのよ。それを私達は、まず、その土地の若者達を、ジョン王の戦士として駆り出して、彼等が先祖の霊に守られている——そう信じている老人や親達と引き離したの。自分達の先祖ではなく、ジョン王に忠誠を誓えば、どんなにすばらしい将来が約束されるかを、教え込んだのよ。彼等は街や村を破壊し、多くの親族をも殺害したジョン王の神殿に来て、その神に祈りを捧げるようになったわ。ジョン王の為に、命をも捧げると。

実は、私も子供の頃に両親を失って、神殿巫女に拾われたの。ともかく、それで、若者達は、老人達や親達とも疎遠になっていったのよ。まるで当然のことのように。肩を寄せ合って、助け合っていた人々の心は、バラバラになり、家族や親族同士でさえ、争い罵《のの》り合うようになるのを、私は、それこそ自分の手柄のように得意になって見てきました。それが、彼等の魂を闇の底に突き落としていたとは、私にも判っていなかった。でも、そんなことをしていれば、結局、自分も生きながら闇の中に放り込まれる。ようやく気付かされたの。あなた方も見たでしょう。雲の糸に導かれて山の頂に上がって行った大勢の人の姿。あれは、みんな私が、今までに闇の中に突き落とした人達の亡霊だったのよ。だから、本当は、私がまだ、ここに居るなんて許されないことなのよ。でも、このオキさんに助けられたの。あなた方は、とても不思議な人達ね。こんな風にお近づきになれて、本当にありがたいと思っています」と、ベルナは自分の素性の全てを話した。

その上で、そんな過去の自分に決別して、生きる決心をしたのだと、語り終えたのである。今回、ジョン王の命令で、レディ・エミリィ達を追いかけて来たことも、大神官カルトンの配下で居ることも間違っていた。心からの謝罪をして、彼女は口を閉じた。しばらくは、彼女が話し終えても、誰も口を開く者はいなかった。ココリは、ようやく、城塞都市の広場や神殿と城を行き来する人の中で、ベルナの姿を見かけたことを思い出した。

陸亀のトルトイは、相変わらず、ゆったりと高原台地を歩き続け、いつしか台地と峡谷の境に差し掛かっても、リズムを変えることもなく歩き続けていた。やがて、彼は、台地から峡谷の上の虚空に足を踏み入れたが、そのまま何のためらいもなく歩き続けて行ったのである。そこからは、高原台地のあちこちから、白糸のように流れ落ちている無数の滝の景観を、見渡すことが出来る。その絶景のまっただなかにいながら、ベルナの話に気をとられていたレディ・エミリィ達は、すばらしい自然の妙に気づく事さえなかった。レディ・エミリィとココリは、ベルナの話の信じ難い驚きで声を出すことさえ出来ない。それでも、やがて彼女の率直な勇気に感心し、ようやく微笑むまでのしばらくの間、谷から吹き上げてくる風の音だけが耳をかすめていた。オキは一人黙って彼女を温かく見つめていたが、そのような話を突然語られ、内心の衝撃を言葉にも態度にも出せずに困惑顔をした二人のガードに、オキは気づいていた。彼等は唖然としながら、彼女の語る話を聞き終えて、顔を見合わせ黙り込んでいる。ベルナ自身も、この二人のガードの硬い表情に、戸惑わずにはいられない。彼等は、ジョン王に戦士としての誓いを立てて、今の地位をえている。部外者のベルナがとやかく指図することなど出来ることではない。自分のことを話し終えて、ホッとした反面、二人のガードにかける言葉を探しあぐね、しばらく黙り込んでいたベルナが、口を開いた。

「これから私は、どこまでもレディ・エミリィに付き従っていってもいいかしら。私は、貴女達と一緒に暮らしていきたいの。その為に、何なりと言いつけてくだされば、一生懸命はげみますから。今度は、人を騙すことじゃなく、何か人のお役に立つ生き方が出来るようにしたいのよ」と、言って、チラッと二人のガードを見た。彼等は、まだ口を閉じたまま膝を抱え込んで、物思いに耽《ふけ》っていた。ベルナはそんな彼等に向き直った。

「鬚のバブルビッチにアラン、私のことは、もう話すことってないのよね。ここで、どうこうしなさいと、私が言える立場でないことは、承知の上ですよ。でも、このレディ・エミリィと一緒に、ここまで来たのも何かの縁だと、思えないかしら。この人達とどこまでも一緒に生きて行くことは、とてもすばらしいかもしれない。そんな気がしない？」ベルナは、驚くほどやさしい声で二人に言った。しかしこのやさしさが却って、彼等の萎縮していた気持ちを解放して、彼等自身にさえ思ってもいなかった感情を一挙に爆発させた。バブルビッチが、突然、トルトイの背に立ち、大声を上げげた。

「わしは、このままあんたらと一緒に行動する気はない。ジョン王の城に帰る」

するとアランも立って同じことを言った。バブルビッチは、加勢を得たお陰で、「ベルナ、お前さんは、わしらを騙した。王の命に服さず、裏切ったのだ。お為ごかしを言って、お前さんも実は、初めから、城を抜け出すつもりだったんだ」と、一際大声を張り上げた。アランも、又、それを鸚鵡《おうむ》返《がえ》しに繰り返していた。そばに居る誰もが呆気にとられ、ベルナも、彼等が落ち着くのを待つことにした。ところが、バブルビッチは、

「陸亀さんよ、頼むからジョン王の城に戻ってくれ。引き返してくれ」と、叫んだ。アランも同じことを繰り返して叫んでいた。オキの顔色が変わった。と、同時に、トルトイは、足を止めたのだ。レディ・エミリィとココリは、顔を見合わせた。突然、二人の顔に、ハッとした表情が浮かんだ。ベルナと二人のガードに、トルトイに話しかける時には、彼の首を叩くという、肝心なことを伝えていなかったことに気づいたのだ。そんなこととは、思いもよらない二人のガードは、陸亀が彼等の言い分を聞き入れて、引き返す為に立ち止まったに違いないと、顔を見合わせ、笑みさえ浮かべていたのである。

しかし、その時、ココリが、大声を張り上げた。彼女は、陸亀が高原台地からかなり離れた、峡谷を遥かに見下ろす空間に止まっていることに気付いたのだ。

「わぁぁ、大変よ。トルトイさん。峡谷の真上に止まってしまったわ」と、レディ・エミリィの手を取って、あたりを指差す。高原台地から流れ落ちる無数の滝は、すばらしい光景だ。ところが、彼女たちは、その光景を楽しんでいる様子ではなかったので、ベルナも二人のガード

も怪訝な顔で彼女達を見つめる。

その時は、既に、トルトイは、完全に峡谷の上の虚空で止まった状態のまま、慌ててココリが、首をトントンと叩いても、何の反応もしなくなっていた。

「このトルトイさんにいきなり話しかけると、止まっちゃって、動かなくなるの。話しかける前に、首をトントンと、叩くことになっていたのよ」と、ココリは泣きそうな顔で、ベルナとガードに言った。彼等の顔も突然、蒼白になって、辺りを見渡した。陸亀の巨大な体は、信じ難いことに、峡谷の上の虚空に浮かんでいるではないか。初めて事態の深刻さを思い知らされた、バブルビッチとアランは、陸亀の背中をウロウロと歩き回って、目の眩むような虚空に止まってしまったトルトイから、自力で陸地に辿り着くことなど不可能なことに気付き、呆然となって、立ち尽くす。

その時、突然、ガクンと陸亀の背中に衝撃が走った。と、同時に、陸亀のトルトイは、峡谷の谷底に向かって、落下し始め、風が猛烈な勢いで吹き上げて、奇妙なうなりをあげた。オキは、立ったまま慌てふためく、二人のガードの手を掴んで座らせた。が、彼等は、座り込んでも、ガクガク震えが止まらない。

オキは冷静に、パニックに陥っている彼等を、陸亀の背中の真ん中に腹ばいになって、お互いに手をつなぎ合うことを手まねで指示した。六人が、腹ばいになって、手をつなぎ合う間にも、陸亀は、徐々に速度を上げて谷底に落下し続ける。彼等は、叫ぶことさえできず、必死で手を握り合って、陸亀の背中に体を押し当てていても、時に、フワリと体が浮き上がる、奇妙な一瞬に肝を冷やす思いでいるうちに、いつしか意識そのものが、自分から飛び出して、空間を漂って行くようなな感じにとらわれていたのである。

〝レディ・エミリィは、兄のアンドレアに会って、いろんな話をしている時のことを、夢見ていた。すると、野原を駆け回っている子供の姿が瞼に蘇ってきた。「エミリィ!」と呼ぶ声が聞こえて、子供のエミリィは、その声の方に導かれて、駆けて行く。兄のアンドレアが、野に咲く白い百合の花を見つけていた。その百合の花をエミリィに手渡すと、アンドレアは、急に姿を消してしまった。白い百合の花を持って、エミリィは、いつまでも野原に佇《たたず》んでいた。そこに馬に跨《また》がった戦士のアンドレアが、駆け抜けて行ったのだ。レディ・エミリィの意識は、そのまま遠のいていったのである〟

〝ココリは、パパやママに会えるかもしれないと、感じていた。パパの歌声が聞こえてきた。その歌声に重ねて、ママの唄声が聞こえてきて、二人とも歌いながら踊っていた。ママの胸には、赤子が抱かれていた。パパとママは、二人の最初の子供のココリの誕生を祝っていたのだ。ココリは、その歌声に導かれて意識が薄れていったのである〟

〝鬚のバブルビッチは、自分が、遠征隊とともに転戦している間に、姿を消した妻に、再会出来る事を願い続けていた。彼女は死亡したと、知り合いの者たちが言った。しかし、どうして死んだのか、誰も詳しくは知らなかった。彼は、妻がどこかに生き永らえていると、信じていた。鬚が白くなり年を取って、遠征隊からは外され、城のガードになってからも、任務の後に自分の宿舎に帰るときは、今日こそ妻が、戸口で彼を出迎えてくれる。そう願いながら家路につくのだ。それなのにどうして、このまま、城を離れて他国になど行けるわけがない。ワシは、必ずお前の元に帰るぞ。どんなことがあってもなぁ！　彼はいつしか、朝餉《あさげ》の用意をする妻の後姿を見つめていた。立ち上る湯気と共に仄《ほの》かに漂って来る、妻のかぐわしい匂いに包まれて、彼の意識は遠のいていったのである〟

〝アランは、自分が飼っている小さな羊を、野原に放しておけばよかったと、後悔していた。以前、祖父から譲り受けた、もっと沢山の羊を飼っていた。しかし、ある日、突然、羊は全て遠征隊に差し出すことになって、その春、生まれたばかりの羊だけが、手元に残された。たった一匹の小さな羊だけでは、どうにもならない。誘われるままガードになった。その後、羊を野原に連れ出す気にはなれなくて、いつもガードの仕事の合間に、自分で羊の餌を刈り取ってきていた。しかし、旱魃が始まってから、羊の餌となる草を見つけるのに、歩き回る距離が、半端ではなくなっていたのだ。いっそ羊と共に、草を求めて旅に出たい。そんな以前の暮らしに戻りたかった。いつの間にか、アランは、沢山の羊を追って、野原をどこまでも歩き続ける、自分の姿を夢見ていた。アランの羊たちは、好きなだけ野原を駆け回って、楽しげに鳴き声をあげていたのである〟

〝ベルナは、やはり自分のせいで、この人達を地獄の道連れにしたんだわ、と気が滅入った。何ということだろう。以前の自分の言葉には、どんな意味においても、真実があったとは思われないのに、大勢の人は、そんな自分の言葉を信じてくれた。それに得意になっていたのに、今回初めて、自分の出来うる限りの真心を尽くして話したことが、こともあろうに、真正面からの反撃と罵声を浴《あ》びせられたのだ。なんと皮肉なことだろう。その時、胸の奥で、小鳥の鳴き声が聞こえてきた。あぁ、と、思い返していた。この小鳥こそ、私が、見失っていた真実の言葉を囀っている。涙が溢れてきて、彼女の意識の全てが、その小鳥の囀る声に引き込まれていった。やがて、ベルナの意識は小鳥の囀る声に導かれて遠のいていたのである〟

オキだけは、目覚めていた。陸亀のトルトイが、どこに落下しても、この背中の仲間たちを守らねばならない。オキは、トルトイの意識に直接、語りかけていた。すると（なにも心配はいりません。ワシもしばらく眠りますで、あなたも眠ってくださらんか）という返事が返ってきた。それで、オキは安心してしばらく眠りにつくことにしたのである。それぞれがソレゾレの思いの中に静まっていた。彼等は、陸亀のトルトイが落下するのに要した時間の、数分か数十秒を定かに意識することが出来なかった。しかし、その背中の上の六人にとっては、とてつもなく長く、奇妙な時の中を落下しつづけていたのである。

陸亀のトルトイが落下したのは、峡谷の深い谷間にある大きな湖だった。その湖は、南側に開けていた。ところが、その南側に流れ出る川口が、崖の崩落によって塞がれ、とてつもない水量が、湖に溜め込まれていたのだ。その巨大な水瓶の中に陸亀のトルトイが勢いよく落下したので、その大量の水しぶきが、四方に押し出され、押し戻される。その勢いで南側を塞いでいた土砂が、大きな水流の圧力で一気に押し出され、水は怒濤の勢いで、山津波となって膨大な水量が流れ下っていく。その川の流れは、丁度、ジョン王の城塞都市の真ん中を流れ下っていたのである。

陸亀のトルトイは、その流れとは、真反対の細い滝が白糸のように流れ落ちている崖に沿って漂い、その崖の窪みに吸い込まれていく水の流れに乗って、六人を背中に乗せたまま、その中に姿を消したのである。その瞬間を誰一人として、記憶していた者はいなかった。トルトイが、落下を始めた途中から、気を失ったままの状態で、お互いに手を握り合っていたのである。

吸い込まれた崖の窪みの中は、広々とした洞窟になって、水は、その中をゆったり漂い、やがて、静かに奥に流れ込んでいく。トルトイは、その流れに乗って、静かに洞窟の奥へと流されて、真っ暗な洞窟の中をどこまでも、時には、かなりの急な流れの中を辿り、早くなり遅くなり、その暗闇の中を流されていた。やがて、洞窟のなかは、大きく広がって、そこからは、幾筋にも枝分かれした流れになっている。乾いた洞窟からは、ほのかな光さえ差し込んで、そこは、流れが淀みを作り大きな池のようになって、トルトイはその流れのない岸辺の岩に、ゆるりと引っかかるように、止まってしまったのである。

二－六

アランは、少し前から目覚めていた。彼は起き上がって、薄明かりの中を見渡した。まだ、他の者たちは、陸亀の背中で、静まっている。そこで、彼は、岸辺に上がることが出来ることを見定めると、身近にまだ眠っている鬚のガードを揺り起こしたのだ。二人は、誰にも気付かれないように、そこで、トルトイから離れる決心をした。幸い外の光がかすかに射していることに、彼等は勇気付けられ、二人のガードは、思い切って岸辺に飛びついた。と、その反動でトルトイを岸辺から流れの中に押し出すことになった。陸亀のトルトイは、四人を背に乗せて、再び洞窟の奥に、姿を消して行ったのである。

二人のガードは、ホッとしてその後を見送っていた。ところが、同時に、ジョン王から命じられた任務を放棄したことで、このまま城に戻ることが出来たとしても、元のガードの任務につくことはむずかしいどころか、どんな罰を受けるか分からない。二人とも同じことを思い煩うはめになったのである。その上、アランは、この期に及んで、今、見送った陸亀の上に居た、ベルナやレディ・エミリィと二人の連れに、得がたい仲間を失った気分に襲われ、突然、不安に駆られて、その場から動けなくなってしまった。

しばらくの沈黙の後、鬚のバブルビッチに促《うなが》されて、アランは、彼と共に水辺から離れて、光の射す洞窟の中を歩き始め、やっと自分の足で歩けることに小躍りして、ゴツゴツした洞窟の出口を求めて、闇雲にその中を急いで歩き続けたのである。

ふと、二人は立ち止まっていた。奇妙なことに行く手は、徐々に暗く闇に包まれていった。その上、壁面の岩からは、水が滴り落ちて、光の射すところを通り過ぎていることに気付いた。直《すぐ》にでも外に出ることを期待して、闇雲に歩いた二人は、既にかなり体力を消耗して、その場にへたり込んでしまった。ようやく気を取り直した二人は立ち上がり、アランの方が先になって、今来たところを、急いで駆け戻る。ところが、あまりにも急いだアランは、岩の角に足をとられ、前のめりに倒れて起き上がれない。ようやく追いついてきたバブルビッチは、倒れたアランを助け起こして、大きく肩で呼吸をしながら、洞窟の壁によりかかっていた。と、その時、寄りかかった壁の小さな岩の欠片《かけら》が転げ落ちて、そこから外気が流れ込み、光が筋となって差し込む。彼等は顔を見合わせ、泣きそうな顔で笑い声を上げた。外に抜ける洞窟の開口部が、砕けた岩の崩落で塞がれていたのだ。二人は気を取り直して、手あたり次第に、洞窟の壁を塞いでいる所に人一人が抜け出せる程の岩の欠片を必死で取り除いてゆく。

やっとの思いで洞窟の外に這い出た二人は、その場に座り込んで息を切らしながらかすれた笑い声を上げていた。彼等は生まれてはじめて笑う子供のように心の底から笑い、言い知れぬ解放感で胸一杯に空気を吸い込み、光に目の眩《くら》む心地良さを喜び合ったのである。

しばらくして、誰かが話しかけているのに気が付いた二人は、初めて、あたりを見回した。目の前に澄み切った川が流れ、途中で別の川に合流している。彼等の座り込んでいる川縁《かわべり》の反対側の岸辺には、沢山の草花が咲き誇り、そこに一人の若い女が立って、こちらを見つめている。それ程、川幅は広くなかったが、対岸の相手の顔を、はっきり見分けることは出来なかった。彼女は、美しい笑顔で、問いかけていた。

「何が、そんなに可笑《おか》しいのですか。子供みたいに」

バブルビッチは、川の対岸にいる女性の声に、何とも懐かしさが、胸にこみあげる思いがして立ち上がり、川岸に近づいて、声をかけた。

「実は、われらは、ジョン王の城に詰めているガードなんです。この洞窟からやっと外に抜け出すことが出来て、本当にホッとしているところでしてね。ところで、貴女は、どうしてこんなところに。ひょっとして、このあたりに村がありますか。それなら、本当に助かります」と、髭のバブルビッチは尋ねた。バブルビッチがジョン王のガードと聞いて、その女は、ちょっと驚いたふうに、水辺に近づいて、

「——私は、夫を待っております。きっといつかは、私の元に帰ってきてくれるはずなんです。生きていても、仮にそうでなくても、夫は私の処に、必ず帰ってくると約束したんです。夫もジョン王の戦士として遠征隊と共に、戦場に出かけました。随分前のことですけど。きっと、厳しい戦いに明け暮れているはずです……少し離れたところに、村がありますよ」と、若い女は答えた。その顔にはいささかの憂いさえ漂っていた。バブルビッチは、その若い女の声に思わずハッとして岸辺に近づき、もっとその女性の顔を見ようとしていた。彼の顔に赤みが差して、目は大きく見開かれ、咳き込むように問いかけた。

「差し支えなければ、貴女の旦那さんの、名前を聞かせては下さらんか。まさか」と口籠った。

若い女の顔に、怪訝な表情が浮かんだ。しかし思い直して口を開いた。

「私の夫の名は、バブルビッチです。私は、いつも、バブリーって呼んでいましたけど」と言ったので、バブルビッチの顔は、真っ赤になって満面の笑顔になった。彼は、そばに立っていた、アランの肩を叩いて叫んだ。

「オイ、聞いたか。彼女の夫の名は、バブルビッチだとよ。分かるか。ワシだ。ワシのことだ。あぁ、何という。あれは、ワシの女房のナターシャだよ。分かるか。あれは、ワシの」と、言って、笑いながら涙で、顔中をクシャクシャにした。アランは、怪訝な顔で彼を見つめた。バブルビッチは、大声で、泣き声をあげたかとおもうと、すぐに大声で笑い出したのだ。対岸に立っていた若い女の方は、突然、奇態な泣き笑いを始めた鬚面の男が、自分の夫だとは、まだ気付かない。その相手に、バブルビッチは、大声で呼びかけた。が、舌がもつれてはっきり言葉にならない。彼は、息をつき再び言った。

「ナターシャ、ワシだ。バブルビッチだよ。おお、何という奇跡だ。ワシとて、ナターシャ、愛《いと》しいお前のことは、忘れたことはなかった。七年に及ぶ遠征から戻るまで、お前に会えることだけが、何よりの願いだった。どんなことがあってもナターシャに、もう一度会うことだけが、何よりの生きる希望だった。ワシが遠征隊の百人隊長になって城に戻った時、なぜか、お前は、居なくなっていたんだ。皆に尋ねまわったよ。ワシの留守中に城の侍女となっていたことも聞いた。ところが、行方が分からない。死んだに違いない。そう言われたが、誰もそれ以上は、教えてくれなかった。ナターシャ、ワシは……」と言っていきなり川の中に足を踏み入れ、対岸のナターシャの元に駆け寄ろうとした。その刹那《せつな》、バブルビッチは体に猛烈な痛みと全身が麻痺するほどのショックを受けて、はじき飛ばされるように元のところに駆け戻った。その姿を見て、ナターシャは、初めて夫だと気付いて満面の笑みを浮かべたが、すぐに落胆の表情にかわった。

「あぁ、バブリー、あなた。まあ、何ていうことでしょう。やっとお会い出来たというのに。でも、この川は、渡れないのね」と対岸で、強張った表情のまま立ち尽くすバブルビッチを見つめる。予期せぬ再会に彼女の心も高鳴ったが、ようやく冷静に口を開いた。

「この川は、普通の川じゃないんです。此方《こちら》と、そちらは、まるで違った世界ですもの。波動がまるで違うのです。ご覧になって、すぐそこに別な川が交わっている。ここは、三つの世界を分けた、不思議な境界が接しているの。バブリー、貴方のいるのは、生命の循環と融合を断ち切って自我に囚われ、孤立し分離された世界です。その向こうにあるのが、自我の欲望をどこまでも拡大して、すべてのものを支配しようと企てている利己的な迷妄《めいもう》の世界なの。孤立を深め恐怖が人の心を支配している。困ったことに、貴方の居る世界が、次第にこの迷妄の世界に飲み込まれ一体化しています。

こちらは愛と誠に融合した調和の世界です。実は、以前はこの地上を全て覆っていたのよ。森羅万象が常に循環を繰り返して、宇宙の意志に同調しながら、人も獣も樹木も岩も、永遠の命を保っているの。今も、山岳地帯の奥まった集落に暮らす人々は、長老達に導かれて、古代からの誠の意識を保って生活しています。この微妙な境界を越えるには、自我の孤立した意識を変え、他の物全てと融合するしかないのよ」と、ナターシャは、おだやかな口調で話し終えた。だが、その話はバブルビッチには、まるで理解できなかった。彼は、それでも何とかして、懐かしい妻のナターシャのそばに行きたかった。彼は必死の思いで「ナターシャ、こうして会えたんだ。どうしたらワシは、お前のそばに行けるのか、教えてくれないか。いつまでもこのままじゃ……」と、彼は、切ない眼差しになっていた。

「本当は、今、あなたの居るところからは、この川も川のこちら側も見えないはずなのよ。どうしてここにバブリー、貴方がいるのか判るわ。あなた方は、もう、こちらに来る準備が出来ていたのね。きっとそうなのね」と、ナターシャは言った。バブルビッチの顔は、やっと明るくなった。彼は、次のナターシャの言葉を待ったのだ。

その時、ナターシャとは、別の人の姿が、対岸に現れた。その人と共に羊の鳴き声が聞こえてきた。アランが、目を見張った。それは、彼の祖父だったのだ。その老人は、アランを見かけ満面の笑顔になっていた。驚いて目を見張っているアランに、おだやかに語りかけてきたのだ。

「おお、これは、奇遇じゃ、わしのかわいい孫のアランではないか。ここで会えるとは、思いもせんことじゃの。――お前に預けた羊が皆、ほれここにおる。どうじゃ、またこの羊の世話をしてくれるのかの。せっかくお前に預けたものを、こんなに早く、ワシに返さんでもよかったのじゃよ」と、アランの祖父は、笑顔で孫の顔を見つめた。アランは、懐かしさで目に涙を浮かべていた。どうして、失った羊が、祖父と共にいるのか。不思議だった。その中に、特に彼が気にかけて面倒をみていた子羊さえいたのだ。

「お爺よ。その羊たちは、ジョン王の遠征隊に、連れて行かれたはずだよ。なんで、お爺のとこにいるの」と、言って、笑顔で羊たちを見回した。老人は笑顔で、アランを見つめて、おだやかに口を開いた。

「わしが、取り戻したのさ。ここには、普通の人間は、容易《たやす》く近づけん。草原には草が年中生えとるでの。羊にもわしにとっても楽園じゃよ」と、高笑いした。ナターシャもそばで、爽やかな笑い声を上げた。ナターシャは、アランの祖父に目顔で挨拶をかわした。アランの祖父もナターシャに笑顔で、話しかけていた。彼は、何度も頷いていた。

「バブリーさんや、いや、そのバブルビッチさんじゃな。ようここまで、おいでになれたのオ。わしの孫のアランも連れてきてくださった。本当に、奇跡といってもよいくらいじゃ。せっかくここまで来られたのだ。この川を渡る秘訣をお話ししましょうぞ」と、老人は言った。バブルビッチは、その言葉に小躍りする思いになった。

「難しいことは何もない。心を変えなされ。今までのような心根を、スッパリ捨てなさることじゃな」と、言った。バブルビッチは、その意味が、今一つ呑み込めなかったのだ。彼は、浮かぬ顔で妻のナターシャを見つめ、又、老人に向き直っていた。

「心を変えるとは、如何様《いかよう》なことか。今一つ合点《がてん》が行きませんが。具体的に話して下さると助かります」と、問いかけたのだ。それに、ナターシャは、笑顔で答えた。

「あなたは、とてもやさしく、思いやりもとても深い方よ。その思いを私だけではなく、全ての人、全てのものにも、等しく振り向けられるように出来ないかしら。何ものにも分け隔てなく、愛を持って生きる心が、とても大切なのよ」と、彼女は、言って、老人の顔を見たのだ。

老人は、頷いた。その後、しばらくして、又、老人が口を開いた。

「わけ隔てなく、愛を持って生きる、と言っても、普通には、なかなか納得できんこともありますでのオ。そうじゃな。自分を先ず、人間だと思っていることをも、忘れなさるといいのじゃがのオ」と、老人が言い出したので、バブルビッチには、余計にややこしくなった。その時、そばから、アランが、口を挟んだ。

「羊を飼う時は、自分も羊の仲間だと、思えば彼等の気持ちが判る。そんなことでしょうか」と、彼は、快活な声で言った。老人は、孫の顔を見て頷いた。その時、バブルビッチは（ワシには、どんなことをしても、羊の気持ちが、分かるとも思えん）と、心の中で、呟いていた。川を挟んで聞こえるはずのない呟きだったが、ナターシャは、プウッと噴《ふ》き出《だ》していた。かつての彼女は、そんな夫の正直さに惹かれてもいたのだ。

「バブリー、ちょっと足元を見て頂戴、小さな石が沢山あるでしょう。それって何か判るかしら。踏みつけないで、よく見てくださるかしら」と、謎かけのような話をした。二人のガードは、それぞれにしゃがみこんで、そこにある石の一つを何気なく拾い上げ、手のひらに載せて、眺め回した。バブルビッチは、灰色に白い縞のある小石を、珍しい物のように眺めていた。アランは、緑に黒い斑点のある小石を拾い上げて好奇な目で眺めているのを、ナターシャは微笑みながら見詰め、やがて静かに語りかけた。

「それが、あなたよ。その小石が、あなた自身なのよ。本当の自分は、実はこの世界にいろんな形で潜んでいて、それに誰も気付かないでいる。もうひとつの大事なことは、その小石は、以前は、大きな岩石の一部で、その岩石は元は大きな山、山脈の一部だったの。その山や山脈は、この地球の一部でした。そう地球のね。この地球はね、この宇宙の一部なのよ。バブリー、アランさん、あなた方は、そのことをどう思いますか。今、自分が小石と同じだなんて、理解できないでしょうけど、小石の方が、実は、この地球の原始の初めから存在してきた。そう理解することは、実は大切なことなんじゃないかしら」と言って、ナターシャは微笑んだ。そこで今度はアランの祖父が――

「そこじゃよ。わしの言っているのは、だから、人間という意識に頑なにこだわっていることが、本当のところ人間自身にとって、不幸の始まりでもある。森羅万象の弛《たゆ》まぬ循環から勝手にはみ出してじゃ。自分の利己的欲望を満足させる為だけに、作り上げた世界が、全く宇宙の深遠な呼吸や心音から外れた、錯覚の世界なのじゃ。それこそ闇に呑み込まれてしまったのに、その自覚さえない。まともな判断さえ出来なくなっているのじゃな」と、老人は、言った。バブルビッチは、判ったような気になった。ところが、それを、今どうすればいいというのか。その辺のところが、摑みようがない。彼は、手の平の小石が、自分の別の姿だと、ナターシャが言うのに、半信半疑で訳も判らず感心して頷いていた。ナターシャは、真顔になったバブルビッチの顔を見つめた。

「貴方が、自分の周りにあるものを、もっと注意深く心を込めて見つめるといいわ。今みたいに。こんな物が、と思っているものに、実は、助けられていることに気付くはずよ。自然のウッカリ見落としていることにも、すごく大切なことがあるのよ――林を吹き抜ける風の音、川の流れの囁きの音、小鳥の囀《さえず》りに、実は宇宙の呼吸の音が同調しているのよ。それに気付くことが出来たら、もう一歩先に何が見えてくるかしら。この私たちの周りの物は、全てお互いに何らかの形で繋がり助け合って、なくてはならないもの。お互いに何らかの役に立っている。立とうとして、存在しているの。ただ普段は、あまりにも無頓着に暮らしていて、本当はそれが無かったらどんなに困るか、気付かないでいるのよね。空気のように、太陽の光のように、清らかな泉の水のように、それが無かったら、とても困るわ。本当は、人間も皆それぞれに、いなくては困る存在なの。他のものだって同じなのよ」と、ナターシャは、微笑みながら言った。バブルビッチは、深く頷いた。

「でも、なぜか、その人間の存在が、この地上で、厄介な物になりつつあるわ。どうしてかしら」と言って、ナターシャ自身が溜息をついた。そこで、アランの祖父が──

「人間だけが、自然のリズムから外れてしまったのだよ。本来、全てに調和していたのだが、不協和な状態になっていることに気付かないのだ。それが、周《まわ》り中《じゅう》を、どれほどの苦痛や混乱に巻き込んでしまったか。計り知れないんだが」と言って、口を閉じた。羊たちが、老人の周りで鳴き声をあげていた。その鳴き声が、妖精達の歌声のようにアランの耳もとに響いてきて、さわやかな風が吹き抜ける。野に咲く花の芳香が、バブルビッチとアランの体の中にまで、染み渡ってきて、不思議な安らぎに包まれた。ナターシャは、その花の香りを一層高めるかのように、袖口を緩やかに前後に動かして、羊たちを見つめ、やがてバブルビッチの方に向き直って静かに口を開いた。

「貴方、私のバブリー、どうか、もう一度、自然のリズムを取り戻してください。きっと、それが出来るわ。心を変えるなんて何でもないことです。《怒り、疑い、憎しみ、恨み、妬み》こんな感情に捉えられるのは、本当はね。自分と他の存在が別々の孤立した物だとしか思えなくなっているからなのよ。小石が、この地球の一部で、それは、宇宙の一部でもあるって言いましたけど、その小石が、貴方自身だとも言いました。それは貴方自身も、宇宙の一部だってことになるのよ。お互いにそれを全く失念して、自分だけの殻に閉じこもってしまったの。そうなったのには——実は、ある利己的な意志が、全てを支配する手段として、恐怖と不信を撒き散らしたからなんです……。お互いに信頼しあって暮らしていた村人を、争いに巻き込んで、恐怖と孤立の中に放り込んでしまったわ。そこで人々が、自分自身をも一体何者なのか見失ってしまったのよ。その上、周囲には、恐怖の種しか見当たらない。誰もが宇宙の深遠な呼吸の響きから遠ざかってしまって、二度とその絆を取り戻せなくなったの。悲しいことに、誰もが、誠の絆を、取り戻せなくなって、孤立した意識の中で、もがき苦しんでいるわ。その状態がますます拡大されて、利己的な感情だけが、人の心に絶え間なく働きかけているの」と、悲しげな目つきでバブルビッチを見つめた。彼女は、何かに耐えてでもいるかのように黙り込んだ。

「それが……それが、怒り、憎しみ、疑い、不平不満、妬みなどとなって、その本人自身と他の者との間に居座り、無知と闇の世界に留めているのよ。そんな錯覚の世界が、この地上を覆いつくし始めているのよ。バブリー、貴方は……ごめんなさい。こんなことに触れたくなかったのよ。でも、言いますね。貴方は、この地上に、その恐怖の種を撒き散らして歩いたのよ。

戦士としてね。それは、貴方にとっても、つらいことだったと思いますけど、だからこそ、この際、その自分を取り巻く闇から、早く抜け出して頂戴。アランのお爺さんが、自分が人間であるという意識のこだわりを捨ててしまえばよいと、おっしゃったのも、それで判るのじゃないかしら」と言って、初めて真顔になった。

バブルビッチは、初めて気付いた。自分の犯した過去の罪に、心が粟立つ思いに囚われた。見つめる妻のナターシャの顔が、涙で曇って見えなくなった。鬚面の顔が、悔悟の涙に濡れていたのである。ナターシャも涙ぐんでいた。彼女には、内心ホッとした涙だった。(あぁ、この人は大丈夫だわ)と思ったのである。

「バブリー、そんなに泣かないで。だからね。心を変えればよいというのは、利己的な感情である、怒り、憎しみ、妬みなどは、誰に対しても、全て自分の中から追い出して、二度とそんな心の働きに、陥らないことが肝心なのね。その上で、全てに献身の心を持って、許しと感謝の心を自覚できれば、誠の世界の住人として、この川の境界はなくなるのよ」と言って微笑んだ。バブルビッチは、ナターシャのやさしい穏やかな話し声に、聞き惚れていた。彼女が話し終わっても、まだ彼女の声が彼の耳もとに響き続けていた。

その時、彼の心に、ベルナの姿が、蘇っていた。彼女が何を語っていたのかを、ようやく理解することが出来たような気になった。ベルナも自分と同じ闇の中に囚われて、そのことに気付かずにいたのだ。それどころか、そんな自分に得意顔でいたとは、まるで、バブルビッチ自身のことではないか、と、苦い思いをかみ締めた。彼は、ナターシャの顔を見た。なんと清々しい、美しい姿だろうと思わずにはいられなかったのである。

アランは、ナターシャの話にすっかり感動していた。（そうかなるほど、全くその通りだ。心を変えるとは、そういうことなんだ。今までのジョン王の世界は、人の心を恐怖で闇の中に閉じ込め、お互いに孤立させ、隷属を強いてきた。羊たちが自由に草原を駆け抜けている姿を、自分にも取り戻さねば）と、彼は、自分に言い聞かせていた。アランの顔には、輝きの光りが放射され始めていた。アランの祖父は、彼を見つめて言った。

「――心を変えるというのは、自分の意識が、変わることになるのでな。アランよ。意識が変われば、お前の全身から放射される波動が変わる。それがこちらの世界に同調すれば、いやでもこの川を越えて、こちらに来られるぞ」と、微笑んでいた。

バブルビッチは、ようやく今までの自分の愚かさに気付いていた。生きる誇りにさえ思い込んできた百人隊長などの自分の過去に決別することになんの迷いもなくなっていた。その時、なんと、自分をこの川の岸辺に導いてくれた、目には見えない不可思議な力に、心から感謝の思いが胸一杯に広がり、不思議なほど素直になり、戦士の虚栄や誇りの一切から解放され、その身軽な心地よさに身震《みぶる》いが止まらなくなっていた。

バブルビッチは、手の平にムズムズするのを感じて、ふと、手の平の小石に目を向けると、小石が、話しかけている。（バブリーさんよ。私ら小石の話をジックリ聞くかね。タマゲタ話だよ。何しろ地球の始まりから、私らは、関わって来たからねぇ。それこそ、よほどの知恵のある人にしか、理解できんことだ。私らは、いつも踏みつけられて、黙り込んできましたなぁ。

賢者は人に踏みつけられても、沈黙のまま怒ったりせん。ところが、愚者ほど、訳の判らぬ御託《ごたく》を並べて、えらい剣幕で怒りますなぁ。大概の人は、怒る奴には黙って従う。こいつは、実に皮肉なことだぁ。いや、よしましょう。沈黙している賢者に、敬意を表しましょう）と、黙り込んでしまった。小石が口をきくなど、バブルビッチにとっても、アランにとっても、驚き以外の何ものでもない。彼等は顔を見合わせていた。アランの手の内にある小石もムズムズ動き、なにやら呟く。（――賢者と言われてきた人は、実は、わしらの仲間ですよ）と言って、それっきり黙りこんでしまった。二人は、驚きながら手の平の小石を握り直していたのである。

バブルビッチは、その驚きの目を妻のナターシャに向けて言った。

「ナターシャ、ワシは、今、この瞬間、ここに立っていることに、なんとも言えない喜びさえ感じているよ」と、満面笑顔になる。ナターシャは、静かに頷いていた。その顔には、安堵《あんど》の表情が顕れ、そばにいるアランの祖父に、涙を浮かべた目をむけて微笑んでいた。バブルビッチは、そばに立っているアランの顔を見て「アランよ。アンタはどうだい」と、尋ねる。その時、アランの全身から輝く光が、放射されているのに気付いて、バブルビッチ自身も、その光の光彩に包まれていた。彼等は、自分の足の底から吹き上がってくる、不思議なエネルギーを感じ始める。地球の深部から立ち昇るエネルギーが、彼等の全身を包み始めた。その時、バブルビッチもアランも、全身が浮き上がるような不思議な感じに包まれてきて、彼等は、まるで鳥のように、蝶のように、空に飛びたてるのではないか、とさえ思えていた。ナターシャはこの二人を微笑みながら見つめていたが、やがて、両手を前に差し出し、何度も二人を自分の方に招き寄せる仕種《しぐさ》をする。と、見る間に目の前の川の上に、靄《もや》が立ち昇って、その靄の中に、光に輝く虹の橋が現れた。次の瞬間、思いがけないことが目の前で起こったのだ。その橋の上を、バブルビッチとアランの足元の沢山の小石が、向こう岸に飛び跳ねて渡って行くではないか。あまりのことに二人は、呆気にとられて見つめていた。ナターシャは、微笑みながら小石が、虹の橋を飛び跳ねて来るのを見つめ、彼女の腕は、まだ、静かに動き続けて「――さあ、あなた方の番よ」と静かに声をかける。アランは即座に、その声に応じた。彼は、満面の笑みに包まれ軽々と、その虹の橋を渡っていったのだ。橋の向こうで祖父に迎えられたアランは羊たちに囲まれて、バブルビッチの方を笑顔で振り返った。

バブルビッチは、子供のような笑顔を浮かべて虹の橋を渡り始めて、丁度橋の中間あたりで立ち止まり、ナターシャを見つめた。その時、ナターシャの背後にいる小さな子供の姿に、目が止まった。彼は、そこでナターシャに弾んだ声で――

「おお、子供がいるのか」と、尋ねていた。ナターシャは、それに快活に応えた。

「はい、この子は、私のかわいい男の子よ」と、言って、その子を自分の前に引き出したのだ。ナターシャの前に引き出された男の子は、バブルビッチの顔を見ようとはせずに、はにかみながら母親の手を玩具《おもちゃ》にしている。バブルビッチは、微笑みながら、その子の顔を見つめた。と、一瞬、彼の笑顔は、突然曇り、険しくなった。妻のナターシャの前にいる子供の顔に見覚えがあった。なんとそれは、ジョン王の顔にそっくりだった。

バブルビッチは、虹の橋の真ん中で立ち竦《すく》んだまま、怒りの焔《ほむら》に包まれた。彼は、怒りのために、全身、震えに襲われて、至福のときに酔いしれていた彼は、その震えと共に重い鉛の錘《おもり》を飲み込んでしまった。突然、襲われた、この怒りと報復にかられた思いに、バブルビッチは、目の前が、全くの暗黒に閉ざされてしまっていたのである。

自分が遠征隊と共に留守にしていた間に、妻のナターシャが、行方不明になって、死亡したと告げられ、その墓の所在も分からなかった。その本当の理由が、皮肉にもこんな形で、こんなふうに明らかになるとは、予想だにしなかったのである。

突然、彼の足元から虹の橋は、消えうせて、彼の体は暗黒の峡谷に、転げ落ちていった。そのバブルビッチの耳元に、悲痛なナターシャの声が、呼びかけた。

「バブリー、あなた、どうしてなの。——なぜ、元の闇の世界に戻って行くの。お願いよ。この私が、どんな思いであなたを待ち続けたか。お分かりになるでしょう。こうして、やっとお会い出来て、闇の頸木《くびき》から逃れられるのよ。こんなチャンスは、二度とないわ。あなた、この機会を逃せば、やがて、自分の人生の全ての行為に、責めを負わされることになるわ。闇の世界での責め苦を、この機会に逃れることが出来たのに、どうして……バブリー、あぁ、こんなにあなたを、愛しく思っている私を、又、いつまで待たせたら気が済むというの」と、ナターシャの叫び声は、闇の中に飲み込まれて行くバブルビッチをどこまでも追いかけていたが、彼は、その声が遠のくのに従って、彼自身の意識と共に暗い闇の底に沈んでいったのである。

二一七

バブルビッチは、一度失った意識のどこかで、闇の中を歩き続けているのを感じ始めていた。闇の中のどこを歩いているのかは、まるで分からない。なぜか、急がされたり、後戻りしているのが分かる。何のために、彼が歩き続けているのか。誰の姿も見当たらない。しかし、自分の意志で歩いているとは、到底思えなかった。突然、体の表面に熱を感じ始めた時、体の芯は凍りついているのを、はっきりと自覚できた。その冷たさは、感覚を麻痺させて、体の表面の熱さを一層際立たせた。驚くべき苦痛に晒されて、逃げ出すすべが、全くなかった。その内、体のあちこちに、痛みを感じ始めた。瞼《まぶた》を開けようとして、初めて、人声に気付いたのである。

しばらくして、額や腕に痛みが走って、ようやく瞼を開いてみた彼は、土の上に横たわっていることに気付いた。その彼の周囲を大勢の子供達が取り囲んで、口々に大声で、喚《わめ》きながら彼に小石を投げつけている。バブルビッチは、やっとの思いで、起きあがって、地面に座り込んだ。と同時に、子供達は逃げ出して、遠巻きに喚き続けている。

「オイ、お前は、戦士だろう。殺してやる」と、子供の一人が叫んで、小石を投げつけてきた。バブルビッチは、子供たちになじられ、投石されていたのだ。別の子が叫んだ。

「オイ、どうしてこの村を襲った。なんで村中、破壊したんだ」と、子供たちは叫びながら、小石を投げつけてきた。その石を避けながら、バブルビッチも、近くに転がっていた小石を拾って、投げ返そうとしたのだが、その時、バブルビッチの手から小石が離れていかない。彼は、そこに座り込んだまま、手に持った小石を見つめ、もう投げ返す事などあきらめ、その小石を眺めて、いつの間にか微笑んでいたのである。ふと、気が付くと子供たちは、投石をやめて、バブルビッチのそばに近づいてきている。その中の少女の一人が、バブルビッチの目の前に来て、見知らぬ鬚面の彼を見つめながら尋ねてきた。

「なんで、小石を見て笑っているの」と、言って、彼の手の平の小石を、興味深げに見つめた。バブルビッチは、思いがけない子供たちの眼差しに、微笑みながら応えて「この小石は、ワシの昔からの友達なんだよ。友達とは、仲良く話も出来るよ」と言いながら、彼を取り巻いている子供たち一人、一人の顔を笑顔で見つめ回し、彼等もニッコリとバブルビッチを見つめ返してきていたのである。

バブルビッチは、朝靄《あさもや》の村の広場に寝転がっていたようだ。やがて、日差しが強まり、広場に集まってきた子供達の目に留まる。横たわっている不審な鬚の男は、当然、村に災いをもたらした片割れに違いないと思わせた。それが手の平の小石のお陰で、子供達の敵意を拭《ぬぐ》い去ってしまい、彼等双方にとって意外な展開となった。いずれにしてもバブルビッチにとって、内心のホッとした思いが、大きく胸に広がっていた。

「おじちゃん、わたし、その石に触ってもいいの」と、目の前の少女は、言いながら、既に、バブルビッチの手の平の小石に小さい指を触れていた。バブルビッチは、頷きながらその小石を少女の手の平にのせてやった。少女は嬉しそうに小石を見つめて――

「どうやったら、こんな石と、お友達になって、お話ができるのかなぁ」と、呟いて、ためらいもなく彼女は、バブルビッチの膝の上に座り込んでいた。その上、なんとバブルビッチの白髪交じりの鬚に、鼻先を近づけて、クスクス笑いだしていたのである。バブルビッチは、優しい声で、その少女に話し出した。

「小石とお友達になるのは、簡単だよ。いつも大事に持っていれば、そのうち話が出来るようになる」と、言って、今度は、愛らしい少女の頬に、自分の鬚をコスリつけていた。彼はそんなことをすれば、少女が逃げだすに違いない。一瞬ためらう思いにとらわれて、少女を見つめた。ところが、彼女は、首をちょっとすくめクスクス笑いながら、彼の鬚を指先で摘《つま》んで引っ張ったのだ。思いがけない反撃に、バブルビッチは大声で笑った。周りの子供達も笑い出した。バブルビッチは、初めて会った子供たちが、これほど純真に振る舞うことに、心洗われる思いになっていた。なぜ、ナターシャの前にいた子供を、こんな風に見つめてやることが、出来なかったのか、自分でも驚くほどの後悔が、胸一杯に迫ってきた。ここにいる見ず知らずの子供達が、ほんのわずかの間にこんなにも親しく、無邪気に彼を受け入れてくれたのだ。彼は、子供達の笑顔の瞳に見つめられて、大声を上げて泣きそうになる自分が、恥ずかしかった。

突然、遠くのほうから、若い女の叫び声がした。

「さあ、私の子供たち、皆、来なさい。早く、洞窟の中に入りなさい」と、呼びかけた。子供達は、振り向いて、口々に、皆、（カアさーん）と呼びかけて、駆け出していった。それでも、数人の子供は、立ち上がるバブルビッチのそばを、離れずにいた。彼の膝に座り込んでいた少女もその一人だった。彼女は、立ち上がったバブルビッチの側に立って、彼の二本の指を片手の指で、しっかり摑んでいる。最初、少女は無骨な彼の片手を摑もうとしたのだが、バブルビッチの手を摑むには、自分の手が、あまりにも小さ過ぎたのである。若い女は、又、子供たちにむかって大声で叫んだ。

「急いで、洞窟に行きなさい。沢山の戦士が来るのよ。さア、子供たち、早く、急いで」と、呼びかけていた。それにしても、彼女のことを子供達は、皆、カアさーん、と、呼んでいる。バブルビッチは、不思議な気がした。見渡したところ、彼女以外の大人の姿は、見かけないのに、子供の数は、半端ではなかったのだ。

その若い女は、広場に取り残された数人の子供が、見慣れぬ、鬚面の男のそばにいるのに気付いて、けげんな眼差しで近づいてきて、バブルビッチに声をかけてきた。「貴方は、戦士でしょう。まさか、先発隊の一人じゃないですよね」と、不審な目を向けて、尋ねた。場合によっては、子供たちを、彼から引き離し守らねばならないと身構えてさえいる様子なのだ。

バブルビッチは、微笑んで、静かな声音で語りだす。

「確かに、私は、城のガードを務めてきたものです。でも、もう何の責務も負っていません。ここに来たのには、実のところ色々ありまして、なんと説明していいのか、自分でも訳が分からないのです。でも、これだけは、信じてください。ここで、何か貴女や子供たちに迷惑をかけることは、決してありません」と、おだやかに話した。まわりの子供達も頷いて、笑顔で見つめている。若い女は、それでも、子供達の手を取って、自分の背後にいるように目顔で指示したので、子供達は、その若過ぎる、カアさんの目顔の指示に従って、彼女の後ろにさがっていった。ところが、バブルビッチの指を握り締めていた少女だけは、彼の指を離さず、片手に持っている小石を、彼女の前に差し出して、ニコニコしながら大人二人を交互に見上げながら叫ぶように、カアさんに告げたのである。

「このおじちゃん、この小石のお友達なの。お話も出来るの」と、言ったので、カアさんと呼ばれている若い女は、その子の顔と笑顔で頷いているバブルビッチの顔をジッ、と見つめた。やがて、カアさんの顔は、ホッとした安堵の表情にかわって――

「私は、ジョルジュ、この子達の母です。あなたは、なんとおっしゃるんですか」と、初めて笑顔を見せた。バブルビッチは、おだやかに自分の名を告げた。

その時、子供の一人が、大声で叫んだ。

「――カアさん、来るよ。あそこに、砂煙が」と、遠くを指差した。視線の先にジョン王の戦士の一団が、砂塵を巻き上げて、馬で駆け抜けて行く姿があった。

それが、本隊でないことは、バブルビッチには、すぐに分かった。先発隊が馬で駆け抜けていったのだ。とすれば、本隊がこの先を行軍して通るのは、まだ、四、五日は先のことになるはずだったが、若いカアさんのジョルジュが恐れたのは、先発隊が来れば、村の物資を丹念に調べ上げ、本隊が来るまで勝手に村人が、穀物を持ち出さないように監視される。とはいえ、これまで、穀物の調達は、村人の生き残る分まで持ち出されることはなかったのである。

ところが、いま差し迫った問題は、この二年に及ぶ旱魃の後に、この村を襲った悲劇だった。

それは、言語に絶する悪夢でしかなかった。ジョン王の城塞都市の物資の欠乏が、兵士の飢えをもたらし、城を抜け出した兵士達の数は、日増しに増えて村を襲った。その無法極まりない暴挙は、略奪の限りを尽くし、耕地で野良仕事をしていた大人たちは、脱走してきた飢餓状態の彼等に昼餉《ひるげ》までも奪われ殺害されて、誰一人生き残った者はなかったのだ。難を逃れたのは、村はずれの山間部にある、洞窟に逃れて隠れ住んでいた子供達だけとなり、ジョルジュは、子供達と洞窟にいて奇跡的に難を逃れたのである。

この上、ジョン王の先発隊が穀物の調達に現れても、村には何も残されていなかった。

バブルビッチは、この村の受けた驚くべき惨状を、ジョルジュの悲痛な言葉によって、語り聞かされた。生き残った、たった一人の年長者の彼女が、子供達からカアさんと呼ばれている理由の悲惨な真実に、戦士として長年生きてきたバブルビッチは、旱魃の後、城塞都市を脱走した兵士達の犯した暴挙を、胸の詰まる思いで聴くしかなかった。この若い女の悔しさや悲痛な思いをどうやって、受け止めてやれるというのか。彼には判らない。ただ、先発隊の通り過ぎた後の砂塵を、歯を食い縛って見つめていたのである。

バブルビッチは、ふと、あたりを見回して、やがて、かつて自分もこの村に戦士として、ジョン王と共に征討の戦《いくさ》を、仕掛けた記憶が蘇ってきた。かなり薄れてはいても、確かな記憶として思い出した。あの時から、今日に至るまで、彼の心に戦果に驕《おご》る記憶しかないことに初めて、気付いた。ここに暮らしを続けていた人々の受けた、無残な戦いの後の、絶望と悲哀のひとかけらも、省みたことがなかったのだ。その彼がこれまで一度も感じたことのない悔悟《かいご》の念に打ちのめされ、ジョルジュには慰めの言葉の一言も掛けることが出来なかったのである。

やがて、この悲惨な状況の中でも失われていない子供たちの無邪気な純真さは、守ってやらねばならない――彼等の母となって奮闘しているうら若い女の健気《けなげ》さに、バブルビッチは、なんとしても報いてやりたくなった。自分に課せられた責務のように思えてきたのだ。ところが、その為に何をはじめたらいいのか。具体的にはなにも思いつかなかった。

その時、子供の声がした。彼は、山側の村はずれを指差していた。そこに一人の薄汚れた身なりの老婆が、こちらに向かってくる姿があった。広場に集まってきていた子供達には、なじみの相手のようだ。しかし、誰一人、その老婆に近づこうとはしなかった。老婆は、大声でわめきたてながら、広場に近づいてくる。ジョルジュは、微笑んで、挨拶の言葉をかけた。

「あら、久しぶりですね。どこに行っていたんですか。心配してたのよ」と、言った。

「へん、そうかい。でも、心配などご無用さ。ワタシは、ここの方がよほど危ないと思っているよ」と、老婆はぶっきら棒な物言いで、喚くように言って、遠巻きにしている子供の一人に近づき、頭に手を触れようとしたのだが、子供の方は、その手を逃れていた。

「おや、愛想なしだね。ワタシャ、お前を食べるつもりはないんだよ。逃げなくてもいいじゃないか」と、言いながら、別な子供に近づく。おなじことを繰り返し、怒鳴りちらしていた。ジョルジュは、困り果てた顔になった。バブルビッチは、ジョルジュに問いかけた。彼女は、その老婆のことを小声で彼に語り聞かせる。

「この部落の住人でした。今も本当は、そうなんですけど。かつてこの村は、ジョン王の戦士達に襲われた。彼女は、子供と夫を失い、一夜にして白髪になったと聞いています。それから、村を襲って、自分達の家族を殺したジョン王に、村人一丸となって、戦うべきだと言い続けてきたそうです。でも、村の誰にもそんなことを、聞き入れてもらえなかったのです。それで、ある日、この村から姿が見えなくなって、でも、ああして、時々戻ってきます。気の毒で仕方ありませんけど、いつもあんな風なので、子供たちも近づきません」と、涙ぐみながら、彼女は、呟くように語り終えた。バブルビッチは、老婆の気持ちが、痛いほど分かる自分に驚きながら、彼女の話を聞いていたのだ。

ふと、バブルビッチは、その悲惨な過去から抜けられない老婆に近づいていった。近づいて何が出来るという目論みもなく、自然に体が動き出していたのだ。ところが、その彼の指を握っていた少女も、一緒について行こうとしたので、ジョルジュは、黙ってその少女を後ろから抱きとめ、少女はおとなしく、その腕の中に留《とど》まっていた。

バブルビッチは、静かに微笑みながら老婆の前に立った。老婆は、見知らぬ鬚面の男に怪訝な顔を向けて喚くのを止め、しばらく、彼女は、バブルビッチを眺め回した。

やがて、老婆の顔が、突然、驚愕の表情に変わって、大声で喚きだした。

「――おお、コヤツ、この男だ。ワタシの大事な子供たちと、いとしい吾が夫を殺したのは、コヤツに間違いないぞ。コンチクショ、ヨクモ、オメオメと出て来たな」と言うが早いか、バブルビッチに飛び掛かってコブシを振り上げ、処かまわず殴りかかり、手当たり次第にその場に落ちていた小石を拾って投げつけた。周りを取り巻く子供たちが、最前、彼にやったのと同じことを、老婆が始めた。ところが、子供達は、すばやく小石を拾い集めて、老婆の手が届くところから小石をなくしていた。

老婆の怒り狂った興奮状態は、それで収まることはなく、彼女は辺りを見渡して、広場を取り巻く小屋の前に、沢山の百合の花が、咲き乱れているのを見つけ、駆け寄って、その百合を根元から引き抜き、球根の付いた百合の花を振り上げて、バブルビッチに襲い掛かってきた。だが、百合は無残なまでに引きちぎれ、辺りにその花や茎が、飛び散っただけで、バブルビッチを痛めつけ、罰する何ほどの効果もなかった。疲れ果てた老婆は、百合の球根を手に握りしめたまま、その場に座り込み、荒い息を吐きながらバブルビッチを見上げて、喚きたてていたが、息が切れて、苦しげに喘ぎ、呟いていた。

「ワタシの家族を皆殺しにした時、どうして、ワタシも殺さなかったのだ。生き残ったこのワタシのこれまでの苦しみ、お前さんには、分かるまい。楽しみなど、どこにもないまま、どうやって生きてきたか。教えてやろう。お前さんに対する、憎しみだけだったのだよ」と、言って急に顔を歪め、悶え始めたのだ。目の前のバブルビッチは、心からその老婆に、詫びようとしたが、一言も言葉にならない。湧き上がる思いだけが胸をしめつけていた。地面に手を突いて、詫びれば済むことではないのが、今の彼には、痛いほど分かっていた。涙がとめどなく流れ落ちた。その涙があふれる目の中に、顔を歪めて苦しんでいる、その老婆の異変に気付いた時は、彼女は、地面に倒れ、もがき苦しみ始めていた。バブルビッチは、慌てて老婆を助け起こそうとした。

老婆は、呻きながら助けを求め。喘ぎながら切れ切れにかすれた声で——

「……この百合の……根が、手から離れん。助けて……、助けてくだされや……」とバブルビッチに、百合の球根を摑んだ手を震えながら差し出した。

その時、老婆は、なんとも不思議な囁きを聞いていた。

〝わたしはお前に何をしましたか。わたしの花の命をなんとなさる。お前に、このように花や茎を粉々に砕かれ、その苦しみが分かりますか。自分の苦しみを訴えるなら、なぜ、ほかの命にも心配《こころくば》りをしないのですか〟と、静かに老婆の耳の奥に、心に響き続けていたのである。

バブルビッチは、老婆の手が摑んでいる百合の球根を、その手から離す為に、彼女の体を膝で支えた。老婆の指は、既に、百合の球根を握り締めたまま硬直していた。バブルビッチは老婆を抱きしめ、必死で目に見えぬ命の力に語りかけていた。(この人の苦しみを、ワシが代わってやりたい。どうか、この人の手を解放してもらえませんか。ワシにどんな償いでもさせてください。ワシは、妻の本当の苦しみも彼女の誠の愛にも、何一つ応えることが出来なかった。せめて、この人の苦しみを代われるなら喜んで)と言って、ボロボロ涙を流した。そして、彼は、硬直した老婆の手をさすり続けたのである。

遠巻きにして、成り行きを見つめていた子供たちとジョルジュは、老婆の異変に気付いて、そばに近付いて来ていた。老婆の歪んだ形相と涙まみれのバブルビッチの顔に、驚きながらも目を離すことが出来ずに、ただなすすべもなく立ち尽くし、中には涙ぐんでいる子供もいた。

その時、ジョルジュに抱き留められていた少女が、一人その場を離れ、回りに散らばっている百合の花や茎を、地面の上から拾い集め始めたのだ。それに気付いた、ジョルジュも、他の少女達も同じように、小さく飛び散った百合の花を拾い集めていた。彼等は、その哀れな百合の花の欠片を、バブルビッチの所に持ってきた。何のためにそんなことをしたのか。誰にもはっきりと、分かっていた訳ではなかった。それでも、少女達は、その花の欠片を彼の鬚面に近づけて、バブルビッチの頰を流れる涙が、その少女の手の中にある百合の花の欠片に、ポトポトと滴り落ちた。その刹那、老婆の口から大きなため息が漏れた。(——ああア)と、長い静かな吐息だった。と、同時に、その顔の歪みが消え、おだやかな顔つきに変わって、硬直していた老婆の手が、ゆっくり開かれた。バブルビッチは、その老婆の手から、握りつぶされた百合の球根を取り出していた。

子供達は、一斉に歓声を上げ飛び跳ねていた。ジョルジュの顔も笑顔になっていた。ジョルジュに助けられて老婆は、ようやく立ち上がっていた。彼女の表情は、頑なに張り付いていた皺が消え、柔らかな張りのある別人のような顔つきになっていた。長い年月を憎しみと、不信に囚われて生きてきた彼女の心に、潤いの光が射しかけられたのだ。

彼女は、バブルビッチに向き直って、静かに——、

「私は、あんたに騙《だま》されないよ。どんなに親身になって助けてくれたって、あんたの顔は、昔のままなんだからね」と、ニヤッと笑った。

「でも、自分が、これからも、同じ生き方しか出来なければ、あの子達に嫌われるだけだって、良く分かったのさ。私は、あんたや子供達、それに、この子達を必死で守っている、ジョ

ルジュの温《あたた》かい心に寄り添って、生きていけるようになりたい——私の為に、あんたが流してくれたあの涙に、本当に、報いるためにも。私は芯から清められたよ」と、笑った。バブルビッチは、その言葉に言い知れぬ喜びをかみ締めて、ジョルジュの顔をみた。彼女も嬉しそうに頷く。その大人たちを先ほどの少女は、見上げていた。その顔には、驚くほどの純真なあどけない笑顔がたたえられていた。

ふと、老婆は、まだバブルビッチの手の中にある、握り潰された百合の球根に気付いた。彼女は、それを彼から受け取って、自分が最前抜き取った小屋のそばに行って、抜き取った時には、無造作に扱ったその潰れた球根を、丁寧に元の所に埋め戻したのだ。沢山の千切れた花や茎も、その中に入れて土をかけた。子供たちも一緒になってその作業を手伝いながら、はしゃいで飛び跳ねていたのである。

その時、子供の一人が、空を指差して大声を上げた。山裾のあたりから大きな光の光彩が、七色の弧を描いて見上げる空を覆っていた。誰もがその虹を見上げ、訳もなく歓声を上げて、子供達の笑顔を誘っていた。

ところが、みんなの視線をさけて逃れるように、老婆がその村の広場を抜け出して行く姿に、バブルビッチは気付いていた。彼女の足は、山の裾野にむかって、老婆とは思えぬ達者な足取りで歩いていく。彼は、その後姿が、なぜか気がかりになってきていた。

それで、バブルビッチも広場から離れ、彼女の後を追いかけようとして、ふと、気付いた。虹を見上げている少女の手が、いつの間にか、彼の指をしっかりと摑んでいたのだ。彼は、老婆の後を追いかけるのをあきらめ、その場に留まって、その後も虹を見上げるよりも、山裾を駆け登って行く、老婆の姿を見続けていたのだ。足早に山裾の斜面を駆け登る、彼女の姿は、やがて、裾野にかかる虹の光彩の中に入った。その刹那、その姿が虹の光彩に溶け込むように消えてしまっていた。彼は、驚いて目を凝《こ》らした。

その時、いきなり少女が彼の指を引っ張って、大声で尋ねた。

「あれ、あれナンなの。鳥みたい。でも、鳥じゃないね」と、言って、空を指差したのだ。バブルビッチは、彼女の指の先を見た。少女は虹の真上を指差していた。そこには虹の上を、ゆっくり移動するものが目に入った。彼は、まさか、と、思って見つめ直したのだ。なんと、それは、あの陸亀のトルトイに違いなかった。だがどうして、あんなところにトルトイがいるのか、まるで、彼には、理解できなかった。子供たちも気付いて、騒がしくなり、奇妙な驚きの声が、あちこちで飛び交っている。

少女は、また、バブルビッチに、大きな声で尋ねた。

「あれ、お空を歩いてるね。飛んでないよ。鳥さんじゃないよ。なんだろう」と、言って、彼の指をまた、引っ張った。バブルビッチは、少女にはまともな返事が出来ず。むしろ、彼には、トルトイの背中に、人の姿があるかどうかが気がかりになっていた。下から見上げている彼の目には、まるで分からない。やがて、トルトイが虹の上をゆっくりと移動して山脈の稜線に姿を消した。その刹那、その上に確かに人がいて手を振り、光を反射したように思えた。その時、彼の脳裏に、老婆だと思っていた女の後姿が、なぜか、ベルナの姿に重なって見えていた。そんなはずはない。と思い直した。が、空にかかった虹の光彩が、彼の意識を夢幻の中に連れ戻していたのである。

三一

陸亀のトルトイは、山脈の内深部の洞窟の中を、流れに導かれるままに下っていた。その流れは、迷路のように暗闇から日差しの下に導かれ、また、闇の中に果てしなく連れ戻されて、地底の静寂《しじま》にさ迷う旅を続けていた。その洞窟の闇の中に突如として、流れに沿って現れ出でる不可思議な世界があった。黄金に輝く洞窟の壁面に深緑の湖水。壁面を時に滴り落ちる水音の妙《たえ》なる調べ。静かな滝の飛沫《ひまつ》が奏でる艶やかな音のハーモニー。純白の水晶の林が、水辺から壁面を埋め尽くしている。ただの暗闇ではなかったのである。オキは、一人目覚めていた。が、トルトイの背中の上の三人の意識は、まだ、それぞれ別な世界をさ迷っていて、たとえ目覚めていたとしても、彼等自身には、そこに現れた玄妙な世界は、夢の果てしない、名残でしかなかったに違いない。

やがて、トルトイは、山脈の反対側の崖の下から、大きな湖水の中に押し出され、長い洞窟の旅を終えていた。静かに湖水の端に擦り寄って、そこで動きを止めたのである。

その湖の岸辺にそって、草原の広がりの向こうには、鬱蒼とした森の樹木が、風に枝葉をゆだねて広がっている。この森こそ和彦と友彦の故郷の村々を、取り囲んでいる始原の樹の森だったのである。

急に日差しに晒されたトルトイの背中で、オキ、ベルナにココリが瞼《まぶた》を開き、レディ・エミリィだけは、まだ、起き上がる気配がないので、ココリが、彼女を揺り起こそうとした時、ベルナがそれを目顔で止めた。幸いなことに、レディ・エミリィの体はトルトイの大きな首で、直接日差しが当たってはいない。目覚めた三人は、日差しに大きく背伸びをした。と、誰ともなくお腹の虫の知らせに驚いて、互いに微笑みを浮かべていた。

「レディもきっとお腹の虫が、起こしてくれるんじゃない」と、ベルナが言った。

「そうだわ、レディ・エミリィが起きる前に、何か食べ物、探してこなくっちゃ」と、ココリが、微笑みながら言って、トルトイの背中から湖の岸辺に降り立った。オキは、二人の後から岸辺におり、そのまま、森に向かって歩き始めようとして振り返り、

「この森の中に食べ物がありますよ。果物とか、木の実なんか。行きましょう」と言って、スタスタ歩き出したので、ココリとベルナは、呆気にとられた顔になった。

「あら、オキさん、ここどこだか判ってるの」二人は、彼の後について行くことにした。オキは、振り向いて、彼女達に笑顔で言った。

「ここが、レディ・エミリィのお兄さんのアンドレアさんが、亡くなったところですよ。多分やがて、ジョン王が、遠征隊を連れてここにやって来ます。でも、数ヶ月後のことになるでしょうかね」と、真顔になっていた。ココリとベルナは足を止めた。とたんに足がすくんで辺りを見回していた、と思ったら、ココリがオキに不審な顔をして尋ねた。

「オキさん、アンドレア総司令官のことを、アンドレアさんなんて呼ぶの。ついこの間まで、家僕だったんじゃなかったのォ」と、不満げに口を尖らせる。

「おや、あんた、まだ気が付かないの。このオキさんは、ソンジョそこらのヤボとは、違いますよ。家僕だったなんて、私はとても信じませんよ。一角《ひとかど》のデキブツでしょう。ここの森の中のことまでチャンと知っているのよ。本当の正体は、私にも分かりませんけどね」と、ベルナは言って大声で笑い出したのだ。ココリは、首をすくめて——

「あぁ、そうか、そうかも、私もそんなに鈍くないのにね」と、呟いていた。三人は笑い声を上げて、森に向かって歩き出していたのである。

しばらくして、取り残されていたレディ・エミリィが目覚め、トルトイの背中の上に起き上がって、不思議な眼差しであたりを見回した。（私は、まだ夢を見ているのかしら。誰もいないわ。ここは、どこなの。まあ素敵な湖。山脈の稜線があんなに高いのね。湖のそばに、草原が広がっていて、とても綺麗な草花が一面に咲いてるわ。その向こうは、森ね。すごい森。あんなに高い樹木があるのね。神秘の森、って、こんな感じなのかしら。やっぱり私、まだ夢でも見てるんじゃないのかしら）と、飽きずに見回している。急に風が吹き抜けて彼女の髪を乱し、草花の芳香が、心の芯にまで沁み通るのを感じた。彼女は、ようやく夢から覚めた心地がして、立ち上がり、トルトイの首に優しく手を触れ、（ここは、どこだか分からないけど、でも、とてもすてきな処に連れてきてくださったのね。ありがとうございました）と、囁いた。トルトイは、その刹那、片目を開けて微笑んでいた。（さあ、その辺を歩いてみましょうか）と、彼女は大きく背伸びをして、トルトイの背中から湖の岸辺に降り立っていた。そこで、彼女はトルトイにお辞儀をして、しばらく、静まったままの巨大な陸亀を見上げていたのである。

ようやく、レディ・エミリィは、草原の花の香りに誘われてゆっくり歩き始め、草花の茂る草原を、内心の懐かしさを胸に、心弾む思いで分け入っていく、自分の中の高ぶる思いを押さえようとしても、クスクスと含み笑いが漏れ出すのを楽しみながら。ところが、奇妙なことに含み笑いをしているのは、彼女だけではなかった。含み笑いの響きが、どこからともなく耳元に響いてきたので、ふと、あたりを見回した。しかし、レディ・エミリィの近くに人の気配はなく、なぜか、草花が風に揺れ動く度に、どこからともなく含み笑いのような声が、聞こえる。不審な思いを抱きながら、彼女は、再び、夢心地で微笑みながら草花の中に分け入って歩き始めた。と、偶然、白百合の花がキラリと光り、小さな滴が花びらから流れ落ちた。彼女は、自分の手でその滴を受け止めようと思って花に近づき、両手を開いて、顔を近づけると、その花びらから新たな滴が転《ころ》がり落ちるのを両掌に受け止めにっこり微笑んで、白百合の花をジッと見詰めた。

するど、その時、その花の中から小さな顔が、こちらを覗き見ていた。笑いを含んだような小さな声で、話しかけているのに気づいて、彼女は驚きながら微笑んでいた。

草原に静かな風が吹き抜け、百合の花の香りが、辺りを包んだ。

「あら、含み笑いのような声は、アナタだったの」と、彼女は花の中の顔を覗き込んでいた。その顔は、親しみを込めた笑顔になって、（おい、分からんのか。俺だよ）と、言っているのが聞き取れる。（あらア）と、彼女は、ビックリして目を見張った。その声は、紛れもなく兄のアンドレアの声なのだ。小さくて、よく分からなかった、その声も顔も懐かしい兄アンドレアだったのである。ところが、レディ・エミリィは、一瞬、これはやっぱり夢を見ているに違いないと思った。（おい、夢じゃない。俺だ。今は、百合の花だが、以前は、アンドレアだよ。エミリィ。忘れたのか。偉大なアンドレア総司令官様だ）と声がかなり聞き取りやすくなってきて、彼女は、落ち着きを取り戻した。この辺は、何か違った世界のようだけど、でもこの環境に慣れてしまえばいいのかもしれない。不思議なところに来てしまったと思案顔でいると、（お前は、なにを考えているんだ。これは、紛れもない現実の世界だ。俺のかわいい大事な妹エミリィよ）と、アンドレアは、彼女の気持ちさえも読み取っていた。エミリィは、ようやく、気を取り直して、（こんなところで、どうして、百合の姿になっているの。お兄ちゃん）と、言った。それには、しばらく返事が返ってこなかった。彼女は、ここに来た自分の目的を思い出していた。（私は、遠征先の戦場で、副官の謀反で殺されたって、聞いていたのよ。まさか、野生の百合の姿の、偉大な総司令官様に会えるなんて、想像もしていなかった。あア、そうなの。ここが遠征先の戦場だったのね）と、初めて気付いて、あたりを見渡した。でも、彼女には、とてもそんな戦場だった所とは思えなかった。（ここは、戦場にはなっていない。いや、出来なかった。エミリィ。今、お前が見渡して感じた通り、ここは戦場にはふさわしくない）と、言って言葉が途絶えた。レディ・エミリィは、百合の花を覗き込んで、子供のように、悪戯《いたずら》っぽく笑って（でも、とっても信じられないくらい、私はうれしいのよ。こうして、お兄ちゃんに会えたこと。最高の気分なの）と言った。その笑顔の頬に一筋の涙が流れ落ちる。

白百合の花となっていたアンドレアの語る話に、レディ・エミリィは、彼の小さい声を聞き漏らすまいと、花びらに耳をこすりつけて、聞き耳をたてて息を凝らした。

〝アンドレアの指揮する遠征隊は、半年の歳月をかけて行軍し、途中の半砂漠や山岳地帯などで、三分の一の兵を失いながらも、ようやく、この湖に面した草原に到着したのだ。森の奥にある村々を攻略する為の前線基地として、この草原にテントを設営した。

この草原のキャンプに陣取った時は、ジョン王の最後の遠征隊の任務を果たすべく、攻略の意志は高まっていた。ところが、到着して数日のうちに、この土地の雰囲気と森から出迎えてくれた長老のおだやかで、無心な温かさに驚かされ、彼等には何の敵愾心《てきがいしん》も恐れも憎しみも感じさせない、深い慈愛の眼差しに包まれて、深い悔悟の念を抱いたのだ。

アンドレアは夜になると満天の星が煌《きら》めき、それが湖の水の中にも煌めいているのを見て、天の縁《よすが》がそのままこの地にもたらされていると、思った。何度か、面会して話し合った長老の言葉の端々に込められた、驚くべき誠実な生き方――この土地の自然も人も打ち砕き隷属させる相手とは、とても思えなくなった。従うべきは、己ら自身だ。彼はそう思い至り、総司令官アンドレアは、迷うことなく軍団の引き上げを決意したのだ。

戦果のない帰還は、取りも直さず、ジョン王の怒りと懲罰をこうむる。それは覚悟の上の決意だ。その英断に対して、森の長老は、彼等の旅立つ前に別れの宴《うたげ》を、無事な帰還を祈る宴席を設《もう》けてくれたのだ。ところが、その宴《えん》たけなわ、突如、副官と彼に気脈を通じた者らの反乱が起こった。修羅場となった宴の席で、反乱を防ごうとしたアンドレアの奮闘は、敢《あ》え無く蹴散らされ、アンドレア自身、宴に武器など携帯していなかったので、武器を持って暴れまわる者らを、素手で食い止めるなど、所詮、不可能だった。

ただ、不思議なことに村の長老や宴に参加していた村人の一人として、その修羅場に巻き込まれてはいなかった。その場を見守っていたのは、大きな熊、沢山の鹿、うさぎや狼たちの姿だった。その上、小鳥の群れが敵、味方に分かれて争い殺しあう兵士達の頭上を、飛び交っていた。アンドレアは、その光景を見定めて、安堵していた。その刹那、副官の刃が彼を突き刺して、実にあっけないほどの争いだったのである〟

副官に指揮された遠征隊の末路は、既にオキが、ジョン王の宮廷広間において、証言していたので、レディ・エミリィも知っていた。それでも、彼女は、兄のアンドレアが、話し終えたとは思えなくて、なお百合の花に耳をこすり付け、まだ、何か特別な話の続きがあると思っていた。風が花の茎をゆらし、百合の芳香だけが放射されて、アンドレアの声は途絶えていた。彼女は、花の中の兄の顔を覗き込んで（それだけ、もうお終いなの）と、問いかけた。（エミリィ、お前の知りたいのは、それだけだろう。俺の最期のいきさつが知りたくて、ここまで来てくれたことは、よく知っているよ）と、言って、ニヤリと笑っている。そう言われればそうだったかな。（でも、なんで、そんなことが分かっているのよ）と、聞きたくもなった。アンドレアは、笑顔で口を開いた。

（子供の時から、お前の思っていることぐらい、良く分かったよ。野原に行けば、百合の花を探し回っただろうが。俺は、それを探してやったじゃないか）と、言って、まだ何か言いかけた。その時（あら、でも、私もトウさん、カアさんも、お兄ちゃんが、戦士になるのは反対だったのに、それは判らなかったわ。そうでしょう）と、レディ・エミリィは涙声で言いつつのったので、しばらく、お互いに見詰め合い、黙り込んでいる。

そのうち（俺は、分かっていたさ。戦士になるのを、止めたがっていたことぐらい。でもな、奴隷のままの一生は、送りたくなかった。その考えは、ここに来て変わったんだよ。奴隷のままの方がいいわけないけど、戦士となって戦場で、誰かれかまわず殺さなきゃならない生き方のほうが、後々の救いが全くない。憎しみもない相手と争って、殺さなきゃならない。生き残ったとしても自分が殺されることの恐怖に怯えて生きるなんて、まともな神経でいられる訳はなかったんだ――それは、ここで出会った村の長老と話し合っていて、気付いたんだけどね）と、言って、苦い顔になった。しばらくして、アンドレアが、又、口を開いた。（以前の俺は、自分が生きていながら、本当のところ命についての認識が全くなかったね。ここで長老に出会って、いろんなことについて教えられたよ）と言って、微笑み、エミリィ聞きたいかという素振りで見つめた。彼女は頷いていた。

その時、彼女は、目の中に小さな閃光が飛び交っているのに気付いた。顔は、百合の花を覗き込んでいるのだが、チカチカと飛び交って輝く光しか見えない。ふと、彼女は、辺りに目を向けた。驚いたことに野原一面に光の閃光が、チカチカ飛び跳ねていた。（あらア、不思議ねぇ。何かしら、小さい無数の光るものが、飛び交っているわ。なんでしょう。この野原一面に跳ね回っているのよ）と言って、目を百合の花に戻していた。

アンドレアは、既に気付いていた。（エミリィ、お前にも見えてきたのか。光の粒子だよ。それぞれいろんな色彩に輝いているだろう。暗くなると、もっと、その光彩の違いが分かるよ。その同じ色の粒子が互いに結びついて、大きくなるよ。そのうちある数の粒子が一つになると、今度は、その光の塊が、周りに大きな渦巻きを起こすんだ。その渦巻きに吸い込まれて、又、沢山の粒子が集まって命の形が出来上がる。同じ色の粒子の塊。あれが魂の元だよ。だからその色彩の違いによって、魂の持っている力や働きが出来上がる。光の粒子の色彩が、それぞれの色の違いによって、微妙に違った振動を繰り返している。分かるかね、今の話。俺たちは、この光の粒子の塊なわけさ）と、言って、エミリィの目を見つめていた。彼女の顔に戸惑いがあった。（分かったような気もするし……）と、言って、ウフフフゥと、照れ笑いをした。彼女は、照れ笑いをしながら、（この草原は、白百合賢者の自然学習塾なのね）と、大声で言った。アンドレアは、笑ってそれに応えた。

（そうだ。いいこと言うね。おれは、まだ賢者には程遠いがね。今の話で、俺が言ったのは、魂というのは、こんな風に光の粒子の塊だってこと。だから永遠に存在し続ける。その塊は自然の中で、宇宙の渦巻に同調した意志が働いている。それは、どんな存在にも働く波動としてね。肉体は、その光の塊の意志によって、形作られたものなのだよ。だから魂と肉体は、引き離せるものじゃないんだ。この森に囲まれた村の長老は、これが、今、危機に陥っていると、言っていたよ。肉体だけが魂の意志に関係なく、他の者によって勝手に引き剝がされて、その時、魂は大変なダメージを被《こうむ》り、なかなか修復できなくなっているとね。――自分の着ている物に、勝手に誰かが火をつけて燃やされたら、着ている当人はどんなことになるか。わかるよね。パニックに陥るだろう）と言って真顔で、エミリィの顔を見つめた。レディ・エミリィは（戦いで殺し合うということは、とんでもないことを引き起こしているのね。難しいお話だけど、これからどうなるんでしょう）と思案顔になっていた。

アンドレアは、神妙な顔のエミリィを見て（俺も同じことを思ったよ。昔からこの森の民は、魂と肉体を保ったまま、自分の意志で永遠に存在しつつ、時に、違う姿に移行するのだそうだよ。魂の意志が常に移行する姿形を選択することが出来るのさ。でも、魂から肉体を他人の意志で、勝手に引き剝がされると、魂は萎縮して、その後、自分の意志で新しい肉体に移行するのが難しくなるのさ。でも、魂は、永遠に存在し続けるとなると、魂だけが浮遊することになる。これは、先祖の偉大な存在の意志としては、何とかせねばならない。そこで、新たに誕生という経路で、違った肉体に、浮遊している魂を招き入れて落ち着かせるということになってきた。問題は、魂自身の意志で、新しい肉体に移行したわけじゃない。その為に、新たな肉体とうまく同調できないことがある。すると、肉体の勝手な欲望に引き回されることになるのさ。困ったことに、人間の世界の混乱がとても気がかりだというわけさ）と、言って、エミリィの浮かぬ顔に気付いたアンドレアは、花の茎を揺さぶり、白百合の芳香を放射させた。レディ・エミリィは、百合の香りに包まれて、沈みこんだ気分が晴れ、アンドレアの顔をジッと見つめてニッコリ微笑む。（ねぇ、お兄ちゃんは、どうしてこんな百合の花になったの。というか、なれたんですか）と、尋ねた。アンドレアは、頷きながら口を開いた。

（それは、ここに居たおかげなのさ。ある日、村の長老に案内されて森に出かけたことがあってね。森のなかに池があったんだよ。その池で水を飲むことになった。いや、たまげたよ。俺のそばにいた長老の姿が、水のなかに映ったのさ。それは、今思い出しても、体が震えるくらいにすごい光に輝いて、姿形は、その光に包まれていたんだ。俺はビックリ仰天だったね。――自分の姿を見たんだ。するとモヤモヤして、良く分からなかった。その内、微《かす》かに百合の花が、見えてきた。赤黒い染《し》みが白い花弁に広がっていて、気味の悪い物だった。それが俺の魂の姿だ、と言われたよ。今の生活態度が、魂の本当の姿に暗い影や染みを作っているんだとね。その長老は、実は、人であって唯の人じゃなかったのさ。村人達からは、《オキナ様》と呼ばれていた。どうやら、それは、宇宙のエネルギーと同化した《偉大な《グレート》、精霊の師《スピリチュアルマスター》》とでもいうことになるらしい。村人もめったに、このオキナ様に直接会うことはないらしいのさ。そんな人に案内されて、森の奥を通って、村々に抜けるところを辿っていくと、途中に大きな桜の木があったなア。桜は満開でね。その長老とその桜の樹下に、静かに唯、座っていた。すると、桜の花びらが風に舞って、降りかかって来る。驚くほど幻想的な世界にいる感じがした。何も言われないのに、いろんなことが、こちらの心に響いてきたよ。どのくらいそこに座っていたか分からないけど、なんと言うか、まるで生まれる以前から、そうやっていたんじゃないかと思い始めたのさ。その内、ようやく、おっしゃったんだよ。「人もこの桜も命ある者は、全てこの自然と交流を保って生存しているものなのじゃよ。宇宙から放射されるエネルギーを吸収し、自分の中からも命の火を放射し続けとる。エネルギーの放射と吸収を絶え間なく繰り返しておる。それは、命在る物と言ったが、本当は、目に映るすべてじゃ。小石、岩、川、滝、森の樹木も皆、細《ささ》やかに、絶え間なくじゃなぁ。小さな桜の花、一つ一つは僅かでも、こうして満開の花が放射し、吸収するエネルギーの量たるや、驚くほどの心身の浄化に役立っているはずじゃよ。花の下にこうしていると心が和《なご》むじゃろう。その『気』として流れる波動のせいなのじゃよ」と、静かに語られたよ。そんなことがあったお陰で、副官に刺し殺された後、この長老が、俺の魂の望む姿に移行できるように、されたんじゃないかと思っているよ）と言って一息ついたのだった。レディ・エミリィは、黙ってアンドレアの顔を見つめ微笑んでいた。彼女は、頷きながら、又、尋ねた。（それじゃあ、今の百合になったお兄ちゃんは、どんな気分なの）と、顔を覗き込んだ。

アンドレアは、ニヤリと笑って（見ての通り、人間だった時のように、動き回ることは出来ない。ところが、今の方が自然のあらゆる変化を、風の流れに乗って伝えられている。全てを知ることが出来る。自分が出かけなくても、どこで何が起こっているか。エミリィが、ここに来ることも、直ぐに感じとる感覚が働くのさ）と、笑った。彼は、続けて口を継いだ。（それにさ、人間は、自分の欲望やそれにともなう考えに囚われるだろう。そんな時に、人間は、悩み、悲しみ、色々な心の闇に沈んだりする。それは皆、人間の自意識が自然から離れて、我、に拘《こだわ》り過ぎるからだ。――百合の命として生きていると、そんな拘りから解放されてね。それで、初めて分かったのは、自由で拘りのない純粋な感覚で居られると、常に宇宙の深部から響く、繊細な音や光の瞬《また》きに感応することが出来ることだと思う。それと同時に、この吾が百合の花の命の輝きを、こちらから放射している。そうだなア、生命を保つ為に、宇宙との双方向アンテナを常に、浄化して、濁りのない状態に保っていることが重要なのだと、思えるようになって来た。まだまだ百合の花として、学習すべきことは沢山ある、と思っているけどね）と、深いため息をついたが、すぐに笑顔に戻った。レディ・エミリィは、言い知れぬ思いに涙ぐんでいた。彼女は、兄アンドレアにこんな形でめぐり合えるとは思ってもいなかった上に、こんな話が聞けるとは、予想外の驚きだったのである。

彼女は、兄が副官に殺害された後、森で起こったことを、思い切って聞いてみる気になった。（お兄ちゃんは、向こうに見える森の中に入っていけたのね。でも、他の戦士や兵達は、あの森に入って行って、何が起こったか、知っているの）と、尋ねた。アンドレアは、頷いて、（まさか、副官があんな暴挙に出るとは、思ってもいなかったよ。俺が決断したように、ジョン王の城に帰っていれば、俺一人の命がどうあろうと、彼等は助かったのになぁ。ともあろうに、全員が森の中で。ともかく、長老が言っていたのは、あの森に入れば、その人の魂の本態がさらけ出されるということだった。俺があの森に入った時には、既に、ここを戦場にすべきでない、憎しみもないのに殺しあうべきではないと、思い定めていた。それでも、長老は、森に入って行く前に注意してくれたよ。あの森に入る前に、全ての野心はこの森の外に置いていきなさいとね。それと一つ大事なことでね、俺が長老と呼んでいる人は、決してヨボヨボの老人じゃない。カクシャクとした青年のような動きや言葉遣《ことばづか》いの人だったことさ。今気づいたのだがね。俺は、森の向こうの村の人には、この長老以外、誰にも会っていなかったんだと思うよ。長老の引き連れていたのは、熊、鹿、狼に兎だったんだからなア。会っている時は、皆、村の衆だと思っていたんだがね）と言って、しばらく黙り込んでしまった。

レディ・エミリィは、問いかけた。（お兄ちゃんに、オキさんという家僕がいたのね。あの人だけ、森から一人で城に帰ってきたのよ）と、ニコニコしながら言った。アンドレアは、キョトンとした顔になった。（俺の家僕って、なんのことだい。オキというのか。その男は）と、言って、エミリィの顔を覗き込んでいた。レディ・エミリィは、アンドレアの怪訝な顔に気付いた。それだけに、なおさら、オキのことを話す気になった。（そうよ。彼はね、最初お城に来て、ジョン王の前に現れたときには、すごく疲れていて、あまり要領を得ないところがあったわ。でも次に、私がココリの案内で彼の居る小屋を訪ねようとしたら、その時すごく、信じられないことが起きたわ。ここ二年ばかり前から旱魃になって、ジョン王の都市の川の水も干上がっていたのよ。それが、ココリのお父さんが、昔から伝えられている歌を唄ったら、まぁ不思議。川の水が元のように流れ始め、大勢の貴人達が、川の中洲で舞いを舞い、歌を歌い始めたの。その仲間としてオキさんがいたわ。彼がいなかったら、私は、ここに来たくても来られなかったわね。あそこの大きな山脈が見えるでしょう。あの山脈を越えて来るなんて誰も考えないわ。でも、あの山脈を越えて行きましょうって言ってね。なんの準備もしていないままで、ジョン王のお城から逃げ出して来たのよ。それで、山脈を越えて行くなんて無理でしょう。そうココリが言い出し、私も頷いたの。ところが、山脈の中を通って行きましょうって言うわけね。不思議でしょう。どうして、そんなこと出来るのかしらって思ったのよ。そしたらね。ものすごい大きな陸亀に出会って、その背中に乗って、本当にここまで来てしまっていたのよ。ちょっとしたハプニングのお陰で、山脈の中の洞窟を通り抜けてきたわ。なんだか、オキさんって、普通じゃ理解できない人よ。お兄ちゃん、知らないの）と、言った。アンドレアは、何か思い当たることがあったのか。曖昧な返事をした。（フウンそうだったのか。いやいや分かったよ。多分それは）と、言ったままニコニコして、黙り込んでしまった。レディ・エミリィは、それを気に留めることもなかった。彼女の心に、これまでに感じたことのない喜びが、大きく膨らんでいたのである。

風が、吹き抜けた。大きく百合の茎が揺れ、彼女の視界の前に草原が広がった。前よりも大きな玉の閃光が、色鮮やかな光に輝いて、無数に飛び交っていた。それは、時に、土の底から飛び出しているようにも、又、遥か山脈の彼方から飛来しているようにも見えたのだ。彼女は、森の中にも光彩の粒子の輝きがあることに、心引かれる思いで見つめていた。その森の中から、人の姿が現れた。ココリだった。彼女は、一人で何かを抱え、急いで陸亀のトルトイのところに向かっていたのである。

三－二

その頃、ジョン王自身の指揮による遠征隊は、既に、城塞都市を出発していた。その本隊には、王自身の親衛隊、五百の戦士とその倍に及ぶ兵士が従っていた。兵士の殆《ほと》んどは、領地のあちこちから呼び集められて来た混成部隊だった。それに従う食料運搬の奴隷集団が引く牛車や馬車、その他、羊や鶏の群れをも従えていたのだ。

ジョン王としては、なんとしてもオキに先導されて城を抜け出したレディ・エミリィを連れ戻して、彼女の真意を確かめたかった。ところが、北の山岳地帯に逃げ込んだ一行のその後の消息は、全く途絶えてしまっていた。大神官カルトンにも、何の情報ももたらされてはいなかった。ただ、奇妙な情報があった。とてつもなく大きな陸亀が、山岳地帯の台地を歩き続けて、谷間の上の虚空を苦もなく歩いていったのを目撃されていた。その背中には人の姿を見かけたという不可解なものだったが、その人影がレディ・エミリィの一行だったのかどうかはまったく確認するすべはなかったので、この陸亀の存在についての報告は、ジョン王には、伏せられていたのである。

山脈を越える手立てがあれば、それが、目的地の森に囲まれた村々に行く、最も近い距離である。大神官カルトンは理解していたが、その山脈の稜線は、幾重にも重なり、その間には深い峡谷や断崖が、行く手を阻む。その上、山家《やまが》に暮らす人々さえ恐れて近づかない、深山の霊気、精霊の棲む領域があって、霞と共に変幻自在に現れ、行く手を塞ぐという。そのような行路に、遠征隊を連れて行くことは出来なかった。目的地の森に到達する前に、遠征隊が全滅する恐れさえある。ジョン王は、遠征隊を引き連れ、山脈を迂回して目的地を目指していた。それには大神官カルトンの思惑があったのだ。二年前の遠征隊が辿った道筋を行軍すれば、確実に目的地を目指すことが出来、しかも途中で、レディ・エミリィや同行の二人、それにジョン王の送り出した、追っ手の三人にも出くわすに違いない。彼は、王に進言した。

城を出発して、半日後のこと。ジョン王の一隊は、城塞都市の威容を望む南側の、本来ならば豊かな穀倉地帯であるはずの一帯を、旱魃でその面影だけを残した荒涼たる原野の中を行軍していた。何気なく、ジョン王は、馬を止め出立してきた城塞都市を遠望した。丘陵地帯の広々とした台地の上に聳《そび》え立つ威容は、見事なまでに帝国のシンボルとして、見る者の心を捉えて離さない。そのジョン王の側に、大神官カルトンも馬を止めて、共にその城塞都市を見上げていたのである。

その刹那、北側の山脈から異様な地鳴りが響いてきた。乾いた山肌に一筋のうねりが走り、その勢いが怒濤《どとう》のごとくに駆け下ってくる。それは、城塞都市の背後から流れ下っている川筋に沿って、轟然《ごうぜん》と地響きをあげて城の城壁に激突していた。川は、完全に凶暴な破壊力をもって、北側の城壁を突き破って、城の中に暴れこんだ。その怒濤のごとき土石流は、城の南側城壁に達した後、城壁に沿って城塞都市の全域に渦巻いて、城壁の内側全体を濁流の中に飲み込んでしまっていた。やがて、その行き場を失った濁流は、南側の城壁をも乗り越えて、巨大な瀑布《ばくふ》となり、丘陵地帯の台地から流れ落ちてきたのである。

ジョン王の本隊の行軍は、誰の命令もなしに、その場に停止し釘付けになった。地鳴りは、彼等の足元にまで、ドドウと響き渡っていた。誰一人声を出す者とてなく、あまりにも突然の、信じ難い光景に言葉を失い、ただ、呆然と立ち尽くしていたのである。

ジョン王も大神官カルトンも共に、お互いの顔を見詰め合った。（何事じゃ、夢か幻か）彼等の内心の叫びは、同じ言葉を繰り返していた。（誰の仕業か）と。問うこと自体あまりにも虚しかった。この突然の自然の凶暴な仕打ちを、そのまま受け入れることは、到底できなかった。今のいま、帝国のシンボルとして、彼等の心の高ぶりと共にあった城塞都市が、ほんの僅かな呼吸をつぐ間もなく、無残にも壊滅的な姿に変貌したのだ。しかも彼等が、意気揚々と遠征隊を組織して、その帝国の最後を飾る門出の時だった。それを待ちかねたかのように、間髪を入れずに起こったこの大惨事は、何ということか。何かとてつもない力。とてつもない反帝国の強大な意志が、この自然災害の背後に潜《ひそ》んでいる。そうに違いないと、大神官カルトンは訝った。ところが、この大惨事で、ジョン王の気骨を砕くことは出来なかった。彼の顔面は、見る間に赤みを帯び、雄叫びを上げたのだ。

大神官カルトンは、即座に行動に移った。城塞都市の被害の状況や復旧の手筈《てはず》をどのようにすべきか。数名の神官団メンバーに、その詳細を調査させる為に城に向けて駆け戻るように命じたのである。彼の顔付きには、明らかな憤怒の表情が、ありありと見て取れた。この帝国の建設を無からはじめて、今日の姿にしたのは、取りも直さず、大神官カルトン自身の果てしない野望が原動力であった。彼にとって、ジョン王もその野望を実現するための手駒に過ぎず、その長年の夢の実現もまさに手の内にある。この遠征隊の影の指揮官をも自負していた矢先に、その出鼻を完膚なきまでに砕かれたなど、なんとしても許し難い事だ。この大神官カルトンの憤怒の形相とジョン王の雄叫びの声は、すべての戦士や兵士に迅速な反応となって伝播された。恐れ乱れる兵士たちの心に速やかに行軍を再開する命令が、ジョン王によって出されたのだ。

ジョン王もまた、今まさにこの最大の危機にこそ、帝国の威信を高めねばならないと、思い定めて、その意志は萎《な》えるどころか、この遠征にかける気概を内に燃え立たせていたのである。

ジョン王の遠征隊は、出来る限りの迅速な行軍を命じられた。乾き切った半砂漠を抜け、谷間の崖を迂回し、小高い山の幾つかを越えて、村々の端に野営の陣を張った。その行軍の先には、幾つもの街や都市があった。こうして通過する途中の街や都市は、全てジョン王の領地だったのだ。その街や都市を中心に、ジョン王の領地を治める、諸侯の館や城が各地に点在していた。その領地の諸侯達には、既に、ジョン王の遠征隊に、戦士や兵士を差し出す旨《むね》の伝令が出されていたので、王の遠征隊の数は、都市や街を通過する度に膨らんでいった。これらの都市の諸侯達は、もと、ジョン王の戦士だったので、今回の遠征隊の行軍によって、図らずも、王自ら各領地の巡行の機会ともなったのである。

ジョン王は行軍に、既に二ヶ月を費やしていた。この先には、乾いた丘陵地帯が広がり、街や村に到達するのに数日を要する。そこは、ジョン王の城塞都市から最も遠い南西の外れに位置していた。その丘の上に差し掛かった時、前方の丘陵を埋めつくす兵士の姿にジョン王は、目を見張った。王の行軍の行く手を塞ぐかのように、無数の兵士の陣形が展開されている。そのあたりも当然ジョン王の領地だったので、彼等も新たに王の遠征隊に参加する為に待っているとも思われた。が、それにしては、数も異様、陣形もジョン王の目には、待ち伏せの構えとしか思えなかったので、彼はその場で行軍を停止する命令を告げた。そこへ慌ただしく、大神官カルトンが駆けつけてきた。彼も前方に展開する兵士の数に目を見張った。彼は、唇をかみ締めて見つめながら――

「陛下、これは謀反に違いありますまい。許しがたき反逆」と、怒気を顕《あらわ》に喚《わめ》いた。

「――キャツ等《ら》にジョン王の進軍を止めるなど出来るわけがない。たとえ、幾万の兵士を持ってしても不可能なことぐらい百も承知のはず。笑止千万」と、重ねて喚いた。

「陛下、誰が、謀反の首謀者か、即刻、調査させましょうぞ」と、彼は、大声で喚きながら、彼の配下の神官団の密偵を呼びつけ、指示を与えた。彼等は常に大神官の密命を帯びて各地に派遣されているのだ。今回の謀反に走った者らの情報が、事前に知らされていなかったことにも腹がたつ。大神官は、内心の怒りを抑えかねて、辺りに響きわたる怒声をあげた。

ジョン王は、敵となって、対峙する夥《おびただ》しい兵を遠望していた。彼は、怒りの表情や怒声などを回りに居並ぶ戦士に見せることはなかったのだ。偉大な王の王は、威厳と誇りに満ちた態度で睥睨《へいげい》していたのである。

ジャカルスキーは、ジョン王の帝国の南西の領地を、統治している諸侯の一人だった。彼もジョン王自らの今回の遠征隊に、戦士や兵士を差し出すよう要請する、王の書簡を受け取っていたが、この書簡の内容に、なんとも言えない違和感が心のなかを駆け回るのを押さえかねて(なぜ、今更、王自ら遠征の旅に出るというのか)と、自問を繰り返していた。誰か、一人を指名して遠征隊を組織させれば済むことではないか。

やがて、自分が送り出していた、密偵が思わぬ情報を携《たずさ》えて帰還してきたのだ。

〝一、ジョン王の居城周辺は、近年全く雨が降らず、旱魃による穀倉地の消失は、もはや多くの戦士や兵士の食料にも事欠き、脱走兵による、近隣の村々の略奪が目を覆うばかりの惨状を呈《てい》している。

一、二年前に派遣した小さな村々への討伐の遠征は、完全に失敗、二万五千の兵士の全てが帰還せず、敵に殲滅されたとの噂が広まっている。今回、ジョン王自らの遠征隊の計画は、先の遠征の失敗を挽回して、ジョン王の威信を保つことにある。しかし、ジョン王の居城には、その遠征隊を組織するだけの戦士も兵士も儘《まま》ならず、よって、各地の領地の兵や戦士をあてにするしかなかった〟との報告に、彼は唖然となった。

これだけでも、充分、彼にとって意外な驚きの情報だったのだが、これに付帯した別な秘密文章に目を通したジャカルスキーは、度肝を抜かれたのだ。

〝ジョン王の遠征隊は、五百の親衛隊と兵士によって編制され、慌ただしく城を出立した後、王の居城に山津波の濁流が押し寄せ、城の城壁を突き破って、帝国の城塞のシンボルが無残な姿に変貌。再建は、はなはだしく困難と見なさざるを得ない状態である〟

ジャカルスキーは、この報告をもたらした密偵の前では、冷静さを保っていた。しかし、一人自分の居室に戻ったとたん、内心の笑いを堪《こら》える事ができず、小躍りしていた。その内心の彼の思いとは〝もはや、ジョン王の時代は、終わった。帝国の権威とシンボルは、瀕死の状態にあるのだ。この千載一遇の機会を見逃すことは出来ない。この報告が本当なら、もはや、ジョン王は、天命によって排除されたも同然。この期に及んで、なお遠征隊を組織して、天命に歯向かうに等しきことを、許される訳がない。これは、なんとしても、ジョンを王の座から排除せねばなるまい。それこそが、ここに、我在りて在る。吾が雌伏の時はいまこそ報われるに違いないのだ〟と、誰憚《だれはばか》ることなく哄笑《こうしょう》していたのである。

ジャカルスキーには、二人の弟がいた。彼等も共に戦士として功を積み、それぞれに委任統治の領地の諸侯として、一城の主であった。彼は、迷うことなく、即座に彼等の領地に密使を送り、三兄弟で協力すれば、ジョン王に勝ち目はないことを得々《とくとく》と解き明かしたのだ。ジャカルスキーの最も主張して憚らない事は、〝これは、決して謀反ではない。天の意志を吾等が天下に知《し》ろしめすのだ。なんの後ろめたい事があるものか〟と——

熱烈に密書のなかに認《したた》め、軍団の集合場所まで指定したのだ。なによりも彼の気がかりなことは、彼等が軍団の移動に手間取って、ジョン王の進軍を阻止する機会を逃すことだった。この密書を出すに当たって、既に、この計画を決行する強い決意を抱いていた。弟のロビンとランスの二人の司令官は、長兄の並々ならぬ決意には、反対意見など通用しないことを、その書面に読み取るが早いか、即座に、それぞれの軍団を指揮して、領地の館を出立していたのである。ジャカルスキーの思惑通り、兄弟の絆は、血の結束を呼び覚ましたのだ。ジャカルスキーよりもロビンとランスの軍団の方が、二日も早くジョン王を待ち伏せする丘陵に、到着していたのである。

彼等が即座に取り掛かったのは、兵の配置について詳細な詰めの意見を交わすことだった。

ジャカルスキーがまず口を開いた。ジョン王の軍は、軍団とは名ばかりの少数の親衛隊が主体であることを二人に伝え、そんな時のジョン王の動きは、と、彼の策《さく》を説明し始めたのである。

「王は敵に向かって矢のごとく、真正面から突き進んで来るはずだ。吾が方は、この丘陵地帯に兵による壁を構築する。本隊は、後方に待機させ、王と兵の突撃に、第一の兵の壁を突破させるのだ。それで尚《なお》、突き進もうとする彼等の軍を、前方のより厚い壁の本隊に突進させて、後方からの兵によって挟み撃ちにする。これで、どうか。異論はあるか」と、述べた。ロビンとランスの二人には、異論はなかった。

彼等が、丘陵全域に、蟻一匹も通さぬ兵の壁を配置し終わって間もなく、ジョン王の遠征隊が、一つ先の丘の上に姿を現した。この王の軍の到着は、ジャカルスキーの思惑よりもかなり早く、その兵の数たるや予想を遥かに超えるものだった。しかも、ジョン王は、彼の思惑のように、即座に突進してくる気配を示さない。腰を据え、陣を構えて対峙する陣形をとった。一日目は、どちらにも動く気配のないままで過ぎた。この最初のジャカルスキーの思惑違いによって、三兄弟は、再び作戦の見直しを討議せざるを得なかった。

二人の兄に、これまで従うことだけを強《し》いられて来た、歳の一番若いランスは、今回こそは、なんとしても自分の策を主張せねばなるまいと、意気込んで、述べ立てた。

「夜陰に紛れて、密《ひそ》かに少数の精鋭を敵の陣地に送り、ジョン王一人を暗殺すれば、後は皆、戦意を喪失して、吾が方に全員降服するに違いない」と、主張した。ところが、次兄のロビンは、冷静にランスの顔を見つめ、しばらく、沈黙した後に口を開いた。

「これは、野盗の争いではない。まず、頭に入れておくべきは、帝国の正統な覇者としての厳正なる気概を、全帝国にあまねく示さねばならぬ。明朝、全軍を指揮して、ジョン王の軍と真正面から対決するのが、最も理にかなった最善の策だ。吾ら兄弟の名誉のためにも、それが最も望ましい戦いとなる」と、いつになく、強い語調で主張したのである。

二人は、長兄であり、今回のジョン王との対決に、意欲を持って働きかけてきたジャカルスキーの顔を見つめた。ジャカルスキーは、当然、ロビンの見解に理のあることを認めた上で、おもむろに口を開いた――

「だが、戦は勝利してこそ意味がある。今、ワシの手元に密偵の報告が入っておるが、それによれば、ジョン王の兵士の数は、幾分増員されたと見受けられるが、吾等の軍団の兵士の数の方が、およそ五倍になることが明らかだ。ジョン王が、突進をせず、兵を向こうの丘に止めたのには、戸惑いがあるからだ。これだけの兵士の数を目前にして、足が竦《すく》んで動けぬ兵士が、ジョン王の命令なしで進軍を止めたとも考えられなくもない。ここは、明日もう一日、今のまま対峙《たいじ》して、ジョン王の出方を見る事のほうが、得策やもしれんと、ワシは思っておる」と、おだやかに述べた。言葉の途中で、彼は自分の着込んでいた分厚い戦闘服を脱ぎ、足元に置いた。それ程に蒸し暑かった。ロビンやランスも既に防具を脱ぎ、汗ばんだ額を手で拭《ぬぐ》っていたのである。

秋の深まるこの時期にしては、丘陵には異常に暑い空気が漂っていた。夜になっても、蒸し暑さはいっこうに衰えなかった。ジャカルスキーの陣を構えたテントの中にまで、地面《じづら》を這うように流れ込んでくる、熱を含んだ湿った空気のおかげで、蒸し風呂状態になっていた。ジャカルスキーは、テントを出て、丘陵一帯を眺め回した。かがり火が稜線に沿って、燃え上がっているのを見渡し、彼の布陣は完璧の防御となって、ジョン王の動きを封じた、との自負の思いで眺め渡していた。ところが、ところどころ、地面を這う靄《もや》のせいなのか、かがり火の炎が途切れて見え難《にく》い。彼は、それを不審に思う意識が、既に薄れていたのである。

ふと間近にあるかがり火の明かりの中に、尻尾の黒い狐の姿が現れ、彼の方をじっと見つめているのに気付いた。その狐の目が異様に大きく見開かれて、こちらを凝視していたが、やがて、狐はそのまま闇に姿を消していった。彼は、不審な思いを抱きながら、テントに戻ってベッドに体を横たえたが、なかなか寝付かれなかった。体の向きをずらし、なんとか休息を取る為に目を閉じた。と、突然、瞼《まぶた》の中に狐の目が大きく輝いて現れ、徐々にその目だけが大きく拡大し、テント全体を押し潰した。ジャカルスキーは、驚きのあまり目を開け、辺りを見回した。が、何事もなく静まり返っているので、彼は気を取り直して再び横になった。が、蒸し暑さは一向に収まる気配がなかった。

丘陵の稜線に張り付いて、夜通し防備の任務についていた兵士達も、この蒸し暑い空気のせいで、息苦しさに喘いでいた。立って見張りをしていた者は、やがて、座り込んでしまった。防具の為に、体は汗にまみれていた。真夜中になっても、この暑さは衰えず、息苦しさは、益々、彼等の意識を朦朧《もうろう》とさせていた。そんな彼等に、誰かが声をかけてきた。（どうして、防具を取らないの。取りなさい。裸でいたっていいのだよ）と言った。その声に、頷きながらだれ彼となく、防具を脱ぎ捨て裸になっていた。それを見た別の兵士たちも、次から次に裸になる者が増えていった。裸の兵士達は、息苦しさから少しは、解放された気分になって、ため息をもらし、それでも、なかなか寝付かれずにいたのだ。ところがその内、熱気を含んだ湿った空気で呼吸が浅くなり疲れきって、見張り役の兵士までも深い眠りに落ちていった。そして見張りの交代が現れることは、明け方になってもついになかったのである。

そんな闇の中、防具を脱ぎ、裸の兵士達の眠りこけた周囲を、すばやく影のように通り抜けて行く人影が、かがり火に照らされて見え隠れしていた。彼等は、兵士の脱ぎ捨てた防具の類《たぐい》を掠《かす》め取って姿を晦《くら》ましていった。その作業の様子を、黒い尻尾の狐が見届けるかのように走り回っていた。やがて、かがり火の炎も絶えて、裸の兵士達だけが、闇の中に放置され、深い眠りに沈んでいたのである。

夜明け前になって、地面を這う湿った空気が、急激な冷え込みと共に、霜となって丘陵地帯を覆いつくしていた。兵士達はこの急激な冷え込みにも、起きだすことが出来なかった。彼等は遠のいた意識の中で霜に体温を奪われ、冷たく息絶えていたのである。

ジャカルスキーは、明け方ようやく眠りについた。それを突然、乱暴に揺り起こされて、目覚めた彼は、目の前にロビンが蒼白な顔つきで立っているのに気付いた。

「なんだ、何事だ。ジョン王の軍が、攻め込んできたのか」と、大声で喚いた。

「そうじゃない。自分の目で確かめてみなさい」と、ロビンは、彼のいつもの冷静さを全く失って、それだけ喚くのが精一杯だった。

ジャカルスキーは、急いでテントの外に出た。あたりは一面霜に覆われ、居るはずの兵士の姿は、全く見当たらなかった。火の消えたかがり火の跡だけが、無残な姿を晒している。彼は、自分の目をこすりまくって、これは、まだ夢でも見ているのか、とさえ思って、大声で喚いた。喚きながら走り出して、近くのかがり火の跡まで来て、そのあたりを足で蹴りまくったのだ。

「おい。起きろ、どうして応《こた》えんのだ。――起きろ、起きろと言っているのが分からんのか」と、喚きながら、つい、蹴飛ばした地面に兵士の体があった。彼は、その兵士の顔を覗き込んで、なんと、その兵士の鼻の中は、白く霜で塞がれていた。彼は、驚きのあまりのけぞって、尻餅をつき、その場に座り込んでしまった。そこにロビンが来て黙したまま、彼を助け起こす。と、ジャカルスキーは、そのロビンになにか話そうとしていた。が、狂乱状態で言葉がなかなか出てこない。ようやく（これは、いったいどうしたのだ。ワシ等の兵は戦わずして、皆、軀《むくろ》になったのか）と、上の空で呟いた。

そこに意気揚々とランスが姿を現した。彼は、すっかり取り乱して、喚き散らしている二人の前に立って、笑顔で彼等を慰めたのである。

「そんなところで、喚く必要などありませんよ。この帝国は、もはや、吾らが手の内にある。そう言ったのは、どなたですか。――吾が偉大なるジャカルスキー閣下。その右腕ともあろうロビン閣下よ。ここに控えしは、あなた方の威徳を心から慕い続けて、今日の地位を得た。ランス司令官でござりますぞ」と、高らかに言上した。それを聞いた二人の兄は、一瞬笑顔になった。が、すぐに、沈痛な面持ちに戻っていた。（——なにも知らんで、暢気《のんき》なことをホザキおって、この阿呆メが）と、ジャカルスキーは、怒鳴りつけるのを辛うじて、思い止まっていたのである。

その時、ランスは、勢いよく右腕を上げた。それを合図に彼の親衛隊の戦士数名が、手押し車を押して姿を現した。それをランスの前に据えると、即座に不動の姿勢で居並んでいた。ランスはニッコリと微笑んで、彼等一人一人にねぎらいの言葉をかける。その儀式ばった所作の後に再び口を開いた。

「ここに最高の戦果を、ご披露いたしましょうぞ。まず、この中を御覧なされ」とジャカルスキーとロビンに手押し車の中を指差した。その中には、人一人が横たわることの出来る箱があった。二人は、言われるまま、その箱の中を覗き込んだ。とたんに、彼等の手は震え、驚愕の顔にかわった。その箱の中には、ジョン王の遺体が、彼の生前の衣装のまま横たえられて、その胸には、刺し傷の血痕が広がり、赤黒く張り付いていた。指には、王の紋章をかたどった指輪が輝いており、その紋章は、紛れもなく、ジョン王のものであることを、二人は良く見知っていたのである。

「これは、ジョン王の遺体ではないか」と、二人の兄は、同時に叫んでいた。

「さようでござるよ、兄貴殿。これで、あちらの軍に戦う意志は、喪失したものと見なして間違いありません」と、ランスは言ってのけたのだ。その急激な事態の変転に驚きのあまり、ジャカルスキーとロビンは、後の言葉を失って、ただ、黙り込んでしまった。

しばらくの後、ジャカルスキーは、微笑みながらランスにむかっていたが、内心の怒りをついに押しとどめることが出来なくなった。

「――ランスよ。なぜ、お前は、偉大なジョン王の権威を考慮しなかったのだ。吾等は、その権威を受け継ぐ戦いを仕掛けたのだ。偉大なジョン王を多くの戦士や兵士の目前で、亡き者にする。これこそが、伝説の偉大な王の最期にふさわしい姿として、全世界にあまねく、語り継がれることになるのだ。よいか、その伝説の王の亡き後、この世界に轟き渡る王の権威を受け継ぐ、吾等の新たな伝説が始まる。ワシは、そのことを念を入れて書簡にも認《したた》めておいたではないか」と、半ば喚き、半ば涙声になっていた。

ランスは、チラッと、居並ぶ彼の親衛隊戦士を見て、拍手を始めた。その上で、ジャカルスキーに向き直って、拍手をし続けたのだ。彼は皮肉な表情で笑いながら――

「いつもながらの誇り高い御高説、誠に血を分けた兄貴殿には、頭が、上がりません」と、言って、ジャカルスキーの前に一歩近づき、真顔になった。

「兄貴殿の思慮深い考え、わたしは、いつも感服しておりますぞ。誠に結構なことながら、はてさて、この霜に塗《まみ》れ、動かぬ兵士どもをどのように指揮して、ジョン王と戦いなさるおつもりか。お聞かせ願いたいものですな。戦の只中に、軀《むくろ》となった兵士の前で、なお、ジョン王の伝説の語り部を夢見ておられる。美しい伝説など、戦のどこにありましょうや。殺すか、殺されるかの命のやり取り、この世界は、血塗られたエゴだけが支配しているとは、思われませんか。それでも、まだ、兄貴殿が、自分の美しい伝説の物語を望むと言われるなら、どうぞ、そこに転がっている、軀と並んで戦いなされるがよろしかろうぞ」と、ランスの語調は、辛辣を極めた。彼が一息入れた時、ロビンは、それ以上のランスの言葉をさえぎって、大声で言った。「もう、よい」と、強い口調で、叫んだ。その上で、彼は、ジャカルスキーに「わしは、まだ、ジョン王が、このようにやすやすと、暗殺されたことを、信じることが出来ずにいる。これまで、わしは、ジョン王の生きる道こそ吾が道と、思い定めてきた。どんなことがあろうと、ジョン王と敵対することなど、想像もしたことがなかった。ジョン王の高潔さ、勇猛さを一介《いっかい》の戦士の頃より慕い、敬い続けてきた。この度、兄じゃの誘いに乗ったには、わしなりの思いがあってのことだ。もし、ジョン王の帝国に翳りが現れているというのなら、わしは、一生に一度のこの対決に、正々堂々と立ち向かい、戦の勝敗などに、微塵も拘《こだわ》るまいとな。もはや、ランスと彼の精鋭の活躍で、こうなった以上、対決する相手はいなくなった。ランスの活躍は、それなりに評価せねばなるまい」と言うその顔は、哀切の思いに沈んでいた。彼は、又、言った。

「ジョン王の居なくなった兵士達は、もはや、混乱を極めていよう。戦は、終わったも同然。わしは、ここに留まる理由がない。この後、兄じゃ、貴方がこの帝国の覇者と成った暁には、わしは、喜んで兄じゃの命に服しましょうぞ——これで、わしは、自分の領地に帰還いたす所存。では、御免」と、言うが早いか、ロビンは、彼の親衛隊の戦士が、引き連れてきた愛馬に跨《またが》って、その場から立ち去って行ったのである。

唐突なロビンの帰還宣言に驚き慌てたジャカルスキーは、ロビンの背に呼びかけた。

「おい、ロビン、まだ戦は、終わった訳ではない。その方の出番はまだ、幾らでもあるぞ。戻れ、戻ってここの始末を共につけるのじゃ」と、大声で呼びかけた。だが、ロビンは、振り返ることもなく、数名の親衛隊の戦士と共に、昇り始めた朝日を背に受けて、静かに馬の背に揺られながら、立ち去って行ったのである。

遠のいて行くロビンを、尚も、呼び止めようとするジャカルスキーに、ランスが――

「兄貴殿、ロビンを行かせてやりなされ。わたしも言った通り、ロビンも同じことを考えていた。あの向こうの丘にいる兵士は、もはや烏合の衆。わたしは、どんな多くの兵士の居る敵を相手に戦う時でも、まず、敵の司令官を倒すことを最優先にして、今日まで戦ってきた。それにはわけがある。そうすれば、戦いは、その時をもって終結する。無駄に戦いが長引けば、敵も味方も双方に、兵の犠牲が増える。わたしは、敵といえども兵士の犠牲を無駄に出さない。それが、司令官として、兵に対するせめてもの心遣いだと考えておる。そうすれば、それまで、敵方だった兵士もわたしの陣営に、喜んで参加してくれますから」と、言って、彼は、そばに居並ぶ戦士たちに向き直って頷きあっていた。ジャカルスキーは黙ってランスの顔を見つめた。するとランスは真顔になって――

「兄貴殿。わたしには、確信がある。ジョン王なき軍団など、もはや敵ではない。わたしとわが精鋭の親衛隊で、ジョン王の側《がわ》にいる兵士達全てを、パニックから速やかに解放してきましょうぞ。これ以上の戦で殺し合う事はないとね」と、言って、即座に部下が手綱を持っていた己の馬にヒラリと跳び乗っていた。ランスに従う戦士達もそれぞれすばやく馬に跨って、ジャカルスキーが呆気にとられているのを後に駆け出して行ったのである。

「おい、待て、待たんか」と、慌てて、ジャカルスキーは、疾走して行くランスを呼びとめようとしたのだが、当のランスと彼の戦士集団は、丘陵の窪みに向かって駆け下りていって、その姿は、見る間に遠退《とおの》いて行ったのである。

ジャカルスキーは、彼等を見送りながら、ランスの目指す先の丘陵に目をむけた。と、そこに群がる兵士達が、素早く陣形を取って、対峙する様子が、遠目にも確認することが出来たのだ。彼は、ハッとして、その陣形に目を見張った。明らかにジョン王の指揮による兵士の動きではないか。まさか、そんな筈はないと思いつつも、彼の胸の内は高鳴り始めた。彼は、急いで、ランスの戦士達が運び込んだ手押し車に、駆け寄って、中に放置されたジョン王の遺体を、丹念に見詰め直しはじめたのである。

(フン、いや、この顔は……ジョン王の顔。いや、ちょっと若すぎるのオ。――待てよ何か変じゃ。いやぁ……手はどうじゃ。おおオ、これは、違うゾ。偽者じゃ。この遺体の手。これは、全く違うぞ。ジョン王の手には、かなり目立つタコがあるのじゃが、この手にはない。弓を引く指のタコ、それに掌にもタコがあったのを、ワシはよく見たことがある。これは。ランスよお前は、謀《はか》られた)と遅すぎた検視を終え、己の迂闊《うかつ》さに愕然とした。彼の胸は早鐘のように高鳴って、息が詰まり目眩《めまい》さえ覚えた。まさか、ジョン王に影武者が居たとは、思いもよらなかったのである。

ジャカルスキーは、飛び退く様にその場を離れ、ランスを呼び戻す為に大声で叫んでいた。

が、その時既に、ランスの姿は、遥かに遠くの丘陵の窪みに達し、敵の陣形に向かって、駆け登って行くところだった。と、同時に、敵の陣の先頭に朝日にきらめくものが、ジャカルスキーの目に飛び込んできた。（まさか、弓で射殺そうとしているのか。あんな距離で、矢を射ることなど常人には不可能だ。が、しかし、ジョン王には出来る）と、冷や汗が背筋を流れた、と同時に、その光にキラメク矢が、空を切って放たれた。（あああ）と、叫びとも呻きともつかない声が、ジャカルスキーの全身を振るわせる。

ジョン王の弓は、常人の倍の飛距離を誇る。その上、その弓で射られる矢の先端は、獲物に突き刺さった刹那、三叉に炸裂して開く特殊な仕掛けがなされていた。ジャカルスキーは、そのジョン王の弓矢の威力を熟知していた。その一瞬の間、ランスは、幻の栄光に向かってひた走る己の未来に、微笑みさえ浮かべて、なおも駆け登っていった。

ランスは飛来する朝日の一滴が、己の首に突き刺さり、その先端が、首の中で炸裂するのを知らなかった。最後に意識が途絶えるまで、微笑んでいたのだ。彼の首は、丘陵の斜面に転がり落ちた。が、彼の手は、馬の手綱を握り締めていて、馬は、そのまま走り続け、やがて、ランスの胴体は、愛馬と共にもんどり打って転がり落ちたのだ。首のないランスの胴体と砂塵を上げていななく馬の姿に、ランスの戦士等も初めて異変に気付いて、驚愕の形相で慌てふためき、己の馬が勝手に向きを変えて疾走するままに四散して行ったのである。

ジャカルスキーは、断腸の思いでこの光景を遠望するしか、なすすべはなかった。その目には、次のジョン王の確実な戦闘陣形が敷かれる様子が、飛び込んできた。彼には、いつまでも立ち止まって、ランスの最期を悼《いた》んでいる余裕など、もはやなかった。彼は、自分の戦士の一人が、馬を引いてきたのを潮に、そこを立ち退くことを決意したのだ。

その時、ムクムクと地面が動き、霜の下で息絶えていた者らが、起き上がってきたのだが、その姿は尋常ではなかった。皆、朝日で霜が解けて皮膚が爛《ただ》れ、凍傷の肌が見るに耐えない姿になっていた。ジャカルスキーは、兵士達がようやく目覚めたことに、心なしかホッとした思いになった。だが、その爛れた姿の中に、吟味するまでもなく兵として役に立つ者はもはやるで見当たらなかった。その上、奇妙なことに、彼等の動きもどこか人形のように、ギクシャクしていた。ジャカルスキーは、そこに留まる事の不安に怯《おび》え、動悸の激しさに全身が異常に震え始めてくるのを覚えた。彼には、いつジョン王の軍が攻め上ってくるか、そのことに一層の不安が募ってきて、この大勢の哀れな兵士たちを見捨てる以外に取るべき道はないと、判断すると、即座に馬の腹を蹴りつけたのである。当然、馬は彼を乗せて、間髪を入れずにその場を離れると思った。ところが、馬は、一向に動き出さない。気が付くと、なんと、裸の兵士達が、馬の行く手に群がり立って、行く手を塞いでいたのである。

ジャカルスキーは、もっと早くここを離れるべきだったことに、初めて気付かされた。既に、彼は裸の兵士に取り囲まれて、身動きの取れない状態になっていた。彼のそばに待機していた戦士の一人が、その寄り集まった裸の兵士の中に埋もれて奇妙な声を張り上げて叫んだ。と見る間に、その姿が裸の兵士の中に引きずり込まれて見えなくなった。ジャカルスキーには、もはやそこにとどまっている猶予はない。粟立つ思いに苛立ち、焦りが頂点に達して、大声で喚きたてた。

「おい、そこをどけ。ワシの道を開けろ。聞こえんのか。どかんか」いくら叫んでも一向に周りの兵士たちには通じない。驚いたことに裸の兵士の数は瞬く間に増え、十重二十重《とえはたえ》に取り囲みはじめた。彼は、その兵士達の顔を何気なく見下ろし、ゾッとして目を背けた。どの顔の目も霜のように白く濁っていたのだ。

「頼むから、ワシがここから出て行く道を開けてくれ。なあ、頼むよ。道を開けてくれ」彼は哀願するしかなかった。それでも、白濁《はくだく》した目で見上げる彼等は、道を開けるどころか、後ろから増え続ける兵士に押されて、ジャカルスキーの馬に張り付き圧《の》しかかるほどにまで数が増えて来ていたのである。

馬がいななき身もだえを始め、ジャカルスキーは、全身恐怖で粟立った。

「――なんなんだ。どうしろと言うのだ。ワシは、急いでいるのだ。どいてくれと言っておるのが分からんのか」と、彼の言葉は、怯えた響きに震えていた。

突然、彼の耳の奥にヒビ割れた声が直接響いてきた。

(ドコニ、行きなさる。われらを置いて、何処に、行きなさいますか。オヤカタさま)と、言っているのが、何度も繰り返し、耳の中に響いた。それは一人の声ではなく、大勢の声が、重なりもつれ合って聞こえていた。ジャカルスキーは、ゾッとして、彼の周りを見渡し、顔は引きつって、その目も白く濁り始めていた。彼の馬の目も、既に、白濁して、体を震わせいななく声は、弱々しい響きになっていた。ジャカルスキーは、必死で何かを語りかけた。だが、その声は、響きのないかすれた音でしかなかったのである。

（お前さまは、われらを共に、至福の国に連れて行くと、仰《おお》せになった。そうではなかったのですか……オヤカタさま。お前さまと一緒に行けぬなら、われらが共にオヤカタさまをお連れいたしましょう。共に……われらと共におこし下され……われらと……）響く声の終わらぬ内に、ジャカルスキーの体は馬から引き摺り落とされていたのである。

その時、辺りを突風が吹き抜けていった。白濁した目の裸の兵士達の姿は、その突風とともに消えうせ、霜の解けた地面の上に、ジャカルスキーだけが横たわり、その脇に彼の馬が、よろけながら哀れな飼い主の姿を見おろしている。そのそばを尻尾の黒い狐が、何かを見届けるかのように一回りして、姿を消したのである。


ジョン王は、進軍を開始した。目指すは、反逆の徒が陣を構える一つ先の丘陵であった。朝日を受けて軍団の意気は、弥《いや》が上にも高まっている。ところが、王は、意外な光景に目を見張った。目指す先の丘陵には、全く兵士の姿が見当たらない。しかも、朝日を受けた丘陵の上には、白雲がたなびき、その白雲から無数の輝く糸状の筋が垂れ下がっていた。まるで、絹の糸が垂れてフンワリと漂っているように。ジョン王は、軍団の進軍を止め、戦士の一人に敵の陣営の偵察を命じた。と、そこに大神官カルトンが、馬で駆け寄って、ジョン王に近づき、笑顔で報告し始めたのである。

「陛下、敵は、自滅しましたぞ。ジャカルスキーを頭にロビンとランスの三兄弟のタワケどもの仕業。もはやなんの憂いも残ってはおり申さん」と、おだやかに自信に満ちた声音だった。ジョン王は、静かにそれに頷き、偵察を命じた戦士を、即座に呼び戻したのである。そのまま丘陵に目を向けていたジョン王は、静かに口をひらいていた――

「余の影が、殺された。遺体を捜して葬ってやらねばならん。ところで、あの丘の上に不思議な雲がかかっておる。その雲から無数の糸が垂れているのは、なんとも不可解なことじゃ」と、ジョン王は目を、丘陵の上に掛かる不思議な光景に向けながら言った。それには、大神官カルトンも気付いていた。彼にも不可解な現象であり、自分の仕業ではなかったので、しばし、その光景を、意外な思いで見つめ、思案していたのである。

「おお。何かが、あの雲の糸にぶら下がっているではないか」と、そばの戦士が叫んだ。

その白く輝いてはいるが、無数の雲の糸の先に、無数の人がぶら下がっている奇妙な光景に、その場にいる者の視線が釘付けになっていた。

「なんと、あれは、人ではないか」と、ジョン王が、呟いた。

「陛下、そのようですな。誠に。しかも生きてはおらん。皆、軀《むくろ》のようですぞ」と、大神官カルトンも感嘆の声で、王に応《こた》えていた。丘陵を覆っていた白雲の中に、その白く輝く軀は、見る間に引き上げられていったのである。

不可思議な光景にひと時、足を止めたジョン王の軍は、やがて進軍を開始して、ジャカルスキーの陣があった丘陵に辿り着いた。そこには、無人のテントが、点在して放置されていた。

ジョン王は、ランスに殺害された己の影武者の遺体を捜す為に、テントの一つ一つを見て回った。ところが、そこで、発見された唯一のものは、弱り果てて動くことさえままならぬジャカルスキーの愛馬だけだった。ジャカルスキーの遺体もジョン王の影武者の遺体も、あれだけ居た兵士の遺体も、見つけ出すことは出来なかったのである。

これまでの多くの戦いの後で、直視に耐えない、死骸の多くを見てきたジョン王にとって、初めての体験だった。あれだけの数の兵士が、戦うこともなく消え失せたのである。

それは、大神官カルトンにとっても意外であり、不審なものだった。自分の魔術の手柄として、語りえないことが、起きていたのである。（――あの得体の知れない白雲をどのようにして、操っているのだ）との疑念は、ジャカルスキーら三兄弟の謀反を、己の全身全霊を駆使し、自滅に追い込んだ魔術師の自負をも、半ば消し飛ばされ、嘲笑《あざわら》っている、かにさえ思えていた。（恐るべき何ものかが、絶えずどこかで見張っている。我輩の邪魔はせず、なんと、あざ笑うかのように始末してくれる。これは、いったい何とした事か。その正体は何者か。どこにおるのじゃ。姿を見せずにつきまとってくるとは、なんとも不敵な奴よ）と、彼の尊大な自尊心が、キリキリと痛めつけられ、歯噛《はが》みして悔しがる姿があったのである。

ジョン王の遠征隊の進軍は、長大な山脈を迂回するために、かなり遠回りの途次にあった。もはや、季節は冬のはずだったが、遠征隊の歩んだ地域は、来る日も来る日も、雨に見舞われて、時には、突然の地滑りや、洪水の濁流に阻まれ、荷駄もろとも多くの奴隷が、その濁流に呑まれた。調達の難しい大量の食料を失ったりもしたのである。

やがて、その雨が、雪に変わり、進軍の速度は落ちて、当初の思惑通りには進まなくなっていた。だが、そんな雪の中で留まる事は出来ない。ジョン王は、即座に出来る限りの前進を命じた。ようやく、又、半砂漠地帯に到達して、不順な天候に煩わされることがなくなっていたところが、岩と灌木をぬって進軍していると、夜毎《よごと》に地鳴りに見舞われて、ろくに寝付かれない日々が幾晩も続く。何ものかが、夜中になると大群となって移動を繰り返し、その行く手が、まさにジョン王の隊の進軍の経路に重なっていた。その正体が、ある日、その姿を現した。夜、陣を張るテントの近くの地面が、地鳴りと共に動き始めた。それは陸亀の大群だった。驚く兵士達の目の前を、その生き物の集団は、ドスドスと鈍い音を立てて通り過ぎていく。地鳴りは、彼等の通り過ぎた後も響き続け、兵士達は、いつまでも寝付くことが出来なかったのである。

ようやく地鳴りから解放された後、遠征隊は山脈の西のはずれ、半砂漠に姿を変える辺りのがれ場を踏み越えて、その進路を村々のある東に向かって行くことになった。だが、その頃には兵士達の疲労が限界に達していた。それでも、このあたりからの行軍は、かなり平坦な台地と沼地が繰り返しあるだけだと、大神官カルトンが、明るい表情でジョン王と肩を並べて進軍しながら叫んでいた。

ふと、ジョン王は、意外なことを呟くように口にした。

「ここまで来て、まだ、エミリィの一行に出くわすことがなかった。どこに消えたのだ」

大神官はそのことを全く忘れていたので、思わず王の顔を見た。彼はジャカルスキー兄弟の反乱を鎮圧した時の屈辱にまだ強く囚われていて、彼の意識は繰り返しその時の彼等の陣があった場所に連れ戻されていた。返事がないので、ジョン王は不審な顔で彼を見た。

「陛下、なぜか、山中に逃げ込んだ後の足取りが、途絶えたまま摑めません」と慌てて大神官カルトンは言葉を濁した。ジョン王は、頷きながら、また尋ねた。

「あの、オキとか申した男は、何者であろう。ただの家僕にしては、面妖な男よ」と、おだやかに尋ねた。大神官もオキには、不審を抱いていたので「陛下、仰せの通り、あのオキには、謎がありますなぁ。しかし、あの男が、城に辿り着いた時に申したことには、偽りなど感じませんでしたので、迂闊《うかつ》にもそのまま解き放ってしまい。実を申して、もっと吟味すべきであったかと……」と言って黙り込んだ。

突然、その時、地鳴りがした。その直後、地面が大きくたわむように、揺れ動きはじめたのだ。地割れが走り、斜面の岩が転がり落ちてきた。揺れは、繰り返し起こった。進軍どころではなくなった。馬がいななき、馬上から振り落とされる戦士さえあった。陥没した地面との割れ目に、滑り落ちる兵士達もあって大混乱に陥った。ようやく、その地震が収まった時には、思わず目を見張るほどに、多くの兵や荷駄が失われていたのだが、ジョン王は、即座に隊列を整えて進軍を命じていた。ところが、その後も余震が、繰り返し起こっていたので、兵士達は怯えきっていたのである。

三－三

冬の寒さに閉ざされていた草原に、ようやく春の日差しが戻ってきた。日差しが和らぐと一面の大地は一挙に茶褐色から淡い緑の色彩に包まれた。小鳥達やウサギ、リスなどが飛び回り、駆け回る姿が目につくようになっていた。

エミリィとココリ、それにベルナの三人が、森と湖に面した山裾の岩陰に小屋を建てて、共同生活を始めてから、数ヶ月が過ぎていた。三人は、森の奥の村に住むように、との誘いを受けたのだが、あえてエミリィが、この湖と草原の近くに住むことに拘《こだわ》り、あとの二人は、彼女の希望に従うことにしたのである。

エミリィをレディという敬称抜きで、呼び合うことになって、三人の役割分担の主導は、ベルナになっていた。彼女のテキパキとした判断と行動力に、エミリィとココリは、寄りかかる格好になっていた。かといって、ベルナは、以前のように勝手に何かをすることは、絶えてなかった。常に、面倒見のいい、お姉さん役に徹していたのである。

エミリィは、もっとも要領の悪い、さりとて憎めない妹の位置に置かれることになった。ココリは、そんなエミリィを陰になり日向になり、気遣いながら彼女を支え続けていたのだった。特別の面倒は、この三人の間に起こりえなかった。エミリィのおっとりした優しさが、些細なことで、対立しそうになるベルナとココリの間を和らげることに役立っていたのである。

　春になってもっとも喜んだのは、エミリィだった。彼女は、兄のアンドレアの百合の花が芽生えるのを今日か明日かと、待ちわびていた。他の二人もそれは、楽しみの一つだったが、エミリィの浮かれ振りには、距離を置いて微笑んでいた。彼女たちの日課は、毎日森から木の実などを探して来ること。時には、森を抜けて村に行って、なにやかやと村人とおしゃべりをして戻ってくる。帰りには、持ちきれないほどの食べ物などを抱えて帰ってくるのである。

　その日もベルナとココリは、森を抜けて、村人の家に出かけていた。エミリィは、一人で草原の花々の芽吹く早さに見飽きずに歩き回っていると、彼女の周りには、いつの間にかウサギや鹿が、近づいて来るようになっていた。草原に出没する、動物達との出会いを楽しみに、その日も彼女が、しゃがみ込んで草花を見つめていると、その花の背後から、ウサギが顔を覗かせ、彼女が差し伸べる、その手の上に這い上がって来たので、そのまま彼女はそのウサギを抱きかかえて、歩き回ることになった。すると、今度は、鹿が親子連れで姿を現し、小鹿が、エミリィのそばに来て、鼻先を彼女の腕に摺り寄せてくる。彼女の心は、花の妖精にでもなったような軽やかな気分で、限りなく見果てぬ、夢の中をそぞろ歩く浮き立つ思いでいたのである。

　やがて、一休みするために、ウサギを抱いたまま、草原に点在する大きな岩に寄りかかり、あまりの心地よさにいつの間にか居眠ってしまっていた。すると、なぜか、その岩がモソモソ動き出す気配に、ハッとして、目覚め、ビックリして飛びのいた。なんと、大きな熊が寝そべっていた。彼女がもっと驚いたのは、その熊が、ニコニコして言葉をかけてきたことだった。「驚かなくても大丈夫です。皆、エミリィさんのことは、よくシットリます」と言う。「あらぁ、

そうなんですか。これ夢じゃないでしょうね」と呟いた。熊がそれに応えて、

「これは、夢かもしれんです。とてつもない夢の中に居るのかも。でも、その夢にはいろんな働きがあります。自分の欲望に追いかけられて苦しみながら覚めないでいる夢か。それとも命の神性に満ち溢れて見ている——この草原での夢か。どっちを現実として受け入れるか。それは、あなた次第ですヨ」と言って笑っている。この熊はまさしくあのご機嫌熊さんに違いなかった。彼は、常に友彦と共に行動していることが多かったので、いつの間にか村人にご機嫌熊さんと親しまれ、そのうち村人のだれもが賢者の熊さんと呼ぶようになっていた。

エミリィは、目をまるくしてこの熊を見つめ、この草原で出会った白ユリの兄アンドレアといい、この熊までが驚きの賢者のような口をきく。とうれしさを胸に——

「やっぱり、ここでの夢を見続けたいわ」とエミリィは微笑んで、抱いているウサギと熊を見つめて、ふと、目を見張った。その熊の寝そべっている鼻先の近くに、百合の花がわずかに開きかけているのに気付いたのだ。彼女は跳び上がらんばかりにして、その百合の花のそばに駆け寄って行ったので、こんどは熊の方がビックリして身を起こしていた。彼女は、熊を驚かせたことなどに全く気付かずに——

「お兄ちゃん、また、会えましたね」と百合の花に声をかけた。ところが彼女の期待に反して全く反応が返ってこないので、彼女は花に顔を近づけ花弁の中を覗き込んだ。（お兄ちゃん）と心の内で呼びかけるが、やはり反応はない。（どうしたのかしら）と彼女は怪訝な顔で呟いたので、熊がそばで口を挟んだ。

「もうちょっと待ってみたらどうですかいのォ。ちゃんとまだ開いてないですヨ」。エミリィは、黙って頷いていた。

エミリィは、静かに百合の花が、開くのを見つめ続けた。そうやって、エミリィがウサギを抱いたままいつまでもしゃがみ込んでいたので、ウサギは息苦しくなってモゾモゾと体を動かし、やがてピョンと地面に跳び下りていった。

小一時間ほどたって百合は見事に花を開き、背伸びさえしたかに見えた。急に百合の芳香が、辺りに広がって、眠りかけていた熊が、ピクッと鼻先を動かす。

（これは、エミリィか、なにをしているのだ。こんなとこで）と、百合のアンドレアは、目の前に大きな目を開けて、見つめているエミリィを咎めるような声音《こわね》で言った。エミリィはニコニコして、懐かしさが胸にこみ上げて涙目になっている。そのエミリィにアンドレアは、又、同じ声音で（何をしているんだ。こんなとこで）と、繰り返し言う。エミリィは、泣きそうな顔で、（お兄ちゃんに会いたくて、ここで待っていたのに、そんな言い方ないでしょう）と、睨みつけたので、百合のアンドレアは、苦笑いして、（いや、そうか、悪かった。だがなぁ、ここに居ちゃいけない。すぐ森の奥に逃げないと。危険なんだよ。分かるか。ジョン王の遠征隊が近づいている）と、唐突《とうとつ》に言ったが、エミリィには、なんのことかよく分からない。彼女はここで暢気に振る舞っていたが、この草原には、やがてジョン王の遠征隊がやってくる。その先発隊がいつこの草原に姿を現しても、おかしくなかったのだ。そんな時、危険からエミリィを遠ざけ守る為、村の長老の配慮として熊も鹿もウサギも、この草原に出没していたのである。

いつの間にか空が陰り始めて、急に突風が草原に吹き込んできた。その突風が運び込んできたのは、奇妙な悪臭だった。獣と人の体臭が、混ざり合って作り出した、汚物のような臭気だったのである。

その悪臭が立ち込める辺りの草原の花が、見る間に萎《しお》れ始めて、今、開いたばかりの百合の花も、生気を失いかけて、草原全体が、色褪せてきたように見える。エミリィは、ジョン王の遠征隊が、近付いていると言った、アンドレアの言葉が、身近に迫ったことを、ようやく理解できたのだ。そこで、彼女は（お兄ちゃんは、どうなるの）と、必死で問いかける。百合の花のアンドレアは色褪せて行く命の声を振り絞って語り始めた。（エミリィ、俺のことはもう大丈夫だ。かわいい妹のお前に、こうして、百合の命を経験している俺が、魂の進化の過程に居ることを、伝えられて、すごくよかったと思っている。小さな光の粒から光彩の玉に成長して魂となり、永遠の意志の働きにささえられて、やがて、その魂の進化の先には、この宇宙の惑星とも競い合う大きな光の渦となる日が来るのさ。本当の進化とは、限りなく渦巻く光玉として拡大し続ける。と、この森の長老のオキナは、言っておられた。分かるか。限りなく《大きなオオキナ円光の魂》、それが、オキナと呼ばれている方なのだよ。この森の主なのだ。森の向こうの村の長老なのだよ）。声は、次第に擦《かす》れていく。

エミリィは、萎《しお》れる百合の花を、吹き込んでくる臭気に何とかして晒されないように、必死で身を屈めて庇《かば》おうとした。しかし、流れ込んでくる悪臭は、草原全体を覆いつくして、もはやなすすべがなかった。それでも、彼女は、両手で百合の花を囲い、目の前が涙でかすんでいくのを拭《ぬぐ》うことさえ、出来ないでいた。そんなエミリィに熊が声をかけた。「エミリィさん、見てごらん。百合の花の根元から光の玉が、ほれ」

エミリィは、目を上げて、涙をぬぐった。目の前に透明に光り輝く珠が、クルクル回りながら浮かんでいる。その透明な珠は、芯が真紅に輝き、周囲を薄いスミレ色に発光しながら旋回し尾を引いていた。よく見ると、その光彩の珠は、二つ巴の形に回転していた。それが、アンドレアの魂、真我魂《まがたま》の姿だったのである。彼女はその旋回する光彩を、息を呑んで見つめ、思わず感嘆の溜息をもらした。

「なんて美しい、大きな光の輝きかしら。まるで、人の頭ほどもあるわ。これが、お兄ちゃんなの。百合の生涯を終えて、今度はどんな姿で、魂の進化を辿るつもりなの。ねぇ、私に教えてちょうだい。どんなところでも会いに行くから」と呟いた。すると、彼女の耳の奥にアンドレアの声が響いて（今度は、しばらく、お前を見守り続けるよ。エミリィ）と言ったのである。エミリィの顔がパッと輝いていた。その刹那、エミリィの目の前で旋回していた光彩の玉は、スーウッーと旋回しながら、尾を引くような形になって上空に移動を開始して、突然見えなくなっていった。

「あら、私のそばにずっと居てくれるんじゃなかったの。お兄ちゃん」と彼女は空を見上げて叫んでいた。その見上げた空に無数の光彩が浮かんでいたのである。

草原に近づく人や獣の気配に熊が、聞き耳を立てていた。彼はエミリィのそばに来て、「そろそろ、この草原を離れて、森に入ってしまいましょう」と、言った。気が付くと鹿の親子が、少し離れたところで、エミリィを見つめ、ウサギも彼女の足元に、体を丸めて静まっていたのである。

ジョン王の先発隊が、既に、この草原に足を踏み入れようとしていた。熊は、彼等に見つかる前に、エミリィを森の中に導かねばならなかった。ところが、エミリィには、全く慌てて行動に移る気配がなかった。それでも、何とか動き出して、百合の花の咲いていた場所を、何度も振り返り、アンドレアの魂の光彩を空に探し続けていたのである。

彼女は、草原から早く立ち去らねばならぬと熊に促され、気の進まぬままに、森に足を踏み入れていた。エミリィは、ココリやベルナと共に、何度か森を抜けて、その先にある村々を訪れたことがあったが、一人だけで、森を抜けて行くことは、危険を伴った。途中の草に隠れた小川や沼地に迷い込んでしまうのを避けるためにも、森の中を知り尽くした者の道連れは欠かせないことだった。

丁度その時に、ジョン王の先発隊が草原の外《はず》れに姿を現して、彼等の中には、大神官カルトンの神殿に所属する者たちも含まれていた。その一人が、森に入って行く熊の姿に気付いたが、幸いエミリィは、その大きな熊の影になって歩いていたお陰で、見咎められることもなかった。鹿の親子とウサギは、既に、森の中に姿を隠していた。

ご機嫌熊さんの脇をエミリィは、必死で歩き続けた。熊の歩調はのんびりしていた。が、それでも、歩幅の違いや森の起伏のある慣れない藪《やぶ》に阻まれて、戸惑いながらのエミリィには、草原を歩き回るような気軽さで、歩くわけには行かない。熊は、遅れがちになるエミリィを気遣って、池の側に立ち止まっていた。エミリィは、そんな熊にようやく追いついて、笑顔で、熊を見上げ、息切れするのをようやくしのいで――

「ありがとう。熊さん。あなたが一緒じゃなかったら、私一人でこの森の中を歩いて、向こうの村に行くなんてとても無理です。本当にありがとう」と、言って、彼女も池の端に辿り着いていた。そんなエミリィを熊は笑顔で迎え、「ワシの足が早過ぎますかのぉ。ここで一服してください。喉が渇いているのなら、この池の水は飲めますヨ」と言う。エミリィは池に目を向けてしゃがみこみ、水の奥を見つめて、驚いて声も出なくなった。その水の中になんと大きな陸亀の姿が映っていたのだ。熊はとてつもなく大きな陸亀のトルトイだったのである。しばらくは、驚いて池を覗き込んでいるだけで声も出なかったが、ようやく微笑みながら熊を見上げた。この池が、兄のアンドレアが話していた翁様《おきなさま》と共に水を飲んだ池なのだとエミリィはすぐに思い出した。

「熊さん、あなたは、あの陸亀のトルトイさんだったんですか」と弾むような声で尋ねる。それに、熊は、なんとも極まりの悪い表情で――

「これは、他のお二人には、ないしょにしといてください。ワシは、本当は、お調子もんの熊で、いつまでもいたいんです」と言ったのだ。エミリィは熊に向かって深々と頭を下げた。ここまで辿り着けたことに心から感謝せずにはいられなかった。それにしてもなんて不思議なことがあるのだろう。熊の顔を見つめて（そうね、熊さんの目は、あのトルトイさんの目だわ）

と思った。

エミリィは、池に映る自分の姿を見ないで済まそうと思った。どんな姿に自分が映るのか、期待よりも不安のほうが強かった。それでも、水を飲むのに、目を閉じたままでは、心もとない。手で水をすくいあげるのにチラッと薄目を開けてしまってハッとした。今の自分の顔が水面《みなも》に微笑んでいる。彼女は、ホッとした気分になって、（よかったわ。今のまんまの自分でいられるのなら、それが一番いいわ）と、内心呟いた。

ところが、熊は、そんな彼女のまったく気付いていない姿を見ていた。彼女を取り巻く池の中には、黄金の光が、風もないのにさざ波がたっている湖面に反射して、その輝きを森の中にまで放射していたのだ。（おおォ、このご婦人は、只者ではありませんのォ）と、熊の顔はほころび、微笑みながら呟いていたのである。

彼等が、立ち止まっていた池は、草原から、かなり奥まっていたのだが、熊には、草原のようすを、窺《うかが》い知る事が出来た。先発隊にしては、その押し寄せる、人や獣の発散している熱気の量が多すぎる。森の中にまで流れ込んでくる臭気と共に、半端なエネルギーの量ではなかった。森のこんなところにまで、押し寄せる汚染された外気の流れは、ジョン王の遠征隊の本隊が、程なく、草原に踏み込んでくることを確信させたのである。

二人は、ようやく池から離れて、森の奥へと足を進め、熊は、森のあちこちで足を止め（ここは、ワシらの果樹園です）と花を付けたばかりの木々を見上げ、また、別なところでは（これは、ワシの母ちゃんの今の姿ですヨ）と、大きく枝を広げた椎の木を見上げて、体を擦《こす》り付け懐かしさに微笑んでいる。エミリィは、その様子を不思議な感動を持って眺めていた。彼女は池で水を飲んでからの足取りが、すこぶる軽く、森のなかを歩くのが弾むように楽しくなり、彼女熊の立ち止まる度に、森が身近な物として、彼女の意識に溶け込んで行くのを感じていたのである。

森の外れにやってきた時、熊は村々に通じる道で、又、立ち止まっていた。そこから見る村の家々は、まだ遥か彼方だったが、そこまでの道筋に桜の樹が満開の花を咲かせて、エミリィは、その見事な景観に息を吞んだ。秋口から冬に向かって訪れた景色とは、まるで別の場所を訪れた思いがした。

エミリィは、熊に促されて、沢山の桜の花がほのかに香り、花霞のなかに静まった道を辿って行く。と、一際大きな桜の古木の見事な枝振りの下に、一人座《ざ》してこちらを見つめている人影に気付いた。彼女は、その人の姿になんとも言えない懐かしさを覚えて、思わず微笑む。と、その人もこちらに向かって、手招きしているのに気付いた。そこに座っていたのは、なんとオキであった。エミリィは、トルトイの背に乗って、山脈の中を抜け草原に辿り着いてから、久しく会っていなかったのだ。

「わあぁ、オキさんじゃないですか。本当に懐かしい。ここに来てから、会っていませんものね。お世話になって、お礼も言えずに居たので、こんなところで、お会い出来てよかった。その節は、本当にありがとうございました。こちらに来て、毎日、生まれ変わった気分で過ごしています」と、ニコニコはしゃぎながら彼のそばに近づいていった。

オキは、笑顔で彼女を迎え、自分の前に座るように手招きした。エミリィは、彼の前に座りながら、何か前とは、全く別人の威厳と静けさに包まれているオキの姿に、少なからぬ驚きと一層の親しみを感じた。熊は、大きな体をオキの後ろの桜樹の幹に、寄り掛るように座って、静かに二人を見つめている。エミリィはしみじみとした思いでオキを見つめ（ああ、この人は、唯の家僕なんかじゃないわ。そうよ、お兄ちゃんも、自分に家僕なんていなかったって言ってたもの）と、エミリィは言いしれない喜びに包まれ、兄のアンドレアが百合の花になっていたことなどを話しはじめ、一人で夢中になって、ここに来て見聞きしたことを話さずには居られなかった。久しぶりのオキとの再会で、はしゃいでいたエミリィもようやく、落ち着きを取り戻し、口を閉ざした。すると、静かにエミリィの話を聴いていたオキが、ニッコリと穏やかな声で呟いた。

「ちょうど、そこに貴女のお兄さんのアンドレアが、座っていたことがあったよ」

エミリィは、この言葉に、ハッとして、オキの顔を見つめ直していた。（そうなんだわ。この人だったのね）ようやく、思い当たったのだ。エミリィは、座りなおしていた。

「ああ、やっぱり、そうだったんですね。貴方はオキナ様。そうなんですね」と、彼女は真顔になっていた。オキではなく、周囲から《翁様》と呼ばれている偉大な魂の道を照らすその人だと、彼女は初めて確信したのだ。オキナは頷いて微笑みながら、

「そんな風に、わたしのことを呼ぶ人もいるがね。わたしとしてはね。あなたが、オキと呼ん

でも、一向にかまいませんよ」と、優しい眼差しを向ける。

「そんな、とんでもありません。私もこれからは、ちゃんと、オキナ様とお呼び致します。知らなかったとはいえ、本当に何から何までお導きいただき、何と言ってお礼と、お詫びをしたらいいの」と言いながら、その場に手を突いて丁寧に頭を下げたのだ。

翁は心からの笑顔で、そのエミリィの素直さに頷いて口を開いた。

「あなたの気持ちは、よく分かっておりますよ」と言って、しばらくエミリィを優しく見つめ、やがて静かに呟くように口を開いた。

「あなたは、あの穢土《えど》のようなジョン王の城の中で、よくその清らかな心を保ち続けてきましたね。それだけで、充分わたしにはうれしかった。礼など頭など下げんでもいい」と言って声を出して笑った。

その笑い声に応えたかのように、花吹雪が舞い飛んで辺りは花の香りに包まれて、エミリィは夢幻の境地に誘《いざな》われた。彼女は、無数の花びらが降りかかる中で、翁の姿がその桜の古木に溶け込んでしまうようにさえ思えたのだ。(あら、私は、桜の古木と対座しているのかしら)と呟いていた。その時、彼女は、不思議な声を聞いていた。

〝この地球が生まれる遥かな遠い昔、宇宙は始原の意志によって放射された、無数の粒子に埋め尽くされておってな。それはまだ動きのないまま静まっておった。ところが、その中の粒子にくるくる回転するものが、ポツリポツリ姿を現したのじゃ。「渦目《うずめ》」の出現じゃな。そのウズメは、右回りと左回りの物があって、互いに接触することもなく、目立った存在ではなかったのさ。ところが、やがて、この右回りと左回りのウズメが急激に接近をし、融合した。とその刹那、火花となって輝き、その火花によって宇宙全体を満たす粒子をも巻きこむ物凄いスパーク、驚異的な火花が、宇宙の隅々にまで広がったのだよ。

この宇宙全体に渦巻くことになったウズメは、単独では、全く変化をもたらさなかったのだが、その二つのウズメが融合することで、始原の意志、智恵の元になる叡智で、宇宙に限りない創造の力をもたらしたのさ。そこには多くの銀河や恒星、惑星がうみだされたのだよ。やがて、その銀河の深奥の星に、愛と調和による美しい豊かな命が、永遠の繁栄と進化をたどる魂と共に創造されることになった、というわけじゃ。その星に姿を現した命は、今、この地上の人々よりも遥かに自在な能力を持っておったよ。彼等は、宇宙の意志に従って、この地球上にも姿を現したのよ。その魂は、神性な命としての進化の過程を推し進める能力を秘めていた。

ところが、この地上に始原の意志を現実化する過程において、徐々に違いを抱く二派の動きが顕れて、抜き差しならぬ対立を深めてしまってな。一つは、右巻きのウズメの理知的で厳密な性質を受け継ぎ、その枠に入らぬものは、抹殺してしまおうという。そのような一派に属すれば、全ての魂が、その一派に隷属を強《し》いられ、全く自由な命の発想が奪われてしまう。もう一派は、左巻きのウズメの性質で、直感による自由な発想を認める、より幅のある進化を容認していた。だが、こちらにも問題が生《しょう》じたのさ。自由な発想のままでは、時に収拾のつかない堕落がはびこることになってな。始原の意志を、この地上に展開する過程で、人間はウズメの《陰と陽二つの働き》を父性と母性の違いと受け取ったのは、よいのだが、このような問題が起こったのは、この父性と母性の真の命、宇宙の意志と常に交流してやまない魂の光彩の働き、それは、お互いに愛と調和による融合の大切さを尊重することだったのだが、いつの間にか、それを忘れ、剰《あまつさ》え互いに相手を批判し争いあい、分離意識の中に閉じこもってしまった。その時を境に人々の自在な能力も失われてしまった。その能力の中には、自分の意志の力で、永遠の命を生き、惑星間をも自由に行き来出来るほどの驚くべき能力も含まれておったなア。

だが、このような能力を全く失ったわけではないゾ。ただ、使うことを忘れたのさ。忘れさせられたと言うべきかのぉ。ともかく、宇宙の意志は、父性と母性が常に融合することで、愛と調和の美しい命の進化を意図されたのだ。決して、分離した肉体の刺激やエゴの拡大を企てることではない。魂の進化には誰もが潜在的に持っている誠の力、愛の意識で、常に全てのものと調和することが、本来の魂のウズメの力を発揮することなのだ、と、人々に気付きと自覚を呼び覚まさねばいかんのだよ〟

声は、エミリィの耳元で聞こえていたが、その時の翁の顔は、ゆったりと花弁《はなびら》の舞うのを笑顔で見ているばかりだった。エミリィは、遠い景色を見ているように、目の前に座っている、翁を見つめたのである。

しばらくしてエミリィの耳に、遠くから大勢の人の笑いや歌声が聞こえてきた。その騒がしい人の群れは、村人達だった。その中に手を振る人の姿があり、ココリとベルナが、その一行の中にいた。村人達は、翁と共にこの満開の桜の古木の下で、花見の宴を催《もよお》す為に、それぞれの手に食べ物や飲み物を持参して来たのである。村の大人達は皆、翁に丁寧に会釈をしながら桜の樹下に花茣蓙《はなござ》を敷き詰めて、中には翁の前に頭を垂れる者さえいた。翁は、そんな村人に笑顔で手を差し伸べて、握手をし、彼等と言葉を交わした。思い思いに座り込んだ村人たちは、皆、朗らかに持参した食べ物や飲み物を取り分け、翁やエミリィの前にも山のように運んできた。ココリは真っ先にエミリィの側に来て、ベルナと共に座っていた。彼等も翁に会うのは、久しぶりのことなのだ。ベルナは、翁に抱きつくようにして再会を喜んでいた。二人とも翁の威厳のある落ち着いた物腰に目を見張っている。ココリも以前の印象とは全く違うオキに気付いて、囁いたのだ。

「あのオキさん、すごく変わったみたい。別人の貫禄というか、奥床《おくゆか》しいというか。ね」と、言った。エミリィは、クスクス笑って、ココリに向かって――

「ここによく来ていて、会ったことなかったの。ここにおいでになる方は、本当はね。私の兄の家僕なんかじゃないのよ。村の人達が、なんであんなに、丁寧な挨拶をしたと思うの。オキナ様って呼ばれている方だからなの」と、小声で囁いた。その時、ココリの向こうに居たベルナが、二人の間に割りこんできていた。

「それって、本当なの。私は、只者じゃないとは、思っていたけど、オキナ様、ですって、わぁ、そうなんだわ」と、言ったかと思うと、そばに居た村人に確かめていた。

「あ、ちょっと、お伺いしますけど。そこに座っているお方はねぇ。オキナ様ですか」

「あぁ、そうですよ。ウチのじっちゃんも、ばっちゃんも皆、翁さまに会えるって、今日は、楽しみにして来てます」と、応えたのだ。ベルナは、又、尋ねた。

「それじゃ、オキナ様は、何処にお住まいなんですか。この村によく来るけど、みかけませんよねぇ」と、言って、相手の顔を覗き込んでいた。村人は、他の連れの顔を見た。

「いやぁ、それは私らも知りませんのぉ。いつもこうして春になって、桜が咲くと、ほれ、この桜の木。この下に座ってござっしゃるで、皆、こうして、集まるのが、恒例ですなぁ。村に住んでおられるといいと思うけど、なあ」と、首をかしげたのだ。

「それじゃ。桜の古木の精霊なのかしら」と、ベルナは、呟いた。それに村人が頷いた。

「そうそう、そうです、この桜の木の精霊に違いないがです」と、村人はニコニコした。

ベルナは、また、エミリィとココリに耳打ちしていた。

「わたしは、いろんなところに行って、翁様の噂や伝説を聞かされたのよ。ある村では、翁さまとは、滝の精霊だと言い伝えていたわ。別のところでは、凄く険しい山の精霊だといっていた。それに、また、別な村では、大きな岩の精霊だと、教えられたこともあったのよ。でもね、たいてい、その村の伝説かなにかで、実際に、その翁さまに会ったのかって聞くと、会った人はいなかったの」と、ベルナは言って、あらためて目の前に座って村人と話している、翁の顔をまじまじと見つめていた。ベルナの頬は、赤く染まり、かなり気分が高ぶっているかに見えた。ココリは、それを聞いて、（あらぁ、そんな人に連れられて、ここまで来たのね）と、思いながら、エミリィに囁いた。

「オキナ様って、普通の人じゃないのね。でも、どうして、お城に来たんでしょう。どうして、私たちをここまで、連れて来てくださったのかしら」と、言って、翁の顔を見つめ直したのだ。

そのココリの顔にも言い知れぬ喜びの笑顔が、溢れていたのである。

翁を囲んだ村人たちの宴は、いつ果てるともなく続けられた。そのうち、日も傾き、満月が空に懸かって、薄紫色の空気があたりを染め始めたころ。村人は、彼等の用意していた、かがり火に火を付けた。涼風が、かがり火の火の粉を飛ばして吹き抜け、パチパチ音を立て、その音を合図にしたかのように、囃子方の手拍子に乗って、歌い手の歌声が響き始めたのである。

〽来たよ　来ました　春の日が　翁桜の春が来た　待ちに　待ったよ今日の宵
来たよ　来ました　春の日が　命の芽吹く春が来た　待ちに　待ったよ翁様
来たよ　来ました　春の日が　花の霞の春が来た　待ちに　待ったよ皆の衆
エンヤ　サッサのこの命　エンヤ　サッサ　エンヤサッササー

と、最後に村人の掛け声が、夕闇の彼方にまで響き渡っていったのである。

そこに揃いの白衣を身に着けた女達が、優雅に舞いながら一座の輪の中に繰り込んできた。嫗様《おんばさま》を中にした巫女《みこ》達だった。にこやかに手をあげ、かろやかに足を運び、村人の座る間を巧みにすり抜けて舞う姿に、一座は一段と華やいだ。その姿を笑顔で見つめていたエミリィは、ハッとなった。オキに会うために乾いた川底を必死の思いで通り抜けた、あの夜の出来事を……川底に水の流れが戻り、中洲で舞う貴人達とのあの不思議な出会い。その貴人とは、なんと巫女達だったことに、彼女は、気付いたのだ。嫗様がエミリィの前に静かに近づいて微笑んだ。エミリィはうれしさで涙ぐんでいた。ココリもその姿に驚き、胸が高鳴って声も出ない。

彼女は、ふと辺りを見回していた。どこかに父親の姿があるかもしれないと思ったのだ。その時（ココリよ。お前に教えた歌を思い出すのだ。だが、今でなくて良い。いつでも会える。ほれ、村の衆と共に歌え）と、懐かしい声が耳元に響いてきていた。ココリの目にも涙が溢れて、とめどなく頬を流れ落ちた。

唄は、繰り返し歌い手を替えて、歌い継がれた。幾人かの後に替わった歌い手が、全く違った調子の静かな唄を歌いだした時、翁その人が、立ち上がって、その唄に合わせて舞い始め、媼様と巫女達も村人の中に座り、翁の舞う姿を静かに見つめていた。

〽春よー　春よー　春よぉー　花よー　花よー　花よぉ……

〽春の日に　うららにけぶる桜花ぁ　命をつなぐ　夜のしじまに……

その舞は、全く静かな動きの中に、言い知れぬ緊張感と情感が込められていた。村人たちは、話を止め、食べることも忘れて、まるで、天人の舞にでも魅せられたような顔つきになって、見入っている。かがり火に照らされた翁の姿に、桜の花びらが静かに舞い散り、降りかかった。

やがて、村人の幾人かが翁と共に舞い始めた。いつ果てるとも知れない、時を忘れ時を越えて舞いは続けられ、いつの間にか巫女たちもその輪に加わっていた。翁様と媼様の絶妙に息のあった舞い姿に、村人は夢幻の境地に酔いしれ、再び座り込んでいたのである。

やがて、この舞は、村人によって、数千年の時を越えて、幾世代にもわたって伝えられていったのである。

この翁の舞を見ていたエミリィも食い入るように、彼の舞の動きを見詰めていた。その顔の表情に彼女は、目を見張っていた。その翁の目、顔の輪郭、その表情のなんとジョン王に似ていることか。不思議な幻にでも囚われた気分で見入っていた。

その翁が、舞の途中で、ふと、立ち止まった。彼は、そのまま舞い続けたので、村人は皆、この翁の舞に不審を抱かなかった。媼様だけが、ふと森に目を向けていた。それは、翁も同じだった。森に異変が起こったことを気付いたのだ。桜の幹に寄りかかっていた熊は、静かに森に向かって歩き出していたのである。

静かに闇が深まり、桜の古木のあたりだけが、華やいだ光の渦を放射していた。と、突然、森の中から鳥や獣たちが、慌ただしく鳴き、唸りながら走り出してきた。森に異変があったに違いなかった。村人たち数人が、かがり火の中から火のついた枝木を取って、森に向かって駆け出して行った。その中にベルナも加わっていた。

三－四

森の異変の原因を見定める為に、数人の村の男達と共にベルナまでが、森の中に駆け込んで来て、鼻をつく木の焦げる臭いが立ち込めているのに気付いていた。満月の夜とはいえ、暗い森の中を駆け抜けて行くのは、危険だった。ところが、村人たちは、実に巧みに走り抜けて行く。ベルナは、さすがに途中で、自分の無謀さに腹立たしい思いを抱きながら、いまさら引き返す気にもなれなかった。彼女は、久しぶりの翁との再会に、つい持ち前の好奇心に突き動かされてしまっていたのだ。必死で村の男達について走り続け、森の奥に行く程に、息苦しくなる煙と焦げ臭さに、行く手を阻まれた。ようやく、真っ赤な火炎に包まれて激しく燃え上がる森の外れが見えてきた時、その火炎に浮き上がる不審な人影まで見えてきた。なんと、彼等は森に火を放ち焼き払うつもりなのだ。

ベルナは初めて別の危険がそこにあることに気付いた。彼女は、足を止めて様子を窺《うかが》う。森の先の草原には、かがり火が燃え、無数のテントが張られていた。彼女はようやく、その正体がジョン王の遠征隊であり、森の焼却作戦を開始していることに気づいて、愕然とした。これ以上、そこにいても仕方がないと立ち去ろうとした時、近くに居た村人が見張りの兵士に捕縛《ほばく》されてしまった。とっさに、彼女はしゃがみ込んで、逃げ道を確認しようとしたのだが、その刹那、彼女自身も以前の仲間、神官団の手の者に取り巻かれて、既に逃げ場はなくなっていた。火を焚《た》けば、それに飛び込んでくる蛾の居ることは、先刻、計算済みだった。彼等は、その蛾の飛び込んでくるのを網を張って待っていたのだ。差し詰めベルナと村人は張られた網に飛び込んでいった哀れな蛾の類に過ぎなかったのである。

幸い捕縛された村人は二人だけで、あとの何人かは無事逃れていた。ベルナと二人の村人は、兵士達が慌ただしく行き交う中を、かなり大きなテントに連行されて行った。それは、大神官カルトンのテントだった。彼が、移動中でも、神に祈る神殿と居室が併設された、一際目立つテントなのだ。が、そのテントには大神官カルトンの姿はなく、ベルナ達は、彼女の元の仲間に見張られ、待たされることになった。そこで、ベルナは、以前の仲間の一人に、愛想笑いをしながら――

「カルトン様は、なにをされているのさ」と、尋ねた。その男は、ぶっきら棒に応《こた》えた。

「少し前、ジョン王が、ここに到着されて、大神官様は、お出迎えに出られたのだ。王のテントで、今後の策を検討されているはずだよ」と、言った。彼女は、それにしても森には、かなり前に放火されたような気がした。そこで、彼女は、元の仲間を見据えて――

「ジョン王が、この森に放火するよう命じたのかい」と、さらに尋ねていた。

「ジョン王は今到着されたのだ。そんな訳なかろうが」と、相手は言い切った。

ベルナはそれ以上は聞かなかった。大神官の独断専行でこの森を焼き払うことを、ジョン王は黙認されるだろうか。だがあれだけ森の樹木が燃えてしまっていては、認めるしかあるまい。と、思っていると、そこへ大神官カルトンが日に焼けたやつれた顔で現れた。ベルナは彼を目にしたとき、身震いが走った。この得体の知れない男のために、長年仕《つか》えてきたのだ。と思うと、その当時のことが脳裏に蘇った。逆らうことの出来ない恐怖に怯えた相手が再び目の前に立って薄笑いを浮かべている。目の奥の奥まで見つめ、相手の心を操る手立ては、以前と同じに違いない。と身構えた。

「これは、奇遇じゃ。ベルナではないか。その方に命じた任務の報告を待っておったぞ。レディ・エミリィと他の二人は、何処に居るのじゃ。そこに居るのは何やつじゃ」と、村人の方を見て、尋ねた。ベルナは、自分はともかく、村人だけは、解放されるようにと願って、「彼等とは、偶然ここで会ったばかりで、全く知らない顔です。どうか解放してやってください」と言った。大神官の顔に奇妙な表情が走った。

「さようか、解放しろとな。お前と一緒に遣わされた二人のガードは、どうしたのじゃ」

「あの二人は、途中で姿を消して、私には、彼等のことは判りません」と、ベルナは、応じた。その目をジッと見つめた大神官は、厳しく詰問した。

「お前は、まだ答えていないことがある。レディ・エミリィは何処に居る。彼女を城から連れ出した、あのオキとかいう男は、何者なのじゃ」と、言う声には、怒りさえ含まれていた。ベルナは、意識が朦朧《もうろう》とするのを感じ始めて、黙って口を閉じていた。それが何時《いつ》まで続けられるか、自分にもわからない。すると誰かの声が、響いてきて――

「オキナ様のことを、オキなどと呼ぶな」と耳元に届いた。村人だった。大神官の顔から笑いが消えた。翁の存在には、この魔術師も脅威を抱いていた。

「何と、彼は、オキナだったのか。して、そのオキナは、何の精霊なのじゃ。何処に居るのだ。ベルナよ。お前は……わしの手から逃れられるなどと思っても無駄だ。よいか」と、言って、大神官カルトンは、口を閉じた。彼は、椅子に腰を下ろして、ベルナと二人の村人を見つめ続けている。ベルナの体が、揺れ始め、二人の村人も体が震え揺れていた。大神官の魔術の力に幻惑され、ベルナと村人の意識が朦朧となっていた。（オキナは、何の精霊なのだ。答えよ）声が、体の中に繰り返し響き渡っていた。声は、彼等の体に震えとなって揺れ動くのだ。その時、ベルナの耳に切れ切れの声が響いてきた。

「翁　さま　は、村の　はずれに　あ　る　桜の　古木　の精　霊――」と、言う声が、誰の声とも分からぬままに、繰り返されていたのだ。

　突然、ドスンと、大きな音がして、ベルナは、われに返っていた。二人の村人が、床に倒れているのが目に入った。意識を失ったのだ。大神官は、即座に村人達の体をテントの外に運び出すように命じ、正気に戻ったベルナに静かに言った。

「ベルナ、その方は、即座に森を抜け村に戻るのだ。よいか。村外れの桜の古木を、知っているのだな。それに火をつけて燃やすのじゃ」と、命じた。ベルナは「私には、出来ません。大神官様、貴方がそれを望むなら、自分で森を抜けて、その桜の古木を、燃やしに行かれたらいいでしょう」と初めて彼に面と向かって反発した。信じがたいことだったので、大神官は一瞬、呆気に取られた。反抗すれば、どんなことになるか。ベルナは充分承知していたが、このような命令に服するくらいなら、どんな制裁を受けても厭《いと》わない。そう覚悟をしていた。大神官の顔に苦渋の色が走った。が、直ちに残忍な笑いの炎を目の中に宿し、無言のまま睨みつけた。

　ベルナは、一瞬、目の前の全てが、グルグル回転し始めて、胃の腑《ふ》が、その渦に吸い取られるような激痛を覚え、彼女は、うずくまってそれに耐えた。すると、急激な頭痛に襲われて、うずくまったまま頭を両腕で抱え込んでいると、突然、大声で叫ぶ声が、耳の奥に響き渡ったのだ。耳を塞いでも無駄だった。吐き気、頭痛に大音響に晒され、それが繰り返し、際限なくベルナを苦しめた。彼女は、苦痛に悶え、意識が麻痺し始める。ところが、突然、それらの苦痛から解放された。彼女の意識は、完全に錯乱寸前で、静寂の中に放置され、そのままどのくらいたったのかさえ、よく分からなかった。が、無限の闇の静寂の中をさ迷っているような、奇妙な意識にとらわれていた。

その闇の中で、彼女に語りかける声が耳の奥から響いてきた。

〃ベルナよ、お前の手を見てごらん。その手は、カルトン様の手だよ。お前の心は、カルトン様の意志を拒むことは出来ないのだ。行きなさい。森を抜けて、村の外れにある桜の古木に火をつけなさい。お前は、村人を助けるのだよ。村のため禍《わざわい》の木を燃やすのだ〃と、囁いている。ベルナは、既に、その言葉を自分の中の声のように聞いていた。大音響や頭痛で麻痺した頭脳は、その言葉だけを吸い取って、繰り返しその囁きを聞き続けていたのである。

やがて、ベルナは、神官団の以前の仲間に伴われて、森のはずれに来ていた。彼女は、炎が立ち昇っているのを横目に、熱気に満ちた森の中に再び足を踏み入れた。手には火のついた松明《たいまつ》と予備の松明を持って、焦げる木々の炎に煽られ、ベルナの麻痺していた意識が戻り、突然足がすくむ。だが、そのまま歩き続けたのである。

満月が中天にかかり、村人の宴は静まった。媼様と巫女達は、静かな物腰で翁や村人の前から月明かりに浮かぶ村へ立ち去っていった。翁に別れを惜しんでいた村人もこもごも村へと歩き始め、ココリもその村人達と共に、花茣蓙《ござ》などを持って、彼等に従い、その場を離れていった。月明かりの中を家路につく村人達は、何度も振り返って、翁に手を振る姿が、遠くまで続いている。翁も、彼等に向かって手を振り、その姿が見えなくなるまで見送っていた。エミリィはそこに留まって、翁が村に帰るのを待つことにしたのである。

やがて、まだかがり火が火炎を燃え立たせている桜の樹下には、翁とエミリィだけが残され、エミリィは、ふと、村人の立ち去った後の月明かりに浮かび上がる辺りに、目を向けていた。なんと、桜の古木を取り巻く、少し離れたところに、獣たちの姿が、静まっていた。鹿の親子に狼、猪、ウサギなどが、佇《たたず》んでいる。彼女は笑顔で翁に向き直って、静かに話しかけていた

――

「あんなに沢山、動物たちが居ます。まるで、翁様の舞いを見に来たみたい」と言った。

「何時ものことですよ。彼等も村人の集まるところによくきます。今夜は、その後で、森から逃げ出して来たのもいますがね」と森の方を見た。遥か彼方の空に、赤く火炎が吹き上って見えているのを静かに見つめている。

「あれは、どうしたのでしょう。森に雷が落ちて、火災になったのかしら」とエミリィは、問いかけた。翁は微笑んで、森の彼方を見つめながら、口を開いた。

「あれは、そんな火災ではない。カルトンの仕業です。貴女も知っていると思うがな。ジョン王の帝国を影で操っている男」と、苦笑した。

「まあ、あの大神官様が、どうして、森に火を放ったりなさったのかしら」と、エミリィは問いかけた。翁は、苦笑したまま黙って森に目をむけ、そのうち真顔になった。

「つまらん話をすることになるのだがね。あのカルトンなる人物は、かっては、有能で才長《さいた》け

た男だったようだが、権勢欲に溺《おぼ》れて、道を踏み外した。魔術の才能があるのを鼻にかけて、各地を渡り歩き、人を驚かして、得意満面になってな。もっとも魔術にのめり込んだのには、それなりの訳があった。商人だった彼の父親が、旅先でだまし討ちにあって殺され、荷駄のすべてを失ってしまった。その騙《だま》した相手が、別な商人と手を組んだ魔術師だったのさ。これは、実に不幸なことだった。幼かったカルトンは、その父親を殺した相手の弟子になって、父親の恨みを晴らすまで、並々ならぬ努力をした、ということだ。やがて、彼は魔術で人の心を操り支配することを覚えた。と、同時に村人やその長《おさ》をも操り、村や町の支配者にのし上がる。その彼が、世界の全ての人々を支配する野望を抱くまでになってしまった。とはいっても、世界の覇者としての大王になるには、一介の魔術師ではどうにもならないことも、彼は充分理解しておったようじゃが」と言って、エミリィを見つめた。エミリィは、ハッとした。見つめる翁の目が、なんとジョン王の眼差しに似ているのだろうと、又、思った。

「さて、話を進めましょうかね」と、翁は尋ねた。エミリィは黙って頷いた。

「カルトンは、旅を重ねるうちに、この森の神秘的な秘密の噂を聞きつけて、この神秘に挑み、その奥の村々に入り込んで、自分の魔術で村を支配し、この村人が先祖から受け継いできた秘密の力を手に入れようと思い立った。その秘密の力こそ世界の人々を思いのままに操り、支配できる。それで森の中に足を踏み込んで来たのだがね。彼は、喉の乾きを覚えて、森の途中にある池の水を飲もうとした時、ふと、その水面《みなも》を見たんだ。そこに当然のことながら、自分の才知に長けた顔が映っているものと思っていた。ところが、なんとそこには、耳をピクピクさせた尻尾の黒い狐が、映っていた。――彼は、びっくり仰天、森を逃げ出したんだ。彼にとって、これほどの屈辱を受けたのは初めてだったのだなア。狐の彼は、その後、何とかしてこの森の魔力に打ち勝とうと、長い年月、森の外で思案して暮らしていたようじゃ。その間、彼の魔力を高めたのは、黒い尻尾から受け取る闇の魔力だったようだがね。困ったことに、その長い年月の内に、彼の能力も格段に進歩したのだよ。狐の姿から人間の姿に戻ることも可能になって、時には、人の姿で、時には、狐の姿で、人の目をくらます術を、身につけたようだね。ところが、森の神秘に対抗するには、まだ心もとない。そこで思いついたのは、森の奥の村人を利用することだったのだよ。誰かが森の外へ出てくるのを待ち続けたというわけだ。それも気の遠くなる程の歳月だったようじゃ。ある日、森の奥の双子の兄弟の一人が、たまたま、森の外に出て行った。カルトンが、それを見逃すはずはない。その少年を上手《うま》く脅して、自分の手元で戦士として鍛え上げた。それが、元の名は、和彦という私の双子の兄弟でな、カルトンに勝手に、名前の和彦をジョンと改名させられた。ジョンとなって村の記憶も奪い取られた和彦は、神隠しにあったも同然。これが、行方《ゆくえ》知《し》れずになった和彦の消息を、全く掴めなくしていた原因となっていたのじゃよ。なんと、驚いたことに、わしらに、それと分かった時には、ジョン王と呼ばれておった。エミリィ、貴女も気付いているね。そうなのだ。ジョン王の元の名は和彦で、私は、友彦と呼ばれていた双子の兄弟なのだよ」と、翁は、話し終え溜息をついた。

エミリィは、とっさになんと言っていいものか、戸惑いながら、胸の内が高鳴り、頬が熱くなるのを覚えながら、ようやく、口を開いた。

「翁さまとジョン王が、双子の兄弟だなんて――」と、感極まって声がかすれていた。

かがり火の火の勢いが弱まり、月明かりだけが、里を照らし、桜の古木の辺りもより淡い陰影の中に留めていた。森のかなたに燃え上がる火の手だけが、静寂を脅かす無気味な炎を際立たせていた。しばらくの沈黙の後、エミリィは、翁に尋ねた。

「でも、なぜかしら、カルトン様は、大神官としてあれだけの帝国を支配しておいでなのに、まだ、この森のどんな秘密にこだわっておいでなのかしら」と、つぶやくように小声で尋ねていた。翁は、黙ってエミリィを見つめ、静かに森の方に目を向けた。

「あそこには、《始原の樹》と呼ばれている不思議な巨木があるのじゃ。貴女は、まだ見ていないのかもしれんが、この地に初めて、ご先祖の親様が、天界、つまり故郷の星じゃが、そこからこの地上世界に、実のなる木々の全ての苗木を持ってきて植樹されたもの、と聞かされている。それは無数の種類の樹木がからみあって、花を咲かせ実をつける。まあ、なんともいいようのない偉大で壮観な森の主であることは、一目でわかる。その巨木に融合している多くの樹々の中に、マガタマの樹と言い伝えられた不可思議な実をつけるものがあって、数年に一度、緑に輝く石のように固い実をつけることがある――その実の形が、珠の丸みを持った頭と尾が、まるで渦のように回転していたままの姿をとどめている。これは、人の、いや、全ての存在の魂の形だ。と言われている神秘的なものでな……」翁は、ふと口を閉じて、エミリィの顔を見つめた。エミリィは、驚きでしばらくは、翁の目をみつめていたが、やがて、大きなため息をついて口をひらいていた。花弁がその口元に舞い落ちていたが、かまわず呟いた――「そんな樹の実があるなんて、それも魂の形をしているなんて、とても不思議な樹の実があるのですね」と、頷いていた。

翁は、そんなエミリィを見つめながら、再び語りだしていた。

「その実をしばらく陰干しにしておくと、それこそ硬玉のように緑の輝きを放つようになる――その硬玉のようになった実を八つ、丸みのある方に穴をあけて、麻の糸をその穴に通して首にかけることとで、なんと、己の真の魂に目覚めることができるようになるのじゃよ。それこそ、それまで判らなかった獣たちや樹木、花などのつぶやきなどが理解できるようになる。その上、あらゆる存在の意識とも融合し、全てのものとの同化した世界が開けるのじゃよ。そうなると、また、すべての者の命を癒し導く事ができるようになるのじゃ。もっとも、魂というのは光彩の輝きでなア、つまり、エネルギーの塊なので、普通には目に見える形などないのじゃ。ここらの村の衆は、そんなものを首にかけていなくとも生まれた時から先祖の加護のもとで、どんなものとも意識が通い合って生きておるのじゃが、かといって、ここの村の衆は世界の覇者になどなろうとは、思いもよらんことでな。じゃが、カルトンのような権力亡者にとって、こんなものが手に入れば、そりゃ鬼に金棒どころか、労せずして人の心や魂までも隷属させる、驚くべき力を身に着けることになると考えて当然じゃ。それがあの森にある巨木の秘めている神秘なのじゃよ。そのことをカルトンは、知っているとしか思えないのだが、どうやらとんでもない誤解をしているのかもしれん。あの森に火をかけてしまうなど」と言って、森の方に目をむけて黙り込んでしまった。そんな姿をエミリィも黙って見つめていたが、やがて——

「そのような不思議な木の実。一度になるのは、幾つぐらいなのでしょう」と、尋ねた。翁は、ちょっと微笑みながらエミリィを見つめて——

「一つか二つ、多くても三つぐらいだと、あとは普通の木の実で、それは森の住人で分け合って食料にしているようだが」と、翁はつぶやくように言った。

「数年に一つか二つ、それを八つもとなるとすごく貴重なものなのですね。しかもそれを身に着けることで、私には想像もできない世界が開けるのですものねえ」と、エミリィは溜息をついて、森に目をむけた。遠くで、闇夜の空が赤く炎に染まっていた。エミリィの胸の奥にその炎が燃え映って焦げていくような息苦しさに、思わず身震いして、目の前にいる翁にすがり付きそうな思いにとらわれ、おもわず涙ぐんでいた。そのとき、夜空を一瞬輝きながら飛び去る光の玉がエミリィの目にはいってきた。クルクルと回転しながら、その光の玉が尾を引いて、飛んでいくさまを目で追いながら、エミリィは声をあげた。

「あら、光の玉が飛んでいきます。クルクル尾を丸めるように飛んでいるわ。あれは森の木魂《こだま》かしら、あの火に包まれ燃やされてしまった」エミリィは、つぶやくように叫んでいた。彼女が見つけた光彩の玉は、既に、翁も気付いて、目で追っていたので——

「あれが見えますか。貴女には、もうこの森の緑に輝く硬玉のようなマガタマの木の実を身に着ける必要はないようだな。——もっともこの頃、村人が緑に輝く木の実を見つけたという話は聞きませんから、手に入れようにも無理かもしれんのだがね――」と、翁はエミリィの瞳のなかにある光の玉を見つめていた。

「そうなんですか。残念なことですね。ご先祖の伝えられた、神秘的な力を秘めたものが森からなくなるのかしら」と、本当にエミリィは涙ぐんでいた。

「いや、心配はいらない。たぶん、この森の木の実の神秘的な力は、別な形で受け継がれます。硬玉を研磨する人の手で、やがて、同じものが生み出され、大切に献身的に守り伝えられるでしょう。《真我魂《マガタマ》》としてね。人々の命を癒し、この世界を調和と思いやりの愛で満たす女神の導きを体現する巫女の力を持った人々によって」と、翁はやさしい静かな眼差しでエミリィを見つめた。翁の言葉にエミリィは、笑顔で頷いた。しばらくの沈黙の後、エミリィは、また、何かを尋ねようとした時、人の気配に気付いて、森のほうを振り向いていた。

森の方から、慌《あわ》ただしい村人の姿が、近づいてきた。彼等は、森の異変の原因を探りに行ってきた村人だった。数人が息を弾ませて、翁とエミリィの前に来ると、ドサッと倒れこむように座り込んだ。息を切らしながら、森の反対側に押し寄せた遠征隊が、森に火を放っていた様子を、こもごも語り、その上で、二人の村人とベルナが、捕らえられたことを告げた。エミリィは、その時まで、ベルナの姿が見えなくなったことに、あまり注意していなかった。ココリのように村人と里に向かったものと思っていたので、あらためて驚きが胸に迫った。翁は黙り込んで、時折、森の方に目を向け、頷きながら村人の話に耳を傾けていたが、しばらくして、一通りの報告が済んだ村人に、翁はおだやかに「御苦労でした。二人の村の衆のこと、ベルナのことは、よく承知した。心配しないで、村に帰りなさい。ついては、ここにいるレディを、村まで連れて行ってくれませんか。ココリが待っているじゃろうから」とエミリィを委《ゆだ》ねたのだ。村人たちは、快く同行を引き受けてくれた。彼らの呼吸はようやく平常に、おだやかになっていた。しかし、エミリィには、翁自身はどうするのか、気がかりになった。

「翁様は、どうなさるんですか。村には、ご一緒されないんですか」と尋ねた。

「わたしは、ここで。そこに居る森の仲間たちとも、まだ、この桜を愛《め》でますのでな」と翁は笑顔で応えた。エミリィには、その意味が良く分からなかったのだが、村人達が村に向かって歩き始めたので、彼女は、もう、そこに留まっているわけにはいかなかった。翁を何度も振り返りながら、村人の後に従って歩き出していたのである。

月夜の空は、冴え渡っていた。翁のいる桜の古木が遠くなっても、その辺りが、深い紫色の花霞みの中に見通すことが出来た。エミリィは、村に下る坂の手前で振り返ると、翁を囲んで、沢山の人影が現れていた。彼女は、あらっと思って立ち止まった。

エミリィと村人が立ち去った後の桜の古木の周りに、それまで遠巻きに佇んでいた獣たちが近づいてきた。翁は、相変わらず同じ場所に座っており、獣は皆、突然、人の姿に変身して、翁を囲んで座り込んだ。村人の誰一人振り返る者はいなかった。エミリィだけは、何度も振り返っていた。

村に入って行くと、村人がココリのいる姿に気付き、エミリィに声をかけた。ところが、エミリィはもはや見えなくなった、翁たちのいる辺りを、又しても振り返っていた。ココリの方がそんなエミリィに気付いて、駆け出してきていた。そこで、エミリィとココリは村人達に会釈して、彼等と別れた後、ココリは、エミリィを笑顔で迎えて――

「もう。こんなに冷え込んできたのに。早くあの家の中に入りましょう。ベルナは一緒じゃなかったんですか」と、問いかけた。彼女は、エミリィとベルナが、連れ立って帰ってくるものと思っていたのだ。

エミリィは、村人たちの話をココリに伝えた。二人ともベルナの身を案じ、黙り込んで見詰め合うしかなかった。そして、ココリは、ジョン王の遠征隊が森の木々に火を放って、樹木が燃え上がっていると聞き、驚きと怒りに言葉を失っていた。彼女は、これまで、村人から森の神秘や古代からの彼等と森の係わりについて、この数ヶ月の間に、色々な言い伝えなどを聞き知っていて、既に、森に対する愛着を深く心に抱いていた。

「ひどいじゃない。なんでよ。なんで、森に火を点けたりするの」と、叫んでいたが、突然、夜風が吹きぬけてきて、肌寒さに肩をすくめたココリは、気を取り直して、エミリィを村人たちの貯蔵倉に案内することにしたのである。

それは、村人の皆が、共同で管理している食料置き場であり、村のほぼ中心にあって、村の中では、一際大きな建物だった。中には常夜灯として、常に種油の灯火がいくつも灯されていた。そして、常に村で収穫された穀物、木の実、果物や野菜など、村人によって、毎日運び込まれてくる。それらは、村の誰もが、いつでも必要に応じて持ち出すことが出来たのだ。村人だけではなく、鳥や獣達にも餌場として開放されていたのである。

建物内部は区画や部屋割りが施され、作物を洗う為の水が湧き出ていて、建物の中に水路が引かれ、洗い場が隅の方に何箇所もある。その水音がチロチロと絶えまなく聞こえていた。このあたりの村々には、それぞれに似た造りの貯蔵倉があった。エミリィ達は、この貯蔵倉の管理部屋にしばらく住み着くことを許されていた。その管理部屋に人のいることはまれで、時々、村人が来て、腐って放置された物を取り除く作業が行われる。そんな時だけ、村人の休憩場所になるのだと教えられていた。エミリィ達は、その作業を手伝いながら、村々の幾つかの貯蔵倉にも出かけ、彼等の生活習慣にも馴染むようにとの村々の長老達の配慮がなされていたのである。

エミリィには、初めての体験となった、貯蔵倉での生活は、ココリとベルナにとっては、既にこの数ヶ月の間に何度も訪れて馴染みのあるところなのだ。彼等が、これまでに村を訪れて、その都度食料となるものを持ち帰っていたのは、この貯蔵倉からだった。エミリィは、ココリの話を聞いて初めて、この冬の間も飢えずに済んだのは、このおかげだったことに気付かされた。その貯蔵倉の花茣蓙《ござ》の敷き詰められた部屋の中に入った、エミリィはホッと溜息をついて、今まで味わったことのない安らぎを覚えていた。

彼女には、大きな城住まいから、ここ数ヶ月の小屋住まいをへて、しばらくは、この大きな木組みの貯蔵倉の野菜や果物の香りに充ちた住まいに落ち着き、何よりも全身に言い知れぬ喜びが広がっていた。それにも増して、彼女の体には、降り注ぐ桜の花びらのほのかな香りが、染み付いていたのである。

村人が起き出す前に、小鳥たちの騒がしい朝が始まった。早朝真っ先にこの貯蔵倉を訪れるのは小鳥たちだった。エミリィとココリは、こんなにたくさんの小鳥が一箇所に群れているのを見たことがない。やがて、村人の姿が、小鳥の飛び交う中を貯蔵倉の洗い場に現れた。それは幼児を連れた若い母親だった。彼女は、昨日運び込まれた野菜を洗って、誰もが持ち帰ってすぐに調理できるように、笊《ざる》に取り分ける作業をはじめ、幼児はその母のそばで、見よう見まねで、動き回り手伝っていた。エミリィとココリは、小鳥の声に目覚めてから、この親子の姿を黙って見つめていたのだ。そんな作業をしながら母親は、小声で幼児に歌を歌って聞かせ、幼児も共に歌い始めて、時々、その幼児はうれしそうな笑い声を上げる。やがて、作業の終わった親子は、歌いながらその場から立ち去っていくまでには、棚には洗い立ての野菜が、笊に盛られて置かれていたのである。この朝のひと時、エミリィとココリは小鳥の囀りと、この親子の楽しげな歌声に、さわやかな気分で過ごしていた。彼女達は横になったまま、微笑ましい親子の姿に、心洗われる思いを抱いて微笑んでいた。（あの若い母親は、言葉であれこれ言うのではなく、ただ、自分の姿を通して、村人の為に少しでも役立つ生き方を、幼い吾が子に、見事に教え込んでいたのね。彼女の母親もあんなふうに振る舞って、彼女を育てたに違いないわ）と、エミリィの心の中は、暖かい温もりに満たされていたのである。

やがて、表の通りに村人の甲高い声が聞こえ、静かな自然の佇《たたず》まいが、突然、その村人達の叫び声に打ち破られた。何人もの村人の叫ぶ声と、慌ただしく駆け出して行く気配が伝わってきて、不審に思ったココリが、表通りの様子を見に出て行った。その間にもあわただしい村人の動きが、異常に高まって、エミリィも胸騒ぎがして外に出て行こうとした時、ココリが、血相変えて引き返してきたとたんに、エミリィの顔を見て泣きそうな叫び声を上げたのだ。

「大変よ——あの桜の古木が、燃えているんだって」

ワナワナと震えている。エミリィにもそれは、にわかには信じられない……。

「まさか……そんな、本当なの」と、言ったきり、後の言葉が出てこなかった。

「どうしよう……なんでなの」と、ココリも言葉に詰まって、エミリィを見詰めているだけだ。

二人とも立ち上がろうとして、必死になればなるほど、腰が立たなくなっていた。壁際まで這《は》って行って、ようやく柱にしがみついて立ち上がっていたが、その間も外では村人たちの数がふえていた。エミリィは、ようやく少し落ち着きを取り戻し——

「なんとかして、火を消さなきゃ。ね。行きましょう」と、叫んでいた。

「ハイ。そうしましょう」と、ココリも叫んで、二人は、慌ただしく表通りに駆けだしていった。その表通りには、既に、大勢の村人が集まり、騒然とした人々と共にエミリィとココリは駆けだしていたのである。

夢中で走る村人と共に二人は、村はずれの高みにある、桜の古木を目指して走り続けていった。やがて、村はずれに辿り着いた時、そこから見える光景は、モウモウと黒煙をあげて、時折、赤い焔《ほむら》が立ち昇る火柱だった。誰の目にも桜の古木が完全に炎に包まれ、脇に大きく張り出していた枝が、燃え落ちた後にしか、見えなかった。村人の悲痛な声が聞こえて、走りながら泣き喚《わめ》いている村人もいた。エミリィも、その既に、絶望的な光景を目前にして、我知らず嗚咽《おえつ》し、溢れ出る涙を抑えながら「どなたか、翁さまを知りませんか。翁さまを見かけた方はいませんか」と、通りかかる村人に問いかけていた。誰もそれに応えてくれる者はいない。あの桜の精霊の翁さまは、どうなったのか。エミリィの胸は、張り裂けそうに高鳴って、ココリも同じ思いで走りつづけていたのだ。そのうち、二人は、途中で息を切らし地べたに座り込んでしまい。辺りに座り込んで嗚咽する村人と共に抱き合っていた。黒煙に包まれた桜の古木は、そのそばに近づくことさえ出来なかったのである。

「誰なの、何のためなの、どうして、桜の木まで燃さなきゃいけないのよ」と、ココリは、嗚咽しながら、叫んでいた。エミリィは、そのココリに肩を寄せて、泣きじゃくっていた。（オキナ様……）と、呟く声が、悲痛な悲しみに震えていたのである。

三－五

大神官カルトンは、早朝、彼の元にやって来た、神官団の隊員の報告を受けた。

「森を越えたはるか彼方に、火の手と黒煙が上がっております」と、告げられたのだ。これは、大神官にとって、彼の生涯で最も待ちに待った喜ばしい報告だった。彼は、内心の言うに言えない高ぶりをかろうじて表に出さずに、頷いていた。やがて、一人になった彼は、飛び上がらんばかりに喜んで、手を打ち足を踏み鳴らしていた。それは、益々、彼の中に大きな高揚感を拡大して、思わず、彼は自分のテントの中で、一人クスクス笑いはじめ、それは、いつしか卑しい笑い声に変わっていった。積年の彼の念願が、まさに完璧な形で進行していることに、たまらず洩らした笑いだった。この森全体を燃やしてしまうことで、怯《おび》えていた森の神秘をなんの苦労もなく、取り除けるのではないかと思い至り、ジョン王の許可なく実行に移したときは、一抹の不安が胸の中に渦巻いていた。が、ジョン王がこの野営陣地に到着した時、既に、森に火の手が上がり、ジョン王は、それを見上げて何も言わなかった。得々と作戦の見通しを語る大神官カルトンのハシャギ振りは、奇態な印象さえ周囲の戦士たちに与えた。森と村々を守護し続けて来た桜の精霊オキナを同時に取り除くことが出来るとあって、大神官の邪な喜びはいっそう高まるばかりだったのである。

昨夜、思いがけないベルナと村人のお陰で得た、オキの正体についての情報は、何より幸先《さいさき》のよいものだった。あのオキが、なんと桜の古木の精霊だったとは、さすがの大神官にも思いも及ばなかった。（かつてあれほど忠実だったベルナが、すっかり、オキナに心酔しくさって、思い出しても反吐《へど》が出るというものだが、それを又、吾が方の犬として、森を抜け、村のはずれにある桜の古木に、火を放つ役目を負わせた）と、満足していた。そのベルナには、念のため二人の神官団の隊員を同行させた。（よもやしくじる事などあるまい。いくらか懸念はあったが、今朝の報告で、万事は殊《こと》のほかの上首尾に運んでおる）

彼は、ほくそ笑んでいた。ところが、ベルナに同行したはずの二人の神官団の隊員は森に入り込んだ途端にベルナを見失ってしまい、奇妙な唸り声に怖《お》じ気づいて、慌てふためいて逃げ帰っていた。ベルナは森の奥に消えてしまっていたのだが、大神官には、何も知らされてはいない。カルトンは全くこの森の神秘的な真の力には、気付いていなかったのである。

大神官カルトンは、一度、離れた寝具の上に、ドサッと体を横たえ、心の底から湧き上がる笑いが、彼の全身を駆け巡る心地よさに浸りきっていた。（森が燃え尽き、森の向こうの村の外れにある桜の古木さえ燃え尽きれば、どちらの力も破滅して、わしがこれまで恐れ、怯えていた存在は、この地上から消滅するのだ。そうなれば、我輩の魔術に敵《かな》う者など、何処《どこ》にもおらぬ。この世界、いまある帝国は、当然我輩の支配の下に置かれる。我輩の前に全ての者達が跪《ひざまず》く。我輩の命令には、誰も逆らえぬ。それこそ、この長年抱き続けてきた夢が、実現することになる。その時には、ジョンは、諸侯の一人か。いや、我輩の影として、そば仕えを許してつかわそうかのぉ。永遠にこの地上の全ては、吾が意志のままじゃからのぉ）と、思いは、尽きないのだ。

その時、いきなり、ものすごい地響きと共に強烈な炸裂音が飛び交って、大神官のテントを揺るがした。笑い転げていた彼は、寝具の上から跳ね落とされたが、それでも、まだ笑いが止まらなかった。転げ落ちた体勢のまま、彼は、テントの外を覗《のぞ》き見た。そこへ大きな唸りを立てて、火を噴く枝木が礫《つぶて》のように飛んできて、彼の目の前に突き立った。驚きのあまりテントの中に飛び退いて、その刹那、彼は、尻尾の黒い狐に変容していた。

森の大木が、火に焼かれ、幹の中の水分が、蒸気と成って放出する際、大爆発を起こしたのだ。その幹や枝が破裂して飛び跳ね、不気味な音と共に、地面の至る所に突き刺さり、燃え上がっていたのである。それが草原全体に設営されていた、兵士達のテントの上にも飛び散って、たちまち草原は火の海となっていた。燃え盛る木の裂けた幹や枝が、次から次に、大神官のテントにも突き立って、肝を潰した彼は、燃え上がるテントの外に逃げ出すことなど出来るはずもなく、慌てふためき、夢中で、地面に穴を掘り始めていた。ようやく、テントが燃え尽きる寸前に、彼の体だけは、その己で掘った穴の中に潜り込んでいたのであるが、黒い尻尾だけは穴の外にはみ出していて、そこに、三度、四度と炸裂した木の幹や枝が飛んできて、その内、火炎に包まれた太い枝が、狐の尻尾の尻の付け根に突き刺さっていた。狐は土の中で叫び、悶えた。尻尾を失い気絶寸前の状態のまま、身動きすることさえ出来なかったのである。

その時、狐の耳元に静かで、おだやかな声が響いてきた。

〝オキナは、桜の古木の精霊とな。オキナは、神聖な山の精霊とな。オキナは、滝の精霊とな。オキナは、龍の精霊とな。オキナは、春のそよ風の精霊とな……はて、面妖《めんよう》なことではないか。人が精霊として称《たた》え崇《あが》めるものを、その方は全て破壊し消滅させられるとでも、思うておるのかのぉ。精霊が人の前に姿を現す時に、自然の色々なものを通して現れるが、それが、精霊の本当の姿形などではないぞ。オキナと呼ばれている精霊の神秘の力は、この地球の存在と共にある、自然そのものに遍《あまね》くあるのだよ。皆が皆その神秘の力の中におるのだ。気付くか、観るかは、当人次第なのだ。——ところでなぁ。聞きなされ。そのほうは、この森の神秘を、木々さえ燃やしてしまえば、消滅させられるとでも、思っているようだがな。それもまるで見当違いなのだぞ。森の神秘の元は、やはり、この地球が誕生した瞬間に、宇宙の意志とでも言おうか。森は地面の底の底に封じられている源の吐息が、放射しておる場所なのだ。その吐息は、愛と誠に生きる全ての生き物を保護し調和の意思を高めるのだ。その方が、それを厭《いと》うのは、単《ひとえ》に愛と誠を求めず、闇の囁きに己を明け渡しおるからぞ。ともかく、森の木々を焼き払うは、容易《たやす》かろうが、地底の吐息までは、けっして燃やすことなど出来ぬのよ。どんな小さなものでも命あるものを侮《あなど》ってはならぬぞ。その背後には偉大な意志、神聖な力が宿っておるからのぉ〟と、声は語り、そのまま静まった。狐はその声が消えると共に意識を失ってしまっていたのである。が、その消え入る意識の中で、緑に輝く不思議な珠を身に着けた巨大な人の姿が、己を見下ろしていることに、気付いていた。この珠こそは、世界の主、王の王としての印である。《マガタマ》という森の始原の樹の実である。語る声を最後に幻影は消えさり、カルトンの意識も消え去っていたのである。

燃えさかる木々が破裂し飛び散って、草原のテントは、至る所で燃え、兵士達も燃える枝の直撃を受けて倒れる者や、火の粉を浴びて、燃える衣服のままで逃げ惑っている者など、森との戦いは、彼等自身で森に火を放ち、その浄火の炎に打ち倒されていた。

空に立ち昇る炎と黒煙が、草原の真上に留まり、猛烈な突風が吹き込んできていた。それが、いきなり大きな唸りと共に渦巻き始め、猛烈な風の渦巻きが、筋状に伸び、見る間に竜巻となっていた。その竜巻は、湖の水をも巻き上げて、草原と森の端の火の粉を巻き込んで、高々と吸い上げて行った。森の木の炎は、竜巻の巻き上げた大量の水に打たれて、火の粉と水しぶきの猛烈な幕で覆われていた。森が、唸り、竜巻が、吼《ほ》えた。

やがて、森の火炎は消し去られて、竜巻の勢いは、次第に衰え徐々に視界が戻ってきた。兵士達のテントも、彼達の姿も跡形もなく消失していた。全ては、強烈な竜巻と共に吸い上げられ、吹き飛ばされてしまっていたのである。

火炎とそこに襲い掛かった竜巻ですっかり変貌した草原の、その中央からややはずれた岩の隅に絡み付いていたテントが中から引き裂かれた。そのテントから、なんとジョン王が、這い出して来た。王は、一旦這い出たテントに、潜り込んで弓と矢羽で埋められた逆頬箙《さかつらえびら》を取り出した。水晶の継筈《つぎはず》が鈍い光を反射した。武器となる弓矢を身につける習性は、長年の戦士時代からのものだ。人っ子一人いない草原を見詰め回して、高い木の梢に絡まりついたテントの端が、唯一の遠征隊の証のようにはためいていた。空は、彼等の悲しみの色に染められて、どんよりと重い雲を留め、鳴りを潜めていたのである。

森から一人ユルユルとした足取りで、翁が姿を現した。それを見たジョン王は、身構えて見据えた。彼には、相手の顔を見分けることなど出来なかった。翁の友彦は、既に弓に矢を番《つが》えて今にもその矢を射ようと身構えたジョンこと和彦に笑いかけて、右手を振った。その刹那ジョン王は、相手が仲間に攻撃の合図をしたものと判断して、最初の矢を射掛けようとした。だが突然めまいに襲われ、手元を離れた矢は、的をはずして飛び去っていた。ジョン王の矢は見事に外れ、胸のうちに屈辱の焔《ほむら》が燃え上ってきた。相手は、立ち止まる気配さえも見せなかった。顔の見分けられない相手にジョン王は二の矢を番えた。もはや、的をはずすことは出来ない。相手は、退く気配など微塵も見せない以上、ジョン王にとって、倒すのが戦いの掟《おきて》だった。ところが、翁の友彦は、戦いの掟などに縛られたことがない。笑顔のままユルユルと歩を進め、叫んでいた。

「おおーイ、和彦ではないか。和彦――私だ。友彦だよ」と、ジョン王は、この友彦の声が耳の中で谺《こだま》となって響き、目の前が突然、幕が剝がされたかのように、かつての鮮明な森の記憶となって蘇った。と、同時に森から叫び声が響き渡った。その刹那、ジョン王は引き絞っていた弓の矢を的に向かって放っていた。森は静寂を取り戻したが――既に弓から、放たれていた矢は、一瞬の後、翁の友彦の肩先を掠《かす》めて、森の中に消えていた。森から響いた叫び声によって、ジョン王の手元が僅かに逸《そ》れて、的を外したのだ。

翁の友彦の肩先から赤い血が滲み出た。ジョン王は苦い顔で、しくじった自分に怒りを覚え、又、安堵の想いが、全身に広がってきていた。ジョン王は、まさにこの瞬間、和彦としての記憶を完全に取り戻していたのだ。彼は、肩先を血潮で染めた友彦の元に駆け寄ろうとした。だが、その刹那、己の肩先に激痛が走り、驚愕して地面に膝をついていた。

和彦の指先にも血潮が滴り落ちていたのである。彼は何が自分の身に起こったのか、とっさに判断出来なかった。子供の時の双子の兄弟に付きまとっていた、不思議な共有現象が、その時再現されたことなどには思い至らなかった。ところが、今、和彦のジョン王は、友彦との双子の強い絆を、計らずも自らの手で探り当てたのだ。彼の矢が、的を外さず友彦の胸を射抜いていたら、彼自身も、命を落としていたに違いないのである。

手の指先に滴り落ちる血の雫に、ジョン王は眩暈《めまい》を覚えた。その瞼《まぶた》の中に幼い頃の双子の兄弟が姿を現して、和彦としての記憶が意識の中に鮮やかに蘇ってきたのである。

友彦の翁は、笑顔で和彦に近づいて来た。その時、わずかに空の雲間が開け、日差しが射しかけた。双子の兄弟が面と向かって見詰め合った瞬間だった。長い空白の時を越えて再び彼等は、笑顔で手を取り合ったのである。

友彦は、着ている自分の胸ポケットから緑の大きな葉を取り出して、痛み止めと止血のために、和彦の肩に当てて、笑顔で彼を見詰めた。そして、和彦に語り掛けた。

「長い間、悪い夢を見続けましたね。小さい頃のこと覚えていますか。吾らは、お互いの痛みや苦しみを分かち合っていた。不思議なことだと人は言いました。しかし、もし、この地上の全ての者の痛みや苦しみを、自分のこととして感じ、受け止めることが出来る人がいたら、そんな人こそ、この地上の誰からも慕われ信頼される者、として、あらゆる存在の違いを超え、それぞれの魂の奏《かな》でる調べの調和《ハーモニー》を保ち導く者、先導者として相応《ふさわ》しいとは思いませんか。この地上世界は、古《いにしえ》の先祖の教えのように、全ての生き物が、お互いに自然の営みに調和しながら、助け合い、慰めあい励ましあって、皆仲良く相和し、感謝と調和の生活を大きな輪のように結び合って共に生きていけるはずです。そんな道こそ人の生きる道と心得て、お互いに励みましょう」と、言って、静かに微笑みかけた。

和彦の顔にも言い知れぬ思いと共に、大きな笑顔が浮かんだのである。

和彦の心に張り詰めていた、王としての権威や威信の鎧《よろい》は、見事に解け始めていた。なんと驚く程の爽やかさが、胸の内を吹き抜けていったのだ。しばらくの沈黙の後、和彦は——

「不思議なことを思い出したよ。何度も私の居室に、椎の実の小さな腕輪が落とされていた。最初は、何気なく拾って、その内、口に入れて噛み砕いて食べてしまった。それから、何度も同じ物が落とされていた。あれは、なんとも不思議だったなア。森のことが懐かしくなってきてね。今回の遠征隊を組織したのはそのせいだったように思うよ。ある日、見つけたのだ。あの椎の実の腕輪を鷲が、投げ込んできた。その鷲は、それ以後、ズウッと、そばに居続けるようになってね」と、言って、大声で笑った。

森の一際高い木の梢に止まったその鷲が、二人を見下ろしていた。熊がその鷲を見上げて（よかったですじゃん。ご苦労でしたなぁ）と、鷲をねぎらっていた。


湖の端の岩陰にベルナと二人の村人が、潜んでいた。彼女は、昨夜から一睡もしないで森を駆け抜け、駆け戻ってきていたのだ。驚くほどの活躍ぶりだった。

ベルナは、大神官カルトンの完全な虜《とりこ》となって、彼の命令通りに二人の神官団の隊員と共に送り出され、燃え盛る木々を避けながら、森の中へと入っていった。ところが、森に足を踏み入れたとたんに、ベルナに異変が起こっていた。松明の灯りが、突然、大きな光の玉のように渦巻き始めて彼女はその中に吸い込まれてしまい、戻りかけていた意識がいつしか朦朧《もうろう》となっていた。足は、前に出ているのだが、宙を歩くように、体重の重みが感じられないまま、歩き続けていたのだ――やがて、我に返った時には、たった一人になっていた。しかも驚いたことに、森のはずれに辿り着いていたのである。

　桜の古木の下には、沢山の村人がいて、彼女を迎えてくれた。村人たちは、せっせと何かを運び続け、ベルナも言われるままに手伝うことになった。大量の薪《たきぎ》だ。何処から運んできたものか、全く見当も付かない薪の山が出来上がっていた。それを桜の古木を中心にして、それもかなりの距離を置いて並べ立てている。満開の桜の古木は、薪の山に囲まれて、周囲からではその見事な花は見えないほどになっていた。ベルナは何が始まるのかと、思いながら手伝っていたが、その時になって、ハッとして目を見張った。（これは、違う。私は、そんなことをする気は全くない。この桜の木に火を放つくらいなら、その前に死んでしまうほうがましだ）とそばに立っている村人の顔を見つめたのだ。まさかこんなところまで大神官の組織の集団が入り込んでいたのかと。

　突然、耳元で囁く声がした。（これは、カルトンに対する目眩《めくら》ましじゃよ。わし等は、翁さまの仲間じゃ）と、言った。ベルナは、驚きで声も出なくなった。その薪の中に周囲の草を刈り取って、投げ込んでいく。いつまでも黒煙を出し続ける為だった。

　作業が終わると一人の村人が、ベルナに言った。

「さあ、これで、準備は終わった。心配はいらない。この薪が燃えても桜の木は、全く大丈夫だ。——ベルナ、貴女の役目はまだある。これから又、森を抜けて行きなさい。村人二人を救い出すのだ。その後は、湖のはずれの岩陰に行きなさい。なにがあっても驚くことはない。全てがすめば、静まる。それまで動かないでいれば、大丈夫だ」と言った。ベルナは、黙って頷いていた。

そこに火が放たれたのは、彼女が、その場を立ち去った後だった。

ベルナは、松明の灯を持って、再び森に向かっていた。それを見送った村人たちも、その場を一人、二人と離れていく。彼等は、村の方にではなく、森に消えて行ったのだが、誰一人言葉をかわすことはなかったのである。

ベルナが、森に入った後にも奇妙なことが起こった。森の中をしばらく歩き続けていると、突然、彼女の体が、宙に引き上げられ、そのまま駆け足で宙を走り抜けて、再び、木々の燃え盛る森のはずれに辿り着いていた。その行程を彼女自身の足で歩いていたら、恐らく夜明け前に着くことなど到底、不可能なことだった。それでも、彼女は、自分の足で夢中で駆け抜けてきた、としか思っていないのである。

ベルナは、かがり火の脇の見張りの兵を避けて、大神官カルトンのテントに忍び寄っていった。彼女が、密命を帯びて神官団の隊員と共に森に向かって、そのテントを出てくる時、二人の村人がテントの出口近くに転がっている姿を目撃していたので、わけもなく、二人の村人を外に救い出すことが出来たのだ。ところが、既に、空は白み始め兵士達が起きだし、テントの周りに姿を見せ始めていたので、そんな中を二人の村人と共に森に行き着くことなど出来ない。

そう判断して、村人から受けた指示に従って、湖の外れの岩場に逃れ、岩陰に潜んでいた。そこからは、草原全体を見渡すことが出来た。ベルナと二人の村人は、その後で起きた一部始終の出来事を――火炎に包まれた森の木々が炸裂し、燃え上がる大小の枝が、爆弾のように飛び跳ねる光景を目撃することになったのだが、その後のことは、彼等自身にとっても、竜巻の凶暴な力から己を守る為に、岩陰で必死に岩にしがみ付いているのが、精一杯だった。やがて、辺りが静まって目にした光景は、信じられない変わり果てた姿だった。しかし、いつまでも、そこにとどまってはいられないと思った、ベルナと二人の村人は急いで森に走り込み、村に向かって駆けだしていたのである。

その頃、エミリィとココリは、桜の古木の周りに寄り集まった村人と共に、座り込んでいた。黒煙が風に吹き流され、火の勢いが次第に衰えるのを見詰めていたのだ。なんとそこに満開の桜の古木が、枝振りも元のまま姿を現したのである。突然、歓声が上がった。

「どうしたの、すごく悪い夢でも見てたみたい。でも、これは、夢じゃないわね」と、エミリィが、とび切りの笑顔を浮かべてココリに叫んだ。ココリも小躍《こおどり》りして「わあ、よかったわ。でも、誰なの、あんな悪戯《いたずら》をしたのは、ぶっ飛ばしてやりたいわよ」と、彼女も満面の笑顔で飛び上がっていた。やがて誰からともなく、皆が桜の周りで手を取り合って、踊りだしていたのである。

森と湖に挟まれた草原が、静まり、人影は何処にも見当たらなかった。その一角に焦げた黒いボロキレのようなものが、ゴソゴソ動き始めた。狐が、自分で掘った穴の中からようやく姿を現したのだ。土埃に塗《まみ》れた顔や耳を手でハタキ、体を揺すって、辺りを窺うように見渡して、ビクビクした目つきと足取りで歩き始めた。その足に絡み付いている黒く焦げた、汚らしい古雑巾のような物を、彼は、足から振り落とそうと、何度も足を振っていた。が、なかなか足から離れないその黒い焦げた物を、彼は、腹立たしく、地面に擦り付けて、蹴飛ばしたのだ、ようやく、その煩わしいものから解放されて、狐はほっとした顔になって、それに目を向ける気にもならず振り向くことさえなかったが、その汚い焦げた哀れな姿のものこそ、まさしく、彼の黒い尻尾だったのである。が、狐は、そのことに、全く気付くことはなかった。――彼は、魔力と繋がっていた黒い尻尾を失って、初めて、我知らず呟いた。

「やれやれ、やっと、目の前が晴れて、見えてきた」と、ブツブツ何時までも呟いていたのだ。彼は、己の欲望の飽くなき拡大の為に、命の神性を、いつの間にか見落として、歪んだ虚像の自我に操られていた。それまでの数百年に及ぶ孤立と闇の意識からようやく解放されたのだが、もとよりそんな自覚などない。尻尾のない狐は、辺りに目を配り、トボトボと歩きながら、時々、バランスの取れない、奇妙な歩き方で、草原を外れて、いずこともなく、立ち去っていった。その姿には、かつての傲岸《ごうがん》不遜《ふそん》な自信に満ちた大神官の面影は、全くどこにもなくなっていたのである。

エミリィとココリ、ベルナの住んでいた、草原のはずれの山裾の岩陰に建っている小屋の中に、和彦と友彦が静かに腰を下ろしていた。彼等は、草原をトボトボと去って行く、狐の姿を見つめていた。和彦にとっては、苦痛に満ちた波乱の人生の始まりを思い出され、不思議な光景を見詰めている気がした。自分の人生を無理やり捻《ね》じ曲げて、連れ去られたこの草原に、又、連れ戻してくれた狐の後姿がおぞましくもあった。弓矢があれば、射殺《いころ》すことも出来た。だが、目の前でニコヤカに、自分を見つめている友彦の目は、そんな愚かなことは忘れなさいと、語っているように思えた。二人には、語ることが、諸々あったのだが、こうして、面と向かって座っていると何もかも分かり合ってしまったかのように思えたのである。

今、二人がこの小屋に留まっているのには訳があった。友彦は、すぐに森を抜けて村に帰ることを勧めたのだ。が、和彦は森の木々が、元の姿に再生するまでは、この草原に留まり、先祖の精霊達の許しを得るまでは森の中に入ることを控えて、ここで待ちたい。そう願ったのである。

森に火を放ったのは、彼の知らぬ間に、カルトン狐の独断で行われたのだが、それでも和彦は、自分の責任を逃れられるとは、全く思えなかった。幸いエミリィ達の住んでいた小屋が、はからずも無事に残されていた。友彦も和彦の意志を尊重することにしたのだった。小屋の外には、ご機嫌熊さんがのんびり寝そべって、屋根の上には、あの鷲が羽を休め、時々首を上下にゆらして辺りを見回していたのである。

その時、森から鹿の群れが姿を現し、小屋に向かって静かに近づいてきた。双子の兄弟は、それに気付いて小屋の外に出て、彼等を迎えていた。
「よう戻ってきなさった。わしらの所にいつ来てくれるかと、ズッと、まっとったんだよ」と、大きな牡鹿がおだやかに笑って言った。和彦は笑顔で鹿たちに近づき「これからは、ここで、しばらく過ごします。森のことを、学びたいので、よろしくお願いします」と言って、鹿の首のあたりを優しく触れた。その目には、悔悟と感激の涙があふれていたのである。

やがて、和彦は小屋に一人になって、過《す》ぎ来《こ》し方を思い巡らしていた。夜が深まってもあまりの静けさに、かえって寝付かれずにいた。彼は、小屋から外に出て、草原のはずれの岩のそばまで行って、岩に腰を下ろし辺りに目を向けていた。月が森の上に煌々と輝いて、深い紫色に塗りこめられ、森は不思議な輝きを発している。何かこれまで見たこともない、別の世界のようにさえ思われた。こんな光景を、たった一人だけで眺めていると、心の芯まで清められ洗い流されていくのが、感じられた。そこには、森の外にありながら、既に、森の神秘が、押し寄せていたのである。

その時、和彦は、草原や森の高い木の梢に、無数の光の玉が光彩を放って、浮かんでいるのに、目を見張った。彼には、初めて見る光景だった。その光の玉のあるものは、回転しながら、森の木々の根方に、静かに下りてきていた。焦げた木の根の上に留まって、やがて木の根に深く入り込んで行った。不思議なことに、その焼け焦げた木の根から、かすかな音がして、小さな若芽が顔を出している。そのかすかな音が、森の中をさざ波のように響き渡っていく。月の光は、その小さな若芽を照らし、人知れず命の再生を高らかに、歌い上げているかに思われた。無数の光の玉はあらゆる種類の光彩に輝き、回転しながら草原を軽々と飛び、あるものは、空の高みに静かに昇って行く。

和彦は、空を見上げた。草原に満ちていたその光彩が、やがて、一塊になって、月明かりの中をどこまでも上昇し、やがて、空に架かる銀河の広大な星の輝きの中に、吸い込まれていった。その間、彼は、息を潜《ひそ》め、瞬《まばた》きをすることも出来ずに見詰め続けていたのである。

ジョン王の残した広大な帝国は、やがて多くの都市国家となって分立した。都市国家の王達は互いに覇《は》を競い合って飽きることを知らず、永遠の争いが次代に受けつがれていったのだ。しかし、森に帰った和彦には、知る由もなかった。

およそ、紀元前三千年前の古代から、世界のあちこちに誕生した都市国家は、それぞれに都市を守護する神を奉じて、争いを繰り返し、今日に至ると、多くの人々に語られている。しかし、和彦のことは、誰も知らない。

翁に守られ、媼様と巫女たちに導かれてきた村々は、人知れず守り受け継がれてきた。彼等は、誠の愛と神性な魂の世界にあって、ひっそりと、この地上の自我に囚《とら》われた迷妄《めいもう》の世界を眺め、一切の干渉を控えている。それでもなお、翁となった友彦の舞った舞が、「序の舞」のひとつとなって、今日まで人々に伝え残されているのは、なにより僥倖《ぎょうこう》と言わざるを得ないのである。

[著者略歴]

笹倉睦丘（ささくら・よしたか）

1940年富山生。日本大学芸術学部映画学科卒、同大学院芸術学研究科文芸学専攻修士課程修了。米国へ渡り、カメラマンに。2015年帰国。

ツウィン・ブラザーズ ―翁伝説《おきなでんせつ》―

二〇二五年一月九日　初版第一刷発行

著者　笹倉《ささくら》 睦丘《よしたか》

発行　株式会社文藝春秋企画出版部

発売　株式会社文藝春秋

〒一〇二―八〇〇八

東京都千代田区紀尾井町三―二三

電話〇三―三二八八―六九三五（直通）

印刷・製本　株式会社 光邦

ISBN978-4-16-009073-6